致青春 078

失戀博物館

—上—

烏雲冉冉　著

高寶書版集團

目錄
CONTENTS

第一卷　我們怎麼了

01

雖然是上午陽光最好的時候，但這間房間卻給人一種正處於黃昏時分的錯覺。拱形窗外遮天蔽日的梧桐擋去了大部分的光線，繁複的浮雕和擺設搭配上過於沉重的深棕色色調，讓整個房間顯得靜謐又昏暗。

所以即便是早上九十點的時段，頭頂上的水晶燈和牆上的壁燈也還是亮著的。

池渺渺從對面的裝飾畫上收回目光，看向面前的兩位面試官。

對方繼續下一個問題：「妳對失戀博物館瞭解多少？妳為什麼會想來我們公司工作？」

池渺渺略微回憶了一下，把進門前從網路上看來的維基百科複述了一遍：「世界上第一家失戀博物館是札格雷布博物館，坐落在克羅埃西亞首都札格雷布市。展出的是世界各地失戀者捐贈的展品，每一個展品背後都有一個捐贈者的失戀故事。近幾年國內也陸續開了幾家，規模都不大，但遊客不少，足以說明這種新形式的博物館很受歡迎。」

其實她也是因為這次面試才知道還有失戀博物館這種地方，之前完全沒想過一張孕期超音波照片、一張合影漫畫、一本同學錄、甚至是一支早已過時的諾基亞手機都能成為失戀博物館的展品，只要他們背後有一個足夠動人的愛情故事。

至於為什麼會出現在這裡，一方面是她面試這個職位的主要工作就是編故事，這可是她的老本行，她駕馭起來應該不難，當然最重要的是，這裡是唯一一家給她面試機會的公司。

池渺渺露出一個恰到好處的笑容：「我覺得內容策劃這個職位很適合我，而且貴公司目前所展現出的理念和公司文化很吸引我。」

一番冠冕堂皇不知所云的對話後，面試官問出最後一個問題，「妳聽說過我們老闆嗎？」

池渺渺眨眨眼：「什麼？」

從會議室裡出來，池渺渺百思不得其解，實在想不透對方問她認不認識他們老闆是什麼意圖。不過沒回答出來的問題總歸是不好的，原本胸有成竹的一場面試現在也沒什麼把握了。

她愁眉苦臉地往外走，這才發現此時會議室外等候的應聘者比她來的時候多了不少，烏壓壓的幾乎擠滿了整個走廊，巧的是還都是年輕漂亮的女孩子。

誰，這究竟是什麼了不得的職位讓這麼多人趨之若鶩啊！難不成薪水很高？

她嘀咕著往外走，總算遠離了面試的人群，這時候卻忽然聽到旁邊角落傳來了隱約的啜泣聲。

她循著聲音看過去，樓梯下方一個女孩正低頭抹著眼淚。

雖然只是個側影，但還是看得出來女孩子很年輕漂亮。她像是在和什麼人說話，可惜一根廊柱擋住了她對面的人。

好奇心讓池渺渺不自覺放慢了腳步，正在這時聽到那女孩帶著哭腔問：「為什麼？」

看這個樣子八成是遇到感情問題了。無非是男的要分手，女生不肯，或者男生出軌，被女生質問。

博物館裡的水晶吊燈將樓梯上那鬼鬼祟祟的身影拉得長長的，李牧遙盯著那個方向看了片刻，那人卻一動也不動，看來是打定主意要偷聽了。

「為什麼？」面前的女孩子喚回了他的注意力。

李牧遙收回視線繼續剛才的話題：「妳聽過『凡勃倫效應』（Veblen effect）嗎？」

女孩子愣了愣：「什麼？」

李牧遙面無表情地說：「凡勃倫效應，就是指消費者對一種商品需求的程度因其標價較高而不是較低而增加。商品價格定得越高，越能受到消費者的青睞。有句話叫買漲不買跌，聽過嗎？為什麼房價不斷上漲的時候反而更多人按捺不住想要出手呢？」

女孩子不解：「這和我有什麼關係？」

池渺渺也聽得一頭霧水，怎麼還扯到房價了？難道是男人以買不起房結婚為藉口提出分手？

這時候就聽男人毫無感情地說：「這個理論在感情中也同樣適用，妳需要讓妳的感情和付出顯得更值錢一點，所以在這段關係中妳沒有自我的順從和討好都會讓人覺得妳的感情非常廉價。」

這句話池渺渺聽懂了，她原本看戲的心態也因此有了變化——這女孩遇到渣男了！

不過隨著時代的進步，看來渣男們也渣出了新高度！別人對他好都能被他挑出毛病來，還說人家的付出廉價？

池渺渺冷笑一聲，忽然很想看看這麼渣的話究竟從什麼樣的人口中說出的。

她走下樓梯，狀似無意地看向說話的兩人。巧的是，恰逢此時男人也抬起頭來，正好看向她所在的方向。

兩人視線相觸的一瞬間，池渺渺不得不承認，這個渣男的確有渣的資本，單純看他這副皮囊，確實算得上極品。

身姿修長挺拔，一身做工考究的深色西裝，渾身上下沒有一絲不妥，甚至每個釦子都扣得端端正正，整個人看起來很紳士，但又透著幾分禁欲的感覺。

而且男人皮膚很白，比很多女孩子都白，但卻不像現在的小鮮肉那樣顯得過於秀氣，他擁有著足夠深邃立體的五官，搭配著硬朗的下顎弧度，正好是一張略顯厭世卻足夠俊美英氣的臉。

池渺渺不得不承認，有那麼一瞬間，她被驚豔到了。

李牧遙見一直在偷聽自己說話的人是個年輕女孩，而且看他的目光又是這麼毫不掩飾的熾烈，雖然早習慣如此，但還是因為感到被冒犯而不悅地皺了皺眉。

這種拋頭露面的地方果然不適合他。

他本來就沒有安撫眼前人的義務，現在更沒了興致，丟下一句「以後不要再來了」轉身便走。

池渺渺見狀不由得「切」了一聲，還真夠絕情。

可惜這終歸是別人的事，池渺渺看著那女孩單薄還微微抖動著的肩膀也只能是輕輕嘆了口氣，悄悄離開。

李牧遙一臉晦氣地開車離開了博物館，路上他撥通了蕭易的電話。

電話一接通，他沒好氣地說：「迅速安撫好你的前女友，不然我們的合作到此為止。」

蕭易急了：『別啊！你在我們館裡考察了這麼久還沒看出它的價值嗎？再說只要我們兩人聯手，還有不成功的案子嗎？』

李牧遙毫不留情地說：「案子勉強還行，但你這合夥人讓我很猶豫。」

蕭易哀嚎：『你的話太傷我心了！不就是因為婉婉總是去找你嗎？她再去，你就說你也不知道我在哪，時間長了她自然就不會去了。而且讓我不要出現也是你的主意啊，你也說了我澈底消失她短期內可能無法接受，但這對她來說也是治癒失戀最有效、最快的辦法呀，我現在去安撫她不就前功盡棄了嗎？』

讓蕭易澈底不要見林婉，確實是李牧遙的提議，但三天兩頭被那女孩子騷擾他也很煩躁！他鬆了鬆領帶：「這還不是沒辦法的辦法？如果不是你處處留情，用得著應付滿大街的前女友嗎？」

蕭易也有他的無可奈何：『女孩子看起來漂漂亮亮的，但不相處一下誰知道彼此合適不合適呢？不是所有人都像你一樣，打個照面說兩句話，就能把人家女生看得透透的了。』

李牧遙：「我掛電話了……」

『別別別！』蕭易嬉笑著說，『開個玩笑嘛！欸不是我說，難怪你找不到女朋友，動不動就掛人電話誰受得了啊！』

李牧遙：「你到底還有沒有正經事？」

『有啊，我家老爺子讓我替他多謝你。』

「客氣什麼，需要幫忙就說話。」

『你都把自己的助理派過來幫我了，我還能有什麼需要幫忙的？』

「見到醫生了嗎？」

『見到了，還是要先做一些檢查，後續再看看具不具備手術的條件。』蕭易說。

不久前，蕭易的父親被查出肺癌晚期，國內醫生給出的結論是只能保守治療，沒有手術機會。這對老人家來說無疑是宣判了死刑。蕭易是個孝子，想趁著他家老爺子身體還吃得消時帶老爺子出國治療。

正好李牧遙在美國讀書時有幸結識了一位這方面很有權威的醫生，就幫忙聯繫了一下，對方覺得還不到放棄的時候，這才有了後續的事情，怕蕭易帶著病人在國外看病不方便，他甚至還把自己的私人助理也派了過去。

李牧遙頓了頓說：「你安心陪伯父看病吧，公司的事情我來處理。」

蕭易笑呵呵的說：『這才像是兄弟該說的話嘛，動不動就拿拆夥威脅人的是什麼意思？』

李牧遙看向車子前方：「我並沒有說要怎麼處理，也可能在你回來前就把它賣了。」

錯愕之後，蕭易惱羞成怒：『李牧遙你敢！失戀博物館可是哥們我的心血！你小心我們連哥們都沒得做！』

聽著某人驟然提高的音量，李牧遙連個招呼都不打，皺了皺眉直接掛斷了電話。

02

時間還早，天氣又不錯，池渺渺在外面逛了半天，吃過午飯才往家走。

路過附近一家進口商品便利商店時，她想到自己的零食快吃完了，於是打算買一點帶回去。

這家便利商店並不大，但無論是店員的服務態度，還是貨架上那些擺放整齊到能治癒強迫症的貨品，都透露著一個資訊，這裡的東西並不便宜，但誰叫她愛吃的一款進口糖果只有這裡才有呢？

穿過幾個生活用品的貨架才是零食區，池渺渺喜歡的那個牌子的糖果竟然只剩下一包了，孤零零地被放在頂層貨架上。

只有一包也總比一包都沒有好。

正當她伸手要去拿的時候，那包糖卻被另一隻修長白皙的手捷足先登了。

她愣了一下，去看那隻手的主人。

對方身材挺拔衣著不凡，五官俊美到無可挑剔，以至於能讓人過目不忘。

這樣的男人本來是極少見的，但池渺渺今天不知道是什麼運氣，這已經是他們第二次見面了。

想到這男人對前女友的決絕，池渺渺因為這副好皮囊帶來的好觀感頓時減了一半，不過見他還算有風度地幫自己拿拿不到的東西，她又覺得這男人也不是完全的無可救藥。

正當她要開口道謝的時候，男人卻隨手一丟，理所應當地將那包糖丟進了他自己的購物車中。

池渺渺一時間沒搞清楚這個劇情的發展方向，而男人就像是完全沒有看到她這個人一樣，推著車逕自朝前走去。

看看，什麼叫「目中無人」？這才叫真正的「目中無人」！

池渺渺快走幾步攔住男人。

男人迫不得已看向她，眉頭微微蹙著，似有不悅，但依舊矜貴地閉著嘴，只用眼神詢問她為什麼擋住自己的路。

池渺渺也不跟他客氣，拿起他購物車裡的那包糖：「不好意思，這包糖應該是我先看到的。」

男人冷冷地掃了她一眼：「所以呢？」

池渺渺直接把糖丟進自己的購物籃裡：「所以謝謝你幫我拿下來。」

然而男人卻沒有打算讓步的意思，他命令似的口吻說：「還回來。」

怎麼可能？如果男人剛才只是跟她協商這包糖的歸屬，她還有可能讓給他，但這人截了她的胡，還這麼理所應當，並且態度傲慢，那就不能忍了！

何況對待渣男就要像秋風掃落葉一般冷酷，她很為自己剛才因為看到他的臉而恍神的那一剎那感到羞愧。

池渺渺糾正他：「『還』這個字用的不對，這包糖又不是你的，怎麼能說『還』？」

「我先拿到的當然是我的。」男人說。

池渺渺也沒打算退讓：「那是我先看到的，而且在你拿到之前我正在拿它，你沒看到嗎？」

男人上下掃了她一眼：「沒有，就算有，妳這身高拿不到的東西多了，誰知道妳看上哪個了。」

她的身高怎麼了？一百六十五公分在女孩子裡不算很高卻也是正常身高了，反正在今天之前還從來沒有人說過她矮。

論起吵架，池渺渺可是專業的，文字工作者嘛，咬文嚼字方面怎麼能吃虧呢？

她不甘示弱地也掃了男人一眼：「不管什麼事，都是合適最重要，長得高就真的好嗎？」

男人看著她，面無表情地說：「至少在這裡我想拿什麼就拿什麼，不像有些人，耍了半天雜技也拿不到東西。」

說著他似乎是故意的，看也不看就從旁邊貨架的頂層拿了一包東西，順手扔進了購物車裡。

池渺渺正要嗆回去，餘光裡瞥見剛剛被男人扔進購物車裡的東西，不由得笑了，「你的品位還真獨特。」

那是一包男士內褲，只不過花色有點特別，明黃色底色上印著鮮紅唇印，也不知道什麼樣的人會穿。

果然就見男人在掃到被他隨手丟進購物車裡的東西時，臉色也不太好看。

池渺渺的心情更好了，掂了掂手裡那包糖說：「你看你這一車幾乎都是甜食，有差我這一包糖嗎？再說糖吃多了對牙齒也不好啊，你說是吧？」

男人依舊沒有退讓的意思：「我的牙齒健康的很，就不勞妳費心了，不過有些人或許有減重的需求，倒是可以少吃點糖。」

池渺渺的確不算是很瘦的那種女生，但是也絕對不胖，就是那種比普通人瘦一點，比骨感的女生再豐滿一點，是不少人夢寐以求的可清純可性感的好身材。

結果這男人竟然還嘲諷她胖，看來除了又渣又毒，眼睛也很不好。

「你哪隻眼睛看出我有減重的需要了，你以為九十、六十、九十的完美身材那麼容易擁有嗎？」

男人不以為然道：「不好意思，九十、六十、九十的身材在我看來就不配吃那包糖。」

眼見著兩人快吵起來了，一個工作人員模樣的小哥連忙過來瞭解情況。

得知兩人是為了一包糖，小哥連忙說：「我們這個牌子的糖已經到貨了，只是還沒來得及上架，要不然您二位誰有空等一下，我現在就去倉庫拿出來。」

這一次池渺渺還沒來得及說話，男人倒是難得有點風度：「那我等一下吧。」

那小哥連忙應了一聲「好」，小跑著去了庫房。

池渺渺得償所願，也懶得再跟男人鬥嘴，拎起購物籃繼續往前走。

她還想買幾包洋芋片，一看才發現多了一個新的牌子，而且口味還挺多。

她拿起其中一包研究了一下，看到配料中有她不愛吃的芥末，便又放回了架子上，另外挑選了幾種比較常見的口味放進購物籃裡。

正打算離開，卻聽身後傳來剛才那男人的聲音：「等一下。」

池渺渺回過頭，心說這人還沒完沒了了。

「又怎麼了？」她有點不耐煩地問。

男人掃了貨架上的洋芋片一眼：「妳放錯地方了。」

池渺渺回頭去看貨架，她的確是把那包洋芋片放回了和它同牌子的一堆洋芋片中間，哪裡放錯了？分明就是這奇葩想找碴！

不就是跟他搶了一包糖嗎？再說誰搶誰還真的不好說。這繡花枕頭渾身上下只有皮相過得去了，又渣又毒又沒眼光，長得再好看一般人怕也是無福消受。

池渺渺冷笑一聲：「至於嗎？」

男人面不改色：「芥末口味的在左邊那排，妳把它放在牛肉口味的那排了。」

「是又怎麼樣？」池渺渺不以為然，「幾種口味都是同個價格，這裡連標籤都只有一個，混著放有什麼問題？再說不同口味的包裝顏色差很多，也不存在有人會拿錯的情況。」

男人明顯很不認同她的說法，微微皺著眉：「拿過的東西放回原位有問題嗎？」

池渺渺是個大大咧咧的姑娘，但她也理解有人確實有著超乎常人的秩序感。如果是平時，別人這麼提醒她，她一定會從善如流地把東西放回去，恐怕還會不好意思地說一句「抱歉」。

但眼下面對這男人，他的每一句話、每一個不耐煩的神情，彷彿都在挑戰著她本就不怎麼樣的脾氣。

她拿起那包芥末口味的洋芋片笑著問男人：「你是說這包放錯地方了嗎？還是這包？又或者是這包？」

見女孩子臉上露出狡黠的笑，李牧遙心裡頓時有了不好的預感。

果然就見她將手上的幾包洋芋片又一包包地放回架子上，但似乎是故意的，因為這一次，錯的不僅僅是一包芥末口味的，另外幾包也被放在了不對的地方。

放下洋芋片，女孩子心情倒像是好了不少：「你不會是連一包洋芋片也要跟我搶吧？不過沒關係，洋芋片這裡多得是，你隨意。」

說完女孩子沒再看他一眼，甩了一下頭髮，提著購物籃繼續往前走了。

李牧遙知道那女孩分明是故意的，但是她還沒走遠，他只好先忍著。

他努力控制著自己，不要去看那幾包洋芋片，可是那幾包被隨手放下的洋芋片就像在腦子裡生了根一樣，讓他想不去在意都難。幾次深呼吸後，他還是有幾分挫敗地走上前，想趁著那女孩不注意的時候，用最快的速度把幾包洋芋片按照口味重新擺好。

池渺渺本以為剛才那男人是要故意噁心她才那麼說的，結果她不經意間回頭，發現他竟然真的去重新擺放那幾包洋芋片了。池渺渺簡直目瞪口呆，看來這男人不僅又渣又毒又沒眼光，現在又多了個毛病——強迫症晚期。

為了證實這一點，池渺渺決定做個實驗。

她回過頭才發現自己剛好停留在衛生用品貨架前，各式各樣的套套擺滿了整個貨架。

她忽然福至心靈。

餘光裡男人正好往她的方向看過來，她便不慌不忙拿起一盒超薄款的套套，隨意看了一眼後將它放到螺紋款的那一排，然後如法炮製，幾乎將這架子上的套套擺放全部打亂。

做完這些她還不忘回頭看了不遠處的男人一眼，見他面有慍色，似乎隨時要爆發的樣子，她也就放心了，拎起購物籃快速轉到貨架後面。

她在那站了片刻，果然沒過多久就聽到男人沉穩有力的腳步聲由遠及近。

李牧遙不用猜也知道剛才那女的是故意的。

理智告訴他，他不該走過來，早點去結帳走人，離開了這間便利商店，這事也就過去了。

可是腿腳卻好像不聽使喚了似的，在他反應過來時，人已經站在了擺滿了套套的貨架前。

剛才只是遠遠看了一眼就覺得有點不好了，此時近距離仔細一看，原來按照品牌款式不同分門別類擺放整齊的套套們此時被擺得亂七八糟毫無章法，正五花八門地刺激著他身體裡的某一根過分敏感的神經。

他知道自己絕無可能若無其事地走開了。

他不由得深呼吸兩次，也顧不上周圍是不是有人看著，此時的他只想將一切錯位的東西立刻復原。

池渺渺猜到這男人有強迫症是一回事，親眼見證時還是覺得匪夷所思，尤其是她剛才是下了大功夫「搗亂」的，而那男人並不僅僅是把不同品牌不同種類的套套歸類，他甚至記得它們每一盒剛才在什麼位置。

這究竟是朵什麼樣的奇葩？不過比起他跟她說話時那冷漠桀鶩的態度，這時候專心致志幫套套們「歸位」的神情倒是讓人看著舒服很多。

正在這時，一個突如其來的聲音把正在專心幹活的男人和正偷看他幹活的池渺渺都嚇了一跳。李牧遙手一抖，手上那盒「極爽持久」險些掉在地上。

他面不改色地回過頭，是剛才那位幫他到倉庫拿糖果的工作人員。

對方看了看他手上的東西，很含蓄地笑著問：「需要幫忙嗎？」

李牧遙想說正好，讓他們工作人員自己去分門別類也好，結果就聽到這位工作人員繼續道：「我看您在這研究半天了還沒選好，或許我可以幫您參謀一下。這款超薄的賣的特別好，您一般是用什麼尺寸的，我幫您找兩盒……」

眼見著男人的臉色越來越難看，池渺渺忍笑都要忍出內傷了。

不行，她要趕緊離開這地方，不然她真擔心自己會不小心笑出聲來。

她又轉到冷藏區拿了瓶優酪乳，情緒總算平復下來，到收銀台去結帳。好巧不巧，那男人也選好了東西，朝收銀隊伍走來。

這家便利商店空間不大，只有一個結帳通道，男人顯然也看到她了，但還是走上前，排在她的後面。

她又想起剛才那一幕，有點忍俊不禁。偷偷看身後男人的神情，他卻彷彿什麼事情都沒發生一樣，臉上表情一絲不苟。

很快就輪到了池渺渺結帳，她剛拿出手機就被告知今天收銀系統有問題，只能現金支付。

還好池渺渺出門有帶點零錢的好習慣，正好四十塊，她從錢包裡找出紙幣結了賬。

池渺渺還在將零食往購物袋裡裝的時候，收銀員已經在幫身後那個男人結帳了，池渺渺隨意聽了一耳朵，這傢伙竟然買了兩百九十塊錢的糖，也不怕早早罹患上糖尿病！

池渺渺正腹誹著，餘光裡感覺到後面的氣氛似乎有點不對。

她回頭去看就見男人看著收銀員找給他的十元紙幣並不伸手，似乎有點為難。

而那張十元紙幣連帶著收銀員手上的另外三張分明就是她剛才用來結帳的錢。

難不成是那張鈔票有什麼問題？

片刻後就見男人從身上翻出一張紙巾，打開來攤在手掌上，然後才朝收銀員手裡的錢不情不願地揚了揚下巴。

收銀員不解地看看男人手上的紙巾，又看看自己手裡的錢，不確定地將錢放在了男人手中的紙巾上。

周遭眾人對自己看到的這一幕皆是一頭霧水，然後就見那西裝革履樣貌格外出塵的男人用紙巾將那十塊錢包得嚴嚴實實，才小心翼翼像是怕觸碰到什麼髒東西似的將那紙包塞進皮夾中。

這是在嫌棄她碰過的錢？看他那一身行頭也不像是在意那點錢的，既然這麼講究，不要找零不就好了。還不是想以此來侮辱她嗎？

短短一瞬間的工夫，池渺渺已經在內心裡將對方罵了個千百遍！

03

正在這時，閨密暖萌的電話打了過來，『忙什麼呢？』

池渺渺看著便利商店裡的男人收拾好東西走了出來，路過她面前時好像根本沒看見一樣目不斜視地走了過去。

池渺渺撇撇嘴：「剛從便利商店出來，遇到一個變態。」

『什麼樣的變態把妳氣成這樣？』

池渺渺把剛才和那男人幾個回合的過招講給暖萌聽，暖萌差點笑到背過氣去。

池渺渺早就忘了自己今天是怎麼躲在貨架後面偷笑的了，無奈地問閨密：「有那麼好笑嗎？妳都笑出打鳴聲了。」

暖萌勉強忍住笑意說：『不說他了，對了妳上午出去幹什麼了？打妳電話妳也不接。』

「面試唄。」

『妳真的打算找工作了？』暖萌有些意外。

池渺渺嘆了口氣：「是啊，我這幾年也沒寫出什麼好作品，全靠吃老本，再這樣下去飯都吃不起了，我都這麼大了，總不能回去啃老吧？」

暖萌也跟著嘆了口氣：『也行，說不定外面的工作能刺激妳的靈感呢。對了，妳去哪家公司面試的？』

「城東開了家失戀博物館妳聽說過嗎？」

暖萌激動起來：『當然聽過了，這家失戀博物館最近特別紅。』

「啊？為什麼？」

『其實這家失戀博物館也開了兩年了，一直沒什麼人去，最近有人拍到了他們老闆的照片並傳到網路上，廣大網友們看了都驚為天人，聽說像小鮮肉時的瀧澤秀明。』

池渺渺很快抓到了一個重點，「聽說？」

『是啊，也不知道拍照的人是什麼水準，拍出來的不是模糊就是背影和側後方。雖然只是冰山一角，但憑我的直覺，應該是個頂級帥哥。而且後來也有人專門去看，見過真人的也都說很帥，只是沒機會拍照。』

池渺渺忽然想到那些排隊面試的女孩子，應該都是衝著那位瀧澤秀明去的，面試官最後問她的那個問題，應該就是把她和其他女孩子歸為同類了。

想到這裡，池渺渺嘆了口氣：「難怪面試時人家問我認識不認識他們老闆，我竟然這麼孤陋寡聞說不認識，肯定沒戲了。」

暖萌安慰她：『雖然有這種可能性，但結果不是還沒出來嗎？再等等唄！妳要是真的能進失戀博物館工作，解決溫飽問題都是次要的，搞不好一併把終身大事也搞定了。我聽說那瀧澤秀明不僅長得帥，還是個富二代呢，最重要的是，他不挑啊，聽說就是喜歡吃窩邊草，前幾任女朋友有公司員工，也有博物館的遊客，什麼樣的都有！』

池渺渺越聽越不對勁：「我說妳這是什麼意思啊？再說我又不喜歡瀧澤秀明，姐妹我喜歡玄彬！」

暖萌冷哼一聲：『就別提玄彬了，別怪我沒提醒妳，妳那位長得像玄彬的宋學長都快結婚了，可妳連男人的手都還沒摸過呢！眼下有個瀧澤秀明就不錯了，好好把握。』

「我覺得我們是不是想的有點遠了？要到那一步，首先人家公司得要我，其次那瀧澤秀明要正好單身。」

暖萌：『那妳可真是夠幸運的，論壇上的最新情報是，他剛剛分手，因為有人說她前女友三天兩頭去館裡鬧，說是不想分手。』

池渺渺腦中忽然浮現出一張英俊到近乎完美，但又冷酷到讓人望而卻步的臉，還有那番別出心裁的渣男語錄。

不會這麼巧吧？

接下來的幾天，沒有再接到其他公司的面試邀請，池渺渺只好寫寫文、看看劇，外加繼續投履歷。她之前完全沒想到，找個工作竟然這麼難，再加上銀行戶頭的餘額越來越少，她也跟著越來越著急。

正一籌莫展的時候，原本沒報什麼希望的失戀博物館竟然給她 offer 了，還通知她隨時可以去報到。

當時是週五，所以池渺渺和對方約了週一。

週一一早，池渺渺見到了打電話給她的那位人事經理韓夏，對方其實就是面試官之一。韓夏看起來比她略年長幾歲，但人非常隨和開朗。幫她辦理完入職手續，還親自帶著她參觀了整棟博物館。

韓夏介紹道：「每天都有捐贈者想在我們館裡展覽自己的失戀信物，但他們捐贈的東西千奇百怪，有的不適合長期儲存展覽，也有的故事比較普通難以引起遊客共鳴。所以妳的工作內容有一部分就是負責審核這些捐贈物品，然後聯絡通過審核的捐贈者，幫他們完善他們的故事。哦對了，妳需要做一些文字方面的工作，沒問題吧？」

「沒問題。」

這棟建築有兩層樓，從一樓的天井處可以望到高高的穹頂，以及二樓走廊的實木欄杆，這使得展館的空間看起來非常大，又因為是深色調為主，再配上那些千奇百怪的展品，顯得整棟建築透著一股神祕而幽靜的氣氛。

兩人一邊低聲說著話，一邊上了二樓。

旋轉樓梯上來第一個房間就是池渺渺上次參加面試的房間，也是失戀博物館的會議室。再往裡走是員工的辦公區，辦公區是開放式的，和辦公大樓裡的隔板不同，這裡的裝潢風格和整棟建築一脈相承——深色的桌椅，華麗繁複的裝飾，倒是現代化的電腦顯得有些格格不入了。

這個辦公區很大，分左右兩邊，如今只有一邊有人辦公，另一邊幾乎是空著的，可見這家公司的員工並不多。

韓夏像是看出她的想法，解釋道：「公司的職位主要分為內容策劃、人力資源、行政、財務、保全衛生，目前每個職位只有一、兩個人，需要人手的時候，別的職位也會幫忙。初創期的公司都這樣，但我們現在在上升期，所以才會招兵買馬。」

池渺渺點點頭，表示瞭解。

左邊最後一間總經理辦公室房門緊閉，韓夏突然想起什麼，說：「我差點忘了妳沒聽過我們老闆。我們老闆姓蕭，我們一般都習慣叫他老闆。他人很隨和的，沒什麼架子，長得也帥，不過我建議妳還是離他遠一點。」

池渺渺大概猜到韓夏為什麼會這麼說，但她還是問：「為什麼？」

韓夏四下看了看，壓低聲音說：「妳知不知道我們為什麼最後選擇了妳？」

這件事池渺渺也很好奇，她搖了搖頭表示不知道。

韓夏說：「就是因為妳是七十八個來參加面試的人中的唯一一個沒聽說過蕭總的人。」

「這有什麼關係？」池渺渺更不解了。

韓夏頗有點一言難盡的意思：「我們老闆什麼都好，就是在處理男女關係上，怎麼說呢……不夠慎重，沒少給自己惹麻煩。舉個例子，妳的前任——哦就是妳這個職位上原來的那個女生，就因為跟蕭總談戀愛分手了，二話不說離職了。」

池渺渺忽然想到面試那天在樓梯轉角看到的男女，「那我這個前任是不是最近還總是來館裡找蕭總？」

誰知韓夏竟然擺擺手：「最近來的那位是剛分手的，妳的上一任是蕭總的前前任，離職三個多月了。」

池渺渺徹底無語，什麼瀧澤秀明？這不就是個花心渣男嗎？

不過，池渺渺回憶了一下男人的長相，說實話她並不覺得他和瀧澤秀明有什麼相像的地方，換句話說瀧澤秀明也帥，可怎麼能和這張臉比呢？這男人的皮相用一句「帥得慘絕人寰」來形容也不為過。

只是，可惜了……

「哦對了。」韓夏說，「他最近在休假，短期內應該不在館裡。」

池渺渺看了旁邊緊閉的房門一眼，顯然就是那渣男的辦公室了。見不到人也好，也省得她總想著除暴安良了。

兩人繼續往前走，繞過茶水間和洗手間，另外一邊是一個休息區，這裡擺放著幾組沙發，還有幾個很復古的大書架，這個空間經常會舉辦一些失戀話題的分享會，參加人一般是失戀博物館的粉絲和幾個工作人員。

再往前是個放映廳，放映廳裡的裝潢擺設和普通電影院差不多，據說會定期錄製一些短片在這裡播放。

池渺渺一直很期待參與一些影視劇的製作，可惜一直沒有機會，錄製短片和影視劇製作流程應該差不多。

「我可以參與嗎？」

「當然了，這就是妳工作內容的另一部分，不過妳主要負責提出策劃案，具體操作可以找外面專業的團隊。」

池渺渺有點興奮：「錄製這種短片，成本也不低吧？」

韓夏得意地聳聳肩：「所以我們的票價也不低。」

參觀完整個失戀博物館，韓夏鼓勵地拍了拍新人的肩膀：「試用期半年，好好努力。」

新人池渺渺正想表個決心，忽然聽到樓下傳來一陣嘈雜的吵鬧聲。

兩人不約而同趴在欄杆上朝樓下望去——好像是有人要進來，但不知道為什麼被工作人員攔了下來，於是兩方發生了爭執。

韓夏嘖了一聲：「妳稍等，我去看一下。」

池渺渺點頭，目送韓夏離開，又看向一樓那幾人，忽然發現中間被工作人員圍著的人身形有點眼熟，好像是上次她來面試時遇到的那個女生……

與此同時，那女生的聲音斷斷續續的從樓下傳來，問為什麼不讓她進館。

正在這時，池渺渺的手機響了。

來電人是暖萌，問她在忙什麼。

池渺渺趴在樓梯欄杆上百無聊賴地看著樓下的鬧劇：「看熱鬧。」

『什麼熱鬧？』

「瀧澤秀明的前女友。」

『啊！長什麼樣？漂亮嗎？拍張照片給我看看！』

池渺渺拗不過暖萌，掛掉電話後只好對著樓下拍了張照片。

照片拍好，她放大仔細看了看，有點模糊。

正當她要再拍一張清晰一點的照片時，手機忽然被身後伸來的一隻手抽走了。

池渺渺回頭看，渣男本渣竟然現身了，可是他不是去休假了嗎？

與此同時，男人的臉上也閃過一絲詫異：「怎麼是妳？」

是啊，他們還真是有緣，可惜是孽緣。

04

池渺渺意識到一個很嚴重的問題，在今天入職之前，她已經徹底得罪了她的老闆，也就是眼前這位。

池渺渺用平生最快的速度分析了一下眼下的狀況，並且想到了一個應對措施——人對只有過一兩面之緣的人的長相未必記得清楚，要想保住飯碗，她只能裝作從來沒有見過他。

打定了主意，池渺渺開始了她的表演。

她對著男人懵懂地眨了眨雙眼：「你是？」

男人沒理會她的問題，視線從她的臉上下移至她胸前的名牌上，而後微微挑眉：「妳在這上班？」

「對啊，我叫池渺渺，今天第一天來報到，你也在這裡上班嗎？」她客氣地伸出手，「初次見面，請多多關照。」

「初次見面？」男人冷冷看著她，「看來妳的記性不怎麼樣。」

池渺渺悻悻地收回手，繼續裝傻：「不會啊，我的記性挺好的呢，如果我們以前見過，我一定不會忘的。倒是我長著一張大眾臉，被人認錯了很正常。」

「大眾臉？」男人的目光在她臉上停留了片刻，對她的說法表示了認可，「確實。」

確實？她自謙一下也就算了，他竟然還說確實！她這兩年雖然有點長殘的趨勢，但讀大學時也是校園論壇的風雲人物，校花排行榜上的釘子戶，他竟然說她確實是大眾臉？

這人有沒有眼光啊？

見男人走向總經理辦公室，池渺渺才想起來，這傢伙還拿著她的手機，她連忙跟了上去。

然而進門後，池渺渺立刻被這間辦公室的豪奢轉移了注意力。

放眼望去，這間辦公室足足有七、八十坪，在這寸土寸金的地段最起碼值八位數。而且這裡的裝潢也是處處透著低調的奢華。尤其是辦公桌後面那個博古架，上面擺放著的一看都是價值不菲的私人珍藏。

而且這應該不是全部，博古架後的牆上還有兩個不太明顯的隱形門，可見這房間只是他活動的區域之一。

男人進門後直接將她的手機丟在辦公桌上，然後脫掉西裝外套走去洗手池邊洗手。

池渺渺想提醒一下那是她的手機，但男人彷彿沒有看到她的欲言又止。

池渺渺只好在一旁乾等著，順便百無聊賴地看他洗手。

他的皮膚很白，自然手也很白，指甲修剪得整齊圓潤，泛著健康的光澤，就如她在便利商店裡注意到的那樣，手指修長骨節分明，一看就是雙養尊處優翩翩公子哥的手。

他洗手的動作很仔細、很優雅，也很規範……簡直像在錄製什麼公益廣告，不過也難得有人能把洗手這個簡單的動作都做得這麼好看。

片刻後，他關掉水龍頭拿過掛在一旁的毛巾擦了擦手：「妳不知道我是誰？」

池渺渺：「現在知道了。」

「妳對樓下的熱鬧很感興趣？」

「也不是。」池渺渺抬頭看男人一眼，試探地問，「就是有點好奇，為什麼不讓那女孩子進來呀？」

男人從櫥櫃中拿出一個馬克杯放在了咖啡機前：「她嚴重擾亂館內秩序，不讓她進來有什麼問題嗎？」

呵，還真是絕情。

池渺渺佯裝了然地點點頭：「原來如此。」

「但我覺得這樣不好。」男人說。

他終於打算做個人了！

池渺渺：「為什麼不好？」

男人意有所指地看了桌子上的手機一眼：「現在的人有點什麼糾紛都喜歡傳到網路上，一旦上了網，事情的事態就不好控制了。不知情的人只知道她是弱勢群體，我們是強勢的一方，大家會不自覺地偏向她的立場。這樣一來對公司的形象不利，再說，她和我們工作人員就這麼在門口拉拉扯扯的，也影響其他遊客參觀。」

竟然每一個理由都是為了自己，一點都沒考慮女孩子的感受。這男人自私自利起來別人真的是望塵莫及！

磨好的咖啡緩緩流出，空氣裡頓時瀰漫起咖啡的香氣。

他問他：「妳覺得應該怎麼辦？」

「我？」

要是真的讓她說，她只想除暴安良痛打天下渣男。

男人端著咖啡回到辦公桌後，抬眼看她：「說說看。」

池渺渺想了一下：「瞭解一下她的訴求，看她的穿著打扮也不像是故意無理取鬧的人，萬一她真的在我們這裡受了什麼委屈跟她協商一下如何補償？如果不是我們的問題便開導她，就是調節糾紛嘛。」

池渺渺說話時，男人一直垂眼看著面前那杯咖啡像是在思考。

池渺渺本以為，自己這話多少會讓他有吃癟，不動聲色大概也只是在掩飾怒氣或者尷尬，誰知池渺渺說完後，男人竟然很爽快地點了點頭說：「那這事就交給妳了。」

「我？」

「有什麼問題嗎？」

他是老闆，上班第一天安排給她的工作她敢有什麼問題？

「沒問題。」她不情不願地點點頭，又掃了自己的手機一眼：「那我能走了嗎？」

男人的目光也停留在她的手機上：「第一天上班，不瞭解這裡的規矩也正常，但是這是第一次，我希望也是最後一次。」

池渺渺一頭霧水：「什麼規矩？」

「韓夏沒跟妳說嗎？館裡不許拍照。」

原來是因為這個就差點沒收她的手機……

「那不是對遊客的要求嗎？我其實只是……」池渺渺說話時聲音越來越弱，最後乾脆沒有說下去，因為男人看向她的目光實在算不上友好。

她點點頭：「我明白了，下次不會了。」

「刪掉照片，出去吧。」

池渺渺在內心瘋狂咒罵著某人，但面上卻很恭順地把剛拍到的照片刪掉。

正打算離開時，她又被男人叫住。

「還有什麼事嗎？」她勉強擠出一個笑容問。

男人瞥了他面前的咖啡一眼，說：「這杯咖啡送妳了，別浪費。」

池渺渺愣了一下：「為什麼？」

「妳的口水濺到杯子裡了，妳不喝就只能倒掉。」

她不由得又想到她在便利商店看到他用紙巾包著零錢時的場景。

有那麼一瞬間，池渺渺簡直懷疑對方有意侮辱她！

饒是擁有媲美影后般的演技，這時的她也有點撐不住了。

池渺渺為自己辯解：「我離那麼遠，再大的肺活量，口水也濺不到你的杯子裡吧！」

「我感覺到了。」

「但理論上兩公尺之內都有可能，而且……」他抬起頭掃了她一眼，冷酷地說：

這也能感覺到？池渺渺只覺得兩眼一黑，不得不靠兩個深呼吸來緩解情緒。

她不停地告誡自己，這男人現在是她的老闆，毆打老闆是要被開除的。

05

走出總經理辦公室，池渺渺才覺得扼住脖子的那隻手終於鬆開了，跟著奇葩老闆多待哪怕一秒鐘，她都有窒息身亡的危險！

正巧韓夏剛從樓下上來，見到她不由得發起牢騷：「總算搞定了，現在的小姑娘可真難搞！」

池渺渺掃了樓下大門的方向一眼，此時已然風平浪靜。

她問韓夏：「那女生走了嗎？」

韓夏無奈嘆了口氣：「她要是那麼好對付我也不用煩惱了……還沒走呢，在門口坐著，看樣子短時間是不打算走了。唉，今天也不是第一次了，以往也是，三不五時就跑來鬧，告訴她我們館長不在，她就是不信……」

該來的總會來，既然安撫那姑娘的任務肯定躲不掉，不如早點解決。

她將手上的咖啡遞給韓夏：「請妳喝咖啡。」

韓夏有點意外：「哪來的咖啡？」

池渺渺已經往樓下走去：「我去勸勸那女生。」

韓夏有點意外之餘又嘆了口氣：「也好，妳們年紀差不多，或許她願意聽妳的。」

韓夏低頭看了手中的咖啡一眼，雖然不知道池渺渺從哪弄來的，但上面的葉子拉花還栩栩如生完整如初，很顯然沒有被人動過。既然是請她喝的，那她也不客氣了，當下就低頭小酌了一口。抬起頭來時原來緊閉著的總經理辦公室的門竟然不知道什麼時候打開了，裡面的男人正站在門裡看著門外的她喝咖啡。

韓夏愣了一下，問候了一句：「老闆早。」

也不知道這話觸及到了對方哪根不對勁的神經，二話不說又將辦公室的門關了起來。

李牧遙勸自己不要去想一個人吃另一個人口水這件事，對著窗外狂吸幾口新鮮的空氣，這才勉強壓下身體裡那種隱隱約約的不適感。

此時正是一天中陽光最好的時候，但因為是工作日，失戀博物館門口的小廣場上沒什麼人，廣場中背對著她坐在長椅上的女孩顯得格外醒目。

池渺渺朝那女孩子走過去，走近一點才發現女孩的肩膀正微微抖動著，似乎是在哭。

來之前，她只當安撫女孩是渣老闆交給她的任務，但是這一刻，自己是真的有點於心不忍了。

「那個……」走至女孩身後，她還是沒想好要怎麼開口。

女孩聽到了她的聲音，回過頭來。

她看到池渺渺似乎很意外，與此同時眼神中還帶著一絲不敢確定。

池渺渺在看到女孩那黑乎乎的眼圈以及她臉上同樣黑乎乎的兩道淚痕時被嚇了一跳——她一直頂著這張臉在失戀博物館門口討說法的嗎？還好那渣男沒出面，不然也會被嚇得不輕。

池渺渺琢磨著開場白，她指了指身後的失戀博物館：「我是……」

然而沒等她把話說完，女孩直接打斷她：「是喵大嗎？」

池渺渺的筆名是「蒼茫喵喵」，她的讀者們都會親切地稱呼她為「喵大」。

池渺渺無比意外：「妳認得我？」

面前那張滑稽的臉上綻放出一個驚喜的笑容來，「真的是妳啊！我是妳的粉絲啊！很喜歡妳寫的書！妳本人和社群照片上的一樣好看！」

池渺渺頓時有點飄飄然，想不到自己還有粉絲，不過看來這閒事是管對了。

再看女孩那張又哭又笑的花臉，她委婉地說：「趕緊擦擦眼淚吧，妝都花了。」

女孩這才回過神來，接過紙巾道了謝，邊擦著臉邊說：「我真的沒想到會在這裡遇到喵大，妳是來參觀失戀博物館的嗎？」

但沒等她回答，女孩似乎意識到了什麼，尷尬地笑笑說：「那剛才……妳肯定也看到了吧？」

池渺渺猜她指的是她和館裡工作人員發生衝突的事情，連忙說：「其實也沒什麼，誰還沒有傷心難過的時候？」

女孩子聞言，臉上的笑容又不見了。

池渺渺頓時有點無措，正想著再安慰她幾句，就聽女孩子說：「我就是不甘心。」

見女孩似乎並不排斥跟她這個外人分享心事，池渺渺提議：「妳會渴嗎？要不然我們找個咖啡店坐下來說？」

女孩立刻點頭：「太好了，我正想找個人說說話，喵大妳寫過那麼多唯美的愛情故事，在感情方面肯定很有經驗，或許能幫到我。」

這話讓池渺渺有點受用，而且說實在話，她也很想八卦一下那個渣男的事情。

兩人就在失戀博物館旁邊的飲品店坐了下來，女孩子擦掉臉上的殘妝後也算得上漂亮脫俗。

透過聊天，池渺渺得知她名叫林婉，是附近財經大學的大二學生，之前和渣男在博物館裡認識，後來兩人很快看對了眼就走到了一起，而且在一起沒多久後，女孩子就和渣男同居了。

一開始他們相處很甜蜜，但持續沒多久，她就發現渣男時不時會和其他女生搞曖昧。兩人因此沒少吵架，沒多久渣男就提出分手。

林婉越說越氣憤，她問池渺渺：「喵大，我的經歷是不是都能被寫成小說了？」

這麼說那渣男確實夠渣，池渺渺倒是挺同情林婉，不過比起在博物館裡她偷聽到的那幾句話帶來的震撼，這些事情反而顯得沒什麼稀奇了。

她問林婉：「妳是怎麼發現他和其他女生曖昧的？」

「我無意間看到他手機上的記錄，他經常和一個工作上認識的女人見面打電話，那女人還是單身，我覺得這樣不好，就問他怎麼回事，他藉口說是工作的事，還怪我無理取鬧。」

雖然池渺渺內心裡已經把她老闆劃分到了渣男的陣營裡，但只憑林婉說的這些也確實不能說明什麼，「會不會真的是工作上的事？」

林婉立刻否認道：「怎麼可能？除了這個女人，他還叫另外一個女人『寶寶』！」

「什麼？」

還真是人不可貌相！在此之前，池渺渺以為那渣男跟人相處都是那麼高高在上睥睨一切的，沒想到他也會有甜言蜜語的時候，不過一想到那張刻薄的嘴叫別人「寶寶」，她並不覺得多甜蜜，反而有點毛骨悚然。

她情不自禁搓了搓手臂。

林婉關切地問：「喵大，妳會冷啊？」

「沒事沒事，可能穿得有點少。不過……還真是人不可貌相哈。」

林婉唏噓道：「我當初也沒想到他是這種人。」

男人啊，不管披著什麼樣的皮囊，靈魂都是不安分的！

池渺渺嘆了口氣說：「那妳和他分手就對了，這樣的男人也不值得妳留戀，不如早點整理一下心情，妳這麼漂亮不怕遇不到真正珍惜妳的人。」

林婉卻委頓下來：「可我不明白，一個人為什麼會在短期內變化那麼大呢？我這麼難受他怎麼能無動於衷呢？」

渣男如果還會在乎別人的感受還是渣男嗎？奈何眼前的女孩子就是看不透。

「既然你們已經分手了，再糾結這些也沒什麼意義，不管他究竟是怎麼想的，至少從結果看，他確確實實傷害了妳，既然如此妳也早點忘記他吧。」

林婉吸了吸鼻子：「可是要忘記一個真心愛過的人，哪有那麼容易？」

這的確是個千古難題，饒是池渺渺沒什麼戀愛經驗，也知道這一關沒那麼容易過去，不是別人勸幾句就能想通的。

兩人又聊了一陣子，池渺渺好說歹說總算說服林婉暫時不再去失戀博物館鬧事了。

雖然沒有讓林婉澈底對渣男死心，但也算暫時完成了渣男給她的任務。

送走了林婉池渺渺返回館裡工作。她的工作內容之一就是登記捐贈品並且整理相關資料，上手並不難，所以不到半天的時間她就把工作流程理順了。

下午休息時，她隨手打開社群，注意到有粉絲＠了她。

鄰家小喵婉婉：『在我人生最絕望的時候，妳出現了，謝謝！＠蒼茫喵喵。』

這個ＩＤ池渺渺很熟悉，是她為數不多的鐵粉之一，沒想到竟然就是林婉。

不過結束一段不到三個月的戀情就能讓自己的人生進入到了「最絕望」的狀態，這是不是有點言重了？但池渺渺也沒多想，回了個「加油」，又順手點了關注。

池渺渺白天在館裡工作，晚上回家還要繼續小說創作。

池渺渺接下來打算寫一篇職場故事，書名叫《老闆幫幫忙》。

按照她的構思，女主角最初是一個職場小蝦米，雖然是新人，但工作勤勤懇懇認真負責。可惜她的老闆，也就是這篇小說的男配角是出了名的難伺候，霸道、自我、小心眼，最見不得別人過得好。

女主角格外倒楣，被這位變態老闆盯上了，日子苦不堪言，直到男主角出現。男主角是女主角大學時的學長，公司的新晉合夥人，掌握著重要的產品技術，是變態老闆得罪不起的人。

男女主角在工作中互生情愫，共同對抗變態男配角。而男配角在虐待女主角的過程中莫名其妙對女主角產生了感情，接受不了女主角和其他男人一起對付自己。卑劣的男配角開始不擇手段的搞破壞，嫁禍男主角陷害女主角。最後都被男女主角聯手識破，不得不灰溜溜離開了公司。

池渺渺拿著這份故事大綱和暖萌探討情節。

暖萌覺得題材還不錯，也笑她從工作中獲得了靈感。

一提到那個渣男老闆，她就不得不想到林婉，想到林婉，她又想到林婉最近上傳的幾則社群動態——感覺自從上次她們兩人見面以後，林婉的狀態並沒有隨著時間推移而好轉，給人的感覺反而是意志越來越消沉了。

池渺渺心裡隱約有點不安，連面前的麻辣火鍋都沒什麼滋味了，但仔細想想她又覺得可能是自己多慮了。

池渺渺嘆了口氣：「我今年一定犯太歲，寫不出好故事不得不找工作養活自己，結果還遇到這種奇葩老闆，更要命的是在我入職之前就已經澈底得罪了他！還有比我更倒楣的嗎？」

暖萌幫她把啤酒加滿：「往好處想，才剛入職妳和他的關係就這麼差了，以後也不會再差了。而且我總覺得你們的相遇過程怎麼那麼戲劇性呢？我略微分析了一下這種關係，於是有了個大膽的猜測。」

「什麼？」

「你們第一次見面純屬意外，但後面的事，妳覺不覺得他有點針對妳？」

「這還需要覺得嗎？不是很明顯嗎？」

暖萌煞有其事地點點頭：「那就對了，針對妳未必是討厭妳，還有一種可能性。」

「什麼？」

「想泡妳。」

正在這時，池渺渺放在桌子上的手機像是受到了什麼感應似的忽然響了起來，來電號碼池渺渺沒有存過。

她遲疑了一下接通電話，一個清冷的聲音立刻從聽筒裡傳了出來。

『是我。』

光是兩個字，池渺渺就聽出了對方是誰。

06

池渺渺清了清嗓子回話說：「哦，有什麼事嗎？」

李牧遙：『忽然有個工作需要妳加個班，半小時以後建新路口旁邊的停車場見。』

他說完也不等池渺渺回覆，直接掛斷了電話。

暖萌見池渺渺臉色難看，好奇地問：「什麼事啊？」

池渺渺看了一眼時間：「這個時間點了，約我去加班，這就是妳說的想泡我？泡他個大頭鬼吧！」

暖萌狂笑：「以你們現在的關係，他想見妳不就只能約妳加班了嗎？別的理由哪有加班這麼名正言順啊！不過話說回來，妳去不去啊？」

池渺渺嘆氣，決定向生活低頭。

她把杯子裡的啤酒喝光，帶著即將英勇就義的神情拍了拍閨密的肩膀：「我去了，祝我好運吧。」

她出門叫了計程車，司機熟門熟路，半小時後，將她送到了指定地點。

但池渺渺發現，這停車場對面就是一家五星級酒店。她不由得又想起了暖萌的話……

下了計程車，她很快就看到李牧遙的那輛 LAND ROVER。

駕駛座的車窗降下一半，可以看到裡面的他正皺著眉頭頻頻看手錶，似乎已經很不耐煩了。

池渺渺猶豫了一下走上前。男人很快注意到她，下了車。

他的臉色依舊不好看，當著她的面抬起手腕看了一眼時間說：「妳遲到了五分四十三秒，不過看在是臨時通知妳的分上，下不為例吧。」

說完男人也不給池渺渺說話的機會，直接走向旁邊的酒店。

池渺渺萬萬沒想到，所謂的「加班」還真的加到酒店來了。而且就算他對她有什麼非分之想，怎麼連個事先的鋪墊都沒有，就直接上真格了呢？

難道在渣男的概念裡，晚上同意一起加班其實就是默許了他可以對她為所欲為？他是不是覺得，他有點錢，能決定她的去留，還長得有幾分姿色，她就一定不會拒絕了？

池渺渺覺得很可笑，什麼「向現實低頭」，今天這個頭她是低不下去了。

男人意識到她沒有跟上，停下腳步奇怪地看著她。

在剛才的一瞬間，池渺渺已經做好魚死網破的打算——不就是一份工作嗎？大不了不要了！

她瞬間換了個態度，端著手臂冷冷看向男人：「我要是不同意跟你走呢？」

男人眼中的困惑更濃了：「那妳跑來幹什麼？」

看看，果然和她想的差不多，在他們這些渣男看來，她同意晚上來加班就是同意了一切！

池渺渺嗤笑：「看來你以前沒少幹這種事啊！」

李牧遙左右看了看，確定這姑娘陰陽怪氣地是在跟自己說話：「妳發什麼神經？」

池渺渺慢條斯理地走上前：「這就是發神經了？那你還沒見過更神經的呢。」

李牧遙被她的話弄得一頭霧水，但他此刻完全沒有心思去瞭解面前的人為什麼會忽然失心瘋，他不耐煩道：「有事來不了妳可以早點在電話裡說，現在來了又不進去，好玩嗎？」

呦齁，還學會倒打一耙了！

她倒要看看這男人能有多渣，「我現在改變主意了，不想進去了，不行嗎？」

男人深吸一口氣，像是在極力壓抑著火氣，他又看了一眼時間：「不行，現在再找其他人也來不及了。」

謔，池渺渺簡直以為自己聽錯了，看他人模狗樣的，竟然饑渴到這種程度！

見她還是不為所動，男人不情不願地放軟了語氣，但也只是比他趾高氣昂的時候好那麼一點點，「行了，妳來都來了，再回去這路上的時間不是白費了嗎？反正也用不了多久，很快就放妳回去。妳來回的計程車資公司報銷，另外多算妳兩小時加班費。」

池渺渺簡直要氣笑了，這男人可真會算計，為了省錢都不惜詆毀自己，竟然說自己用不了多長時間，還無比「慷慨」地按照一小時雙倍的加班費給她多算兩個小時！

看來真的應了那句話，越是有錢的人越小氣，她這位老闆真的是她見過的，前所未有的小氣鬼了！

池渺渺冷笑道：「跟我談錢，我像是在意那點錢的人嗎？」

男人似乎有點意外：「妳不在意？可我聽韓夏說，妳是唯一一個加班時間精確到秒，報銷時連一毛八分錢的零頭都不肯抹去的人。」

池渺渺差點被他的話噎到：「那本來就是我應得的，我算的清楚一點有什麼問題嗎？」

李牧遙煩躁道：「隨便妳吧，那兩小時加班費不要就不要。」

池渺渺徹底懵了：「你真是讓我大開眼界。」

李牧遙徹底沒了耐心，他又看了一眼時間說：「妳到底要怎麼樣才能跟我進去？」

池渺渺端著手臂：「我知道我長得還可以，身材也不錯，最初和你認識時比較有戲劇性，可能勾起了你的興趣。但我絕不會因為你是我的老闆，就什麼事情都聽你的，我這人還是很有底線的。我原本只是想好好工作，可如果你執意以此威脅我，這工作我寧可不要，也不會向你屈服的。」

話畢，她還不忘狠狠地看了前面五星級酒店的大門一眼。

李牧遙越聽她的話越不對勁，到最後總算明白了池渺渺這麼反常的原因了。

他不禁感慨，可見有些人整天都在想些什麼。

李牧遙的手機在這時候響了起來。

是汪可的電話，問他到哪了。

她和幾年前一樣，跟他聯繫從來不透過助理，哪怕是公事也是一樣。

他冷冷掃了面前的池渺渺一眼：「我和我的同事已經在酒店門口了，正在停車。」

池渺渺一聽這話，整個人都石化了，難不成是她搞錯了，今晚還真的是來工作的？

掛上電話，李牧遙看向池渺渺：「現在可以進去了嗎？」

池渺渺連忙換上一副笑臉：「可以可以，你之前也沒說清楚，鬧了這麼大的誤會……」

李牧遙微微一哂，毫不客氣地上下打量池渺渺一眼。

這一眼竟然讓池渺渺有那麼點無地自容的感覺，不得不說，這男人單憑這身好皮囊就能讓他在女人堆裡所向披靡了，完全用不著強求任何人。

一定是暖萌的智商傳染給了她，才讓她那麼自以為。

果然，緊接著就聽男人用沒什麼溫度的聲音說道：「其實妳大可以放心，妳在我這絕對安全。」

心知肚明是一回事，被人點破就是另一回事了，池渺渺被氣到了，但男人已經轉身往酒店大門走去。

池渺渺氣急敗壞地跟上，奈何沒注意到腳下的臺階，身體頓時失去了平衡，猛然往前衝了幾步，眼見著就要朝男人撲過去。

李牧遙感覺到身後一陣陰風襲來，一回頭就見池渺渺朝自己撲了過來，他本能地想躲開，但是心跳驟然加快，身體的反應變得格外遲緩，讓他錯過了躲開的時機。

池渺渺眼見著自己就要當眾下跪了，多虧她眼疾手快，一把抓住男人的手臂，這才勉強站住。不過這男人也真沒風度，這種時候無論是誰都會反射性地伸手扶一把，他卻像被人施了定身咒一樣，直挺挺地站在那看著她當眾出洋相。

正在這時，身後傳來一個熟悉的聲音：「喵大？」

07

池渺渺扶著男人回過頭。

林婉怎麼會出現在這裡？

她朝周圍看了看，這才想到，林婉的學校就在這附近。

「你們……」

見林婉一副不可思議的神情，池渺渺立刻意識到這場面有多麼曖昧。

如果林婉沒看到剛才她被臺階絆倒的那一幕，單看現在她和渣男這親暱的姿態，肯定會誤會什麼，而且眼見著渣男還是要往酒店走的，她這麼追上來「投懷送抱」，很容易讓人浮想聯翩。

她連忙重新站好收回手，對林婉尷尬笑笑：「這麼巧啊？」

林婉卻只是看著她身旁的男人，明顯很震驚，看來確實誤會他們了。

「其實不是妳想的那樣……」

這種狗血的橋段池渺渺以往沒少寫，但是輪到自己身上，她一時間卻連句像樣的臺詞都說不出來。

池渺渺有點著急，這男人倒是說句話啊！

她回頭看身邊的人，男人的臉色非常難看，看來他也不是完全不在意林婉的感受，此時大概是知道自己被林婉誤會了，都緊張得說不出話了。

她伸手去扯男人的袖子，試圖喚他回神，然而下一秒，男人卻像被什麼燙了一下似的，連忙抽開手，轉過身大步流星朝酒店裡面走去。

這什麼意思啊？就這樣把爛攤子丟給她了？

池渺渺無奈，只好硬著頭皮對林婉解釋：「其實不是妳看到的那樣，我來這裡是有工作的。」

「工作？」林婉從男人離開的方向收回視線，「喵大，你們認識？」

之前池渺渺在失戀博物館門口找到林婉的時候，林婉只當她是去參觀博物館的，池渺渺當時沒否認，後來也沒什麼機會提到她其實是在博物館裡工作，所以林婉並不知道她和渣男是認識的。

不過看她此時的情緒，倒像是已經冷靜下來了。

池渺渺在心裡鬆了口氣，然而正當她打算好好跟她解釋一下時，她的手機忽然響了。

來電人就是剛剛離開的渣男，她抱歉地朝林婉笑了笑，接通電話。

她以為李牧遙是有什麼話不方便當面說，要她傳達給林婉，誰知他只是很不耐煩地說：『在外面拖拖拉拉什麼？還不趕緊進來！』

她回了句「馬上來」，掛上電話後為難地對林婉說：「我現在來不及解釋了，回頭忙完了我打電話給妳吧。」

她一邊說，一邊急匆匆地和林婉揮揮手，朝著酒店裡面小跑而去。

進入酒店大廳後，李牧遙的心率總算逐漸恢復了正常。他本以為池渺渺會跟進來，誰知等了半天也不見人。

要是以往他早就失去耐心了，但是考慮到汪可的身分，他覺得等一下還是有第三個人在場比較好。

不過也不知道是不是他和池渺渺磁場不合，每次和她打交道總會出一些意外。

他瞥了自己袖管上剛被她抓過的地方一眼，好像還能感受到她手上的溫度和力道似的，讓他簡直如芒刺在背。

因為汪可身分特殊，約在房間談事情不太方便，只能在酒店的其他場所，汪可最後選了有包廂的茶室。

但李牧遙一問才知道茶室竟然在十六樓，他正猶豫要不要讓汪可下來，池渺渺的聲音就從身後傳來。

「老闆，我們還等什麼，不是已經遲到了嗎？」

李牧遙沒好氣地瞥她一眼，在酒店工作人員的指引下走向電梯。

等電梯的時候，池渺渺為了緩解剛才的尷尬一直沒話找話，但男人一句話也沒有回，甚至連一個多餘的眼神都沒有分給她。

一開始以為他是故意晾著她，後來發現他似乎在緊張什麼……

他的目光始終沒有離開過電梯上方的樓層數字，神情中莫名帶著幾分凝重，而他垂在身側的手也不斷握緊鬆開，再握緊再鬆開。

片刻後，電梯門在他們面前打開，男人猶豫了一下才走了進去。

上電梯後，他的注意力始終停留在電梯門上方的樓層顯示上，而且池渺渺感覺到他的精神狀態非常緊繃，只有遇到其他人要上下電梯，電梯門打開時，他的狀態才會稍稍好轉那麼一瞬間。

最後快到十六樓時，她發現柔和燈光下他的額角處竟然有斑駁的亮光，原來早在不知不覺中，他的額角已經滲出了細小的汗珠。

事實上此時轎廂裡面的溫度並不高，他也只穿了一身算不上多麼厚實的西裝。

所以他的種種反常只能說明一點——等一下要見的那個人對他來說很重要！

這一刻，池渺渺忽然有點好奇，他們究竟要去見誰呢？

這個答案在幾分鐘之後被揭曉。

池渺渺還是第一次見到活的明星。

池渺渺看著對面淡妝下也豔光四射的女人，這人不是別人，正是曾經憑著一部青春偶像劇紅遍大江南北的女演員汪可。

雖然她在那部劇後再也沒有其他作品，幾乎消失在觀眾面前，但也不妨礙池渺渺一眼就認出她來。

聽說她後來急流勇退是因為憂鬱症，但此刻，池渺渺從她臉上看不出任何端倪。

她還是那麼漂亮，皮膚光滑白皙，幾乎看不到一點瑕疵。傳說中她已經三十幾歲了，但看起來只有二十七、八歲的樣子。

她身邊沒有帶任何人，見到他們，客氣又不失熱情地和他們打了招呼。

很明顯她和男人是舊識，兩人的關係似乎很親昵，因為她從不稱呼他的名字，但好像又有幾分疏離，因為她總是您呀您的對男人說話。

而男人對她還是一貫的不動聲色。可是池渺渺想，他願意大晚上的出現在這裡是不是就已經代表了他的態度呢？

還有剛才她在電梯裡的那個小發現……

作為一名想像力豐富的言情小說作者，池渺渺立刻幻想了一齣浪蕩公子與白月光久別重逢的故事戲碼。

這個故事裡，男人自然就是那個枕邊人不是妳是誰都一樣，因錯過了白月光而自暴自棄放浪形骸的浪蕩公子，汪可自然就是浪蕩公子的那位白月光了。

所以他們許久未見，再見面不可能只是談工作那麼簡單，不過他們之間有什麼工作可談呢？

池渺渺聽了一陣子兩人的交談總算理清楚了，原來汪可想要捐贈一個失戀信物給失戀博物館。

能搜集到名人的信物對失戀博物館來說絕對是件好事，而且作為交換，她提出的要求也不高——她希望失戀博物館接下來要錄製的短片以她的故事為原型，並且由她本人親自出演。

失戀博物館的短片確實有一定曝光度，但比起一般的影劇作品的曝光度來說簡直不值得一提。

雖然汪可如今已經過氣了，但畢竟紅過。這麼不划算的合作一般的演員都不會同意，別說是她了。

更反常的是，渣男對對方這麼慷慨的提議並沒受寵若驚地立刻答應，還說要回去協商一下。池渺渺腦子裡那一齣情感大戲瞬間又豐滿了一些——可見最初是汪可辜負了渣男，但經歷了種種之後，她還是覺得渣男好，才想打著合作的名義求復合，說不定她要捐贈的那個失戀信物就是和渣男有關的，而渣男也清楚這一點，雖然心裡對她依舊念念不忘，但男人的死要面子讓他不願意那麼輕易妥協。

該談的正事都談完後，他們臨走前，汪可說她還會在北城停留兩天，如果可以的話想一起吃個飯。

對方一個女明星，一點架子都沒有，還主動提出來一起吃飯，池渺渺都恨不得替她老闆答應下來，卻聽身後的渣男無比冷酷地回絕道：「不太方便。」

池渺渺忍不住嘆氣，看來這架子還要端一陣子了。

離開酒店時，已經晚上十點多了。據池渺渺所知，她和她老闆應該住在同一個方向。正常來說，這麼晚了，她又是一個女生，李牧遙無論出於人道主義關懷還是出於老闆對員工的關懷都應該要送她一程的。

所以見男人上了車，她也沒多想，就去拉副駕駛座的車門，然而拉了幾次都沒拉開。

正不明所以，副駕駛座的車窗緩緩降下，男人微微側過頭對她淡淡吐出兩個字：「退後。」

池渺渺以為是他的車門有什麼問題，連忙依言後退了兩步，「要不然我坐……」

「後排」兩個字還沒出口，她便眼睜睜地看著面前的車「咻」的一下駛出了停車位，而且速度越來越快，分明沒有停車等她的意思。

半晌，當她的視線中再也沒有車子的影子，她才漸漸意識到，男人是澈底地走了，別說送她一程了，走的時候竟然連句招呼都不打！

池渺渺氣得只想罵娘，無奈之下只好走去路邊叫計程車。

這天晚上發生的這些事，讓池渺渺忘了去找林婉解釋，然而等她想起來的時候，卻好像已經晚了。

08

第二天，剛登記完一箱捐贈物，池渺渺閒來無事打開社群，發現忽然多了很多私訊，點開其中一則，是她的一個鐵粉傳來的。

『喵大你好，我是妳的書粉，也是林婉的校友，她出事了妳知道嗎？』

接著是一段網址。

池渺渺心裡頓時湧上一股莫名的恐慌。

她看著那段網址，猶豫了一下還是點了進去，是一個叫做「大學女生失戀自殺」的話題頁面，最熱門的一則貼文是一段影片。

看到這個話題，聯想到可能和林婉有關，池渺渺沒有意識到自己在點開那段影片時，手指都是顫抖的。

影片鏡頭對準的地方像是某個社區樓下，救護車停在一棟大樓的門前，周圍有三五成群的路人在圍觀。影片拍攝的地點應該是對面的樓上，所以正好可以拍到比較完整的場景。

點開影片沒多久，池渺渺就看到有醫護人員推著個女孩子從大門裡出來，但因距離拍攝地有點遠，看不清楚女孩子的臉。

將女孩子送上車，醫護人員也跟著上了車，然後駛離了那片住宅區。

雖然影片很短，但當時緊張又混亂的氣氛卻都被記錄了下來。

那位鐵粉還說，影片裡的社區就是林婉在校外租房子的地方，是看到池渺渺和林婉互動，猜測她們應該關係很好，所以才在看到消息後的第一時間來通知她。

饒是之前隱約有些不太好的預感，但真到了這一刻她還是覺得不可思議，再怎麼傷心難過，至於走到這一步嗎？

她連忙去看林婉的社群主頁，林婉最近上傳的幾則動態的確很消沉。

其實在此之前池渺渺也能感受到林婉還沒有走出和渣男的那段感情，但以她對林婉的瞭解，她對生活並沒有完全失去信心。

難道是池渺渺想錯了，林婉以及她的那段感情並不像是池渺渺瞭解到的那樣？

池渺渺忽然想到上一次遇到林婉的情形，是在酒店門前，她和渣男正要去見那小明星……難不成林婉是誤會了自己喜歡的作者和前男友勾搭在一起了，無法接受這種「背叛」，一時想不開才選擇輕生的？

冤枉啊！她當時明明解釋過的……早知道這姑娘這麼會鑽牛角尖，她一定好好跟她說清楚的。

她連忙找出林婉的電話號碼打過去，可惜沒有人接。

她重新打開那則影片動態，越看裡面的內容越是心煩意亂，留言裡說什麼的都有，但就是沒有人知道林婉現在的情況究竟如何。

不過池渺渺從眾人的留言中找到了一個資訊，林婉被送往距離學校最近的醫院。

池渺渺難以形容自己此刻有多麼自責，雖然這其中有些誤會，但只要想到那女孩可能是因為自己而放棄了生的念頭，她的心裡很鬱悶。

既然聯絡不到林婉，就去醫院打聽。

而就在這時，她一抬頭正好看到渣男從他們辦公區經過，她頓時意識到，造成林婉如今悲劇的罪魁禍首並不是自己，而是她的現任老闆。

關於她和渣男的關係，的確有必要跟林婉解釋清楚，而且渣男顯然比她更適合去做這個解釋的人。

想到這裡，池渺渺拎起包出了辦公區，走向了館長辦公室。

她象徵性地敲了兩下門，不等裡面的人回應就直接推門而入。

李牧遙正在洗手，聽到辦公室門猛然被人推開嚇了一跳，以至於七步洗手法都忘了洗到第幾步了，必須從頭再來。

他看了進來的池渺渺一眼，不悅地說：「沒人告訴妳進別人辦公室需要經人允許嗎？」

池渺渺沒接他的話，而是問：「老闆，你現在有空嗎？」

李牧遙專心按照七個步驟洗完手，這才抬眼看向池渺渺：「那要看是什麼事。」

池渺渺的耐心早在他洗手的時候就被耗光了，她勉強壓著火氣說：「人命關天的大事。」

李牧遙的臉上卻波瀾不驚：「這個世界上每分每秒都有很多人命關天的大事，但跟我有什麼關係？」

池渺渺在內心冷笑，你惹出來的你說和你有沒有關係？

礙於對方是她的老闆，她還是儘量耐著性子說：「和林婉有關。」

「這件事不是交給妳了嗎？」李牧遙面無表情地說，「我不會再在她身上多浪費哪怕一秒的時間。」

池渺渺徹底無語了：「你怎麼能在這種時候還說出這種話？」

李牧遙皺眉：「妳又發什麼神經？」

接著，他還意有所指地說：「看來以後要把『精神正常』也列在應聘要求裡了。」

說誰精神不正常呢？池渺渺快被氣出內傷來。

「情況真的很危急，你就跟我去一趟吧？」

「不去，妳出去。」

看來和他好好說是行不通了，想到生死未卜的林婉，池渺渺也沒有多想，從他桌上拿起他的車鑰匙便拉著人往外走去。

李牧遙回過神時已經顧不上生氣了，他死死盯著被池渺渺拉著的手臂，整個人都覺得不太好——心跳驟然加快，手腳開始不聽使喚。

也正因為如此，池渺渺才能這麼輕易地將他拉出了失戀博物館。

「我警告妳，快放手！」

有那麼一瞬間，池渺渺也很遲疑，因為她能清清楚楚地感受到老闆的不悅，也能感受到所經之處路人或是同事們異樣的目光。

腦子裡有個聲音提醒著她，她此時此刻的舉動很不理智，但是她沒有時間去想這事過後需要面臨什麼，也沒時間去權衡是不是值得，她只知道，自己現在要做的就是把這罪魁禍首帶到林婉面前。

李牧遙快瘋了，他很少去公共場所就是怕遇到一些無理的人讓他不舒服，他本以為眼前這女孩只是看起來小心思多了點、言不由衷了點，沒想到還這麼野蠻！

「妳剛摸過那麼多捐贈物，洗過手了嗎？妳知道那些東西上面有多少細菌嗎？」

池渺渺對天空翻了個大大的白眼，拉著他直奔那輛不偏不倚停在博物館正對面中軸線上的黑色車輛。

「你開車吧。」兩人拉拉扯扯了一路，池渺渺在他的車前停了下來，回頭看著身後一臉不爽的男人。

「妳是不是以為我沒權利開掉除妳？」男人冷聲道。

池渺渺也沒了耐心，他要開除她，那就開好了，大不了她繼續專職寫小說。想通了這一點，池渺渺更加無所顧忌了。

她把手上的車鑰匙拋給男人，無所謂地說：「過了今天，隨你的便。」

李牧遙手忙腳亂地接住車鑰匙，咬牙道：「我的忍耐是有限度的！」

池渺渺根本沒理會他的恐嚇，而是問他：「去人民醫院的路你認得吧？」

聽到「人民醫院」幾個字李牧遙神色稍稍緩和了一些：「妳不舒服？」

但很快他又否定了自己這個猜測，看她剛才拉他出來時那生龍活虎的樣子，怎麼看也不像是個帶著病的人，而且她剛才說過，和林婉有關。

難道是林婉生病了？

他確實讓她去安撫林婉，或許是因為這樣，讓她誤以為他很關心林婉的事情？

「要去醫院的話，搭計程車去吧，我可以准妳兩個小時的假。」丟下這句話，他決定慷慨地不去計較她剛才的無理，轉身便走。

池渺渺卻不依不饒將他攔住：「不是車的事，是人的事，她現在真的很需要你。」

李牧遙也沒了耐心：「我說過她的事我不會再管，讓開。」

池渺渺好像沒聽見一樣，他往左她就往左，他往右她就往右，總之就是攔著不讓他走。

兩人這些爭執很快引來了路人的圍觀，還有失戀博物館二樓辦公區窗子後那幾顆腦袋，雖然距離隔得有點遠，但誰叫李牧遙視力極好，看得清清楚楚。

李牧遙沒有被人圍觀的興致，奈何面前的女孩在有些時候有著超乎常人的固執。

以前不知道在哪本書上看到過，特別固執的人往往認知水準都比較低，當時對這話沒什麼感覺，此刻他簡直太有感觸了。

對待認知水準低的人，就要用他們的套路。

他低頭看到手裡的車鑰匙，於是問她：「會開車嗎？」

池渺渺愣了一下：「問這個幹什麼……」

李牧遙微微一哂，看樣子是不會了，「讓我跟妳走一趟也可以，但我既不想開車，也不想坐別人的車，妳要是能把我的車開走，我就跟妳去。」

池渺渺是有駕照的，但自從拿到駕照後就沒摸過車，更別提上路了。而渣男的車一看就不便宜，這要是磕了碰了，賣了她也賠不起。

男人似乎篤定她不會開車，不等她回話就打算掉頭離開。

池渺渺只好說了句她來開，然後直接從男人手中拿過車鑰匙走向車子的駕駛座。

李牧遙沒想到她真的會開車頓時後悔起來，但見池渺渺上了車，他也只好坐進了副駕駛座。

貴的車果然不一樣，池渺渺鼓搗了半天，才把車子發動起來。

李牧遙在一旁看得著急。

「妳能不能別到處亂摸？」

「妳鞋子上有沒有土？」

「妳到底會不會開車？」

「我的車還從來沒坐過外人。」

池渺渺一邊目視前方，緩緩加大油門，一邊笑道：「原來老闆你也有話多的時候。」

李牧遙只好閉嘴，任由車子以時速十公里的龜速成功挪出了停車場。

此時的池渺渺也沒有剛得知林婉自殺時那麼慌亂了，餘光裡瞥見李牧遙比包公還黑的一張臉，不自覺地有點心虛，畢竟他目前為止還是她的老闆。

她試圖解釋道：「你別怪我，林婉她現在真的很需要你。」

李牧遙冷笑一聲看向窗外。

池渺渺頓了頓接著說：「你可能覺得這事跟我沒關係，但我也沒辦法做到漠不關心。」

就算林婉的事情本質上跟她確實沒什麼關係，但好歹是她認識的女孩子，出了這麼大的事，她無論如何也做不到坐視不理。

李牧遙：「看不出來，妳還是個熱心腸。」

但一想到林婉他又有點煩躁，他實在想不出來那姑娘有什麼需要他的理由，難不成又是變著方法的想打聽蕭易的下落？

「她到底怎麼了？」他沒好氣地問。

他到這時候才問林婉到底怎麼了。

池渺渺沉默了片刻說：「她自殺了。」

這話一出，車廂裡瞬間靜默了下來。

想到生死未卜的林婉，池渺渺的心情無比複雜。

她無法理解那些親手結束自己生命的人——一個人連死都不怕了，活著真的有那麼可怕嗎？

但是她也知道，或許就是因為她不是他們，所以始終無法做到感同身受，甚至無法做到稍微多一點的理解。

可是即便不理解，她也做不到視而不見，尤其是那人還曾經鮮活地在她面前出現過。

她無法想像，那樣一個女孩子就此從這個世界上消失是如何殘酷的一件事。

想到這裡，她問身邊的男人：「以你對她的瞭解，你覺得她像是會自殺的人嗎？」

男人沉默了許久，久到池渺渺以為他根本不會回答她時，卻聽他說：「不像。」

雖然不像不代表不可能，但池渺渺還是覺得自己那顆不安的心被安撫到了。

她點點頭：「希望是其他人弄錯了。」

然後繼續專注地開著車。

李牧遙在聽到林婉自殺的消息後除了錯愕和震驚，伴隨而來的還有來自身體的不適——心跳明顯有些過速，還有，他感覺到周遭的氧氣似乎越來越稀薄了。

明明車內空間不小，但他依舊覺得壓迫，他煩躁地打開車窗，冷風在一瞬間灌入，帶來了新鮮的空氣，也衝散了所有不好的感受。

與此同時，自他們車後此起彼伏的喇叭聲也變得格外刺耳。

他這才意識到，他們的車速好像過分緩慢了，旁邊車道裡的自行車的速度都能碾壓他們，也難怪後面的車會不耐煩地按喇叭。

「妳不是著急嗎？開這麼慢什麼時候能到？」

「哦……」池渺渺頓了頓說，「那我開快點，你繫好安全帶。」

李牧遙剛想提醒她快歸快但不要超速，就感覺到車子因忽然加速而向前猛衝了一下，他的後腦勺也因為慣性而結結實實地撞到了座位頭枕上。

這還只是個開始，新手池渺渺在適應了車況後，完全忘卻了所有的交通規則，一路超速、壓線並排、占用公車道……只差闖紅燈了。

十幾分鐘後，車子歪歪扭扭地停在了人民醫院的停車場中。

李牧遙緩了好一陣子，勉強壓下胃裡的不適，這才想起來要發落罪魁禍首，「池渺渺，妳知不知道妳剛才開車有多危險，堪比自殺知道嗎？不對，還有謀殺！」

作為一名資深強迫症患者，李牧遙開車以來還從未被開過罰單，但是他可以預料到，從這一刻起，他就不再是那個完整的他了。

池渺渺想起剛才也有點後怕，奈何一握上方向盤，她就覺得自己像變了一個人似的，手腳不聽大腦使喚了。

她連忙道歉：「抱歉啊老闆，這還是我拿到駕照後第一次上路，有點不熟悉，我們回去的時候還是你開車吧。」

李牧遙聽到這話，胃裡更難受了。

池渺渺心裡惦記著林婉，稍緩了一下子就急匆匆地下了車。

李牧遙跟著下了車，一下車發現自己的愛車正騎在兩個車位的分界線上，他整個人又不舒服起來。但見到某人已經跑出很遠，他也只好無奈跟上。

09

進了醫院，池渺渺直奔諮詢台：「請問大約兩小時前送過來的自殺女孩現在怎麼樣了？」

前臺工作人員愣了愣：「自殺的女孩？」

池渺渺有點著急：「就是財經大學的一個女學生。」

工作人員這才恍然大悟：「妳說她啊，她現在在二樓觀察室，你們過去吧。」

李牧遙跟過來時正好聽到這句話，不由得挑了挑眉。

池渺渺記下觀察室位置，也沒多想直奔二樓而去。

李牧遙卻看了一眼她離開的方向，沒有立刻跟上。

觀察室裡面有七、八張病床，中間有簾子隔開，池渺渺進去看到的第一張床上坐著玩手機的人正是林婉。

林婉聽到聲音抬起頭來，似乎沒想到池渺渺會來，但是她的表情中只有驚沒有喜，愣了愣才勉強露出個笑容，「喵大妳怎麼來了？」

見林婉狀態不錯，池渺渺鬆了口氣：「嚇死我了，妳沒事就好。對了，社群上的訊息是怎麼回事？」

林婉的表情有點尷尬：「哦，看到了，我也沒什麼大事，不知道怎麼就上了熱搜了。」

「都叫救護車了，怎麼可能沒什麼大事？到底是怎麼回事？」

「真的沒什麼大事……」林婉支支吾吾地說，「我只是洗澡的時候低血糖了，不知道怎麼就被我同學們傳成是為情自殺了……」

池渺渺愣了愣：「就這樣？」

不是自殺，當然也與她無關，可是她慶幸之餘卻總覺得有什麼不對。

林婉訕笑：「不好意思啊喵大，害妳跑這一趟。」

池渺渺回過神來說：「妳沒事就好。」

她又仔細打量了一下林婉的精神狀態，還能玩手機，可見真的沒什麼事。

正在這時身後突然傳來一道清冷的聲音：「既然沒事，那妳為什麼不在社群上澄清一下，也省得其他關心妳的人繼續為妳擔心？」

林婉看向池渺渺身後的方向，眼中立刻迸發出驚喜的光芒來。

池渺渺順著林婉的視線回頭看過去，男人站在病房門外，漠然的神情中帶著早有預料般的嘲諷。

他看著林婉，似乎在等她給出一個答案。

林婉臉上的笑容逐漸被泫然欲泣的神情所取代：「我是想要澄清的，但還沒想好怎麼說。」

李牧遙依舊站在門外，顯然沒有要進來的意思：「一句話而已，有什麼難的？被人說是為情自殺難道不是件有點尷尬的事情嗎？更何況還上了熱門搜尋，一般人的話可能睜眼的第一時間就已經去澄清了。」

池渺渺總算意識到是哪裡不對了，她一進門就看到林婉在玩手機，那種輕鬆的狀態和網路上的緊張氣氛截然相反。

林婉連忙替自己辯解道：「我是想著儘快澄清的，但你們正好來了……」

李牧遙冷笑：「那還是我們的錯了？」

「我不是這個意思……」

眼見著林婉的情緒又波動了起來，池渺渺忽然有點生氣。

就算是鬧出了誤會，但林婉現在畢竟是個病人，這男人沒有半句關心，只顧著埋怨別人害他白跑一趟，也太沒人情味了吧！

池渺渺打斷林婉回頭看向男人：「這件事是我的錯，沒提前搞清楚狀況。可是看到她沒事，你難道不該慶幸嗎？而且低血糖也是很危險的，就算她只是你的前女友，你不關心她的病情也就算了，還在這裡埋怨她，是不是有點太不近人情了？」

聽了這話，對面男人的神情終於有了一絲波動，他望著她，眼神中有一瞬間的迷惘，但很快，他像是想通了什麼，竟然笑了。

「什麼前男友……」林婉怯怯地問，「還有李總，你是和喵大一起來的嗎？」

李總？怎麼不是蕭總？這下子換池渺渺不解了。

她回頭看向林婉，林婉也正一頭霧水地看著她。

李牧遙抬手看了一眼時間：「看來是有人搞錯了我的身分，那就請林小姐好好替我解釋一下吧。」

說完他便轉身離開了病房。

李牧遙走後，池渺渺才瞭解到，原來那男人並非失戀博物館原來的老闆蕭易，而是蕭易的竹馬外加合作夥伴，名叫李牧遙。

池渺渺想到這些天做下的蠢事，只覺得一陣胃疼。

「難怪跟傳聞中的不太一樣……」她暗自嘀咕著，「名字倒是挺好聽，可怎麼沒人跟我提過？」

林婉很驚訝：「喵大妳竟然沒聽說過他啊？那妳聽說過秋秋同學網嗎？」

「當然聽過了。」池渺渺沒什麼精神地說，「以前讀書的時候大家都在用。」

「那就好辦了。」林婉在手機瀏覽器的搜索欄中輸入了「李牧遙」三個字。

很快，維基百科的內容就出來了。

林婉把手機遞給她：「喏，就是這個李牧遙。」

看了搜尋中的內容，池渺渺才意識到，這個男人的「變態」絕對是全方位的。

李牧遙，北城人，十六歲保送清大，十九歲被 MIT 電腦專業錄取，二十三歲博士畢業，中間還去讀了個心理學碩士。

讀博士期間第一次創業，創立了國內最早的一批實名制社交網路平臺，就是眾所周知的「秋秋同學網」，這個網站運營不到兩年，就因用戶量和瀏覽量十分的可觀而被著名的網際網路集團以五百萬美金的價格收購。

之後他又創立了一家分類資訊網站，兩年內將網站做大，後來被當時的網際網路巨頭高價收購，現在這個網站涉及的領域幾乎覆蓋日常生活的方方面面，是她每隔幾天就會用的應用軟體。

他後來又陸續創辦了 HYH 遊戲公司，以及一家名叫「拍拍」的交友網站……

如果不是林婉當面告訴她，她怎麼也想不到每天和她朝夕相處的人竟然在維基百科裡擁有這麼不得了的履歷。

「那他怎麼會想到去管理失戀博物館呢？」池渺渺問，「會不會只是同名同姓？維基百科上也沒有照片。」

林婉解釋說：「不會搞錯，就是他。圈裡的人說他是創業奇跡，因為他每次眼光都特別好，兩年內一個初創公司就能在他手裡做大做強，和一般人的想法不同，他會把這些做起來的公司賣掉，然後再開始新一輪的創業。但我聽說他最近創立的那個『拍拍』好像沒什麼水花，傳統的行銷效果都不好，正好蕭易的失戀博物館找投資找到了他。畢竟這個概念不錯，他就想到把失戀博物館打造成全國連鎖的網紅勝地，然後再透過失戀博物館和拍拍互相宣傳，用失戀博物館的熱度反哺『拍拍』，最後達到雙贏局面。這都是蕭易告訴我的，雖然我也不懂這些，但聽起來還挺厲害的。哦對了，他現在在失戀博物館應該也是暫時的，因為兩人之前商量好失戀博物館最後的管理權還是在蕭易那裡。」

原來如此。

池渺渺想到韓夏說老闆去休假了，看來不是為了躲林婉編造出來的假消息，而是她從一開始就搞錯了人。

「那妳為什麼總去找他？」她問林婉。

林婉情緒低落了下來：「還不是因為蕭易不肯見我嗎？我見過的他的朋友只有李牧遙一個，所以只能去煩他了。對了，喵大妳怎麼會和他在一起？」

「我現在在那家失戀博物館工作。」說到這裡池渺渺嘆了口氣說，「不過應該很快就不在了。」

「為什麼呀？」

事已至此，池渺渺也不想多說：「算了，沒事。」

「哦……」林婉偷覷著池渺渺問，「那妳在館裡見過蕭易嗎？」

池渺渺知道她在想什麼，坦白說：「沒有，我入職的時候就聽說他休長假了。」

見林婉一臉失望，她想了想又說：「如果我見到他，會第一時間告訴妳的。」

林婉轉瞬激動起來：「真的嗎？太好了！」

話說到一半，她似乎又想到什麼，抱歉地對池渺渺說：「喵大，今天真的很抱歉，我沒想到會驚動妳。」

池渺渺連忙擺手：「妳道什麼歉？妳那時候都暈倒了也管不了別人亂猜啊，不過還是儘早澄清一下吧，那種傳聞對妳自己也不好。」

「好的好的。」

正好這時候，林婉的室友買了水果回來，池渺渺就從病房裡出來了。

想到等一下還要回館裡面對李牧遙，她不由得又嘆了口氣——眼下林婉是沒事了，但她恐怕要有事了。

接二連三地得罪了老闆會是什麼樣的下場，不需要有什麼職場經驗也大概能猜得到。

衝動是魔鬼啊！

池渺渺愁眉苦臉地下了樓，剛走到諮詢臺附近就看到醫院大門外立著個身姿挺拔的男人，因為氣質過於出眾，甚至和周遭環境有些格格不入，所以池渺渺一眼就看到了他。

他竟然還沒走，難道是在等她？

可是心情剛雀躍了一秒就又低落了下來——等她能有什麼好事？搞不好只是想奚落她一頓，順便通知她明天不用去上班了。

池渺渺精神萎頓地走向男人，男人聽到腳步聲回過頭來。

果然，他看向她的眼神簡直可以用「冷若冰霜」四個字來形容。

他抬手看了一眼時間：「解釋我和她的關係最多不過三句話，妳們卻說了將近半小時。以為我很有時間是不是？」

該來的總會來，池渺渺垂著腦袋聽著他訓話。

男人接著說：「還站在這幹什麼？嫌我被參觀的不夠？還是想繼續曠工？」

聽到這句話，池渺渺詫異地抬起頭來，這麼說他是不打算開除她了？

她立刻滿血復活，小跑著跟上男人：「不是我狡辯，老闆你那光輝的履歷三句話真的說不完。十六歲上清大，十九歲被MIT錄取，二十三歲就博士畢業，二十出頭就創業成功的人，全世界還有第二個嗎？我聽說了之後很激動也很好奇，所以就多聊了幾句……」

李牧遙微微一哂：「這麼說還是怪我囉？」

池渺渺連忙說：「哪有呀！我這不是以為你已經走了嗎？誰會想到老闆你這樣的人竟然對我這個最基層的實習員工都這麼關照，我要是知道你在樓下等我，肯定一分鐘都不讓你等！」

李牧遙回頭看她：「看來妳和林小姐聊得很不錯啊……不過我也沒妳說的那麼好。」

「別別別，你比我說的好多了！」

李牧遙：「我只是想著既然一起來的，那還是一起回去吧，免得有人說我不近人情。」

池渺渺訕笑：「我這底層員工隨口說的話，你怎麼還記著呢？」

「我也不是有意要記得，只是我這個人的記憶力一向很好而已，所以妳說的話，包括之前幾次的，我可是一字一句都記得清清楚楚。」

池渺渺在內心哀嚎，這話的意思不就是說他會記仇嗎？看來這一篇是沒那麼容易翻過去了。

這時候池渺渺才注意到李牧遙手上比來時多了個小袋子，她也不敢多問，見李牧遙上了車，她也趕緊繞去副駕駛座，所幸這一次男人倒是說到做到，沒有把她一個人丟在這裡的意思。

10

剛坐上車就發現李牧遙打開了他帶上來的小袋子，裡面有一副醫用手套，還有一盒酒精棉片。

池渺渺忽然有種不好的預感，繫安全帶的動作也因此停了下來。

「老闆，你不會是……」

話還沒問完，李牧遙已經用行動回答了她——他戴上手套，抽出酒精棉片，像銷毀犯罪現場一樣開始仔仔細細擦拭起方向盤、儀錶盤、門把手，甚至是安全帶的按鈕。

很顯然他平時不會這麼做，這一次只因是她剛開過他的車。

她整理完捐贈物後有沒有洗手已經不記得了，但她平時還是挺講究衛生的，他這個做法是不是有點太侮辱人了……

想到這裡，池渺渺小聲嘀咕了一句：「不至於吧？我這人其實還是挺講衛生的。」

李牧遙冷笑一聲：「不至於？人的雙手含有一千萬個以上的細菌，妳以為的衛生其實很不衛生，尤其是妳，我發現妳一天只洗兩、三次手。」

他邊說邊很嫌棄地看了池渺渺一眼。

池渺渺沒想到李牧遙竟然變態到觀察洗手頻率的地步，抽了抽嘴角說：「也不是吧，只是有時候老闆你沒看見而已。」

李牧遙沒再理她，她也不敢再說什麼，安靜等著李牧遙幫車「消毒」。

半小時後，他們總算離開了醫院。

路上，池渺渺試圖緩和兩人的關係，抱歉道：「今天的事都是我的錯，是我沒搞清楚狀況誤會了老闆，還耽誤你這麼長時間。」

李牧遙語氣不善：「原來妳也知道。」

「都是我的錯，但我平時不是這樣。我大部分時候還是挺可靠，就是這一次一不小心搞錯了老闆你的身分，這才對你有一些誤解！」

「妳還真是讓人驚喜不斷。」男人冷笑，「滿嘴謊話莽撞衝動不說，連眼光都這麼差。」

「眼光？」

李牧遙沒好氣道：「我看起來像是那種隨便的人嗎？隨便到什麼人都能當我女朋友？」

池渺渺愣了一下，立刻說：「不像，一點都不像！」

這話池渺渺絕對是發自肺腑的，她以前就覺得把眼前這男人和林婉放在一起有點違和，之前一直想不通，現在總算明白了——以這男人眼高於頂的德行，怕是除了他自己，真的沒看其他人順眼過。

林婉算是個漂亮的姑娘，但那也是相對於普通人而言，要能達到這位的標準，好像還是有不少差距的。

何況林婉的性格太接地氣了，感覺跟眼前這男人就不是同個次元的。

「竟然把我當成蕭易，這簡直是對我的侮辱。」

「是是是，是我有眼無珠。」

之前把他錯當成蕭易確實是她的問題，但有些事情她可沒冤枉他。

看看眼下，對待自己的朋友都這麼刻薄，即便不是渣男，他的奇葩程度依舊無人能及。

「今天看在妳也是被謠言誤導的分上我不跟妳計較，但是我希望今天是最後一次，下一次說什麼做什麼前，希望妳先想想後果。」

「好的好的。」

其實，池渺渺很理解他為今天的事生她的氣，因為她現在也很生氣。

拿出手機，發現那則熱門話題還在榜上掛著，下面說什麼的人都有，而且還說的煞有其事的，如果不是親眼見到林婉沒事，她恐怕會繼續相信這些傳聞。

池渺渺憤憤地說：「現在的人也真是的，一個個都不嫌事大，人家只是叫個救護車就能被傳成為情自殺，還有這些媒體，也不核實一下就散布假消息……」

李牧遙瞥了她的手機一眼：「看來妳和她聊了這麼久，對她的瞭解卻依然少得可憐。」

池渺渺不解：「什麼意思？」

「在進病房之前我找到了送她去醫院的一位護士，聽說她在被送上救護車前就已經醒了。」

池渺渺還是不明白：「這有什麼問題嗎？」

李牧遙看她一眼說：「她被送上救護車前還記得帶上手機，至少說明那時候她的情況並不是很嚴重，而且還有室友陪在她身邊。半小時那個影片就被炒得沸沸揚揚了，妳覺得會不會有人打電話給她們詢問情況？如果有，她們又怎麼會一直不知情？」

「肯定會有人試圖聯繫她們的。」

因為她就是其中一個。

她不由得又想到自己之前的疑惑——面對對自己名譽有損的誤會，林婉的表現是不是太過淡定了？

李牧遙繼續說：「但是在那一個半小時之內，她卻始終沒想好怎麼回應，妳不覺得奇怪嗎？」

「確實。」池渺渺點點頭，「有什麼好斟酌的，直接說明真實情況就好了。」

「我敢篤定她到現在還沒有澄清。」

池渺渺立刻找到林婉的社群主頁——還真的被李牧遙說中了，在他們離開這段時間她依舊沒有出面澄清。

李牧遙問：「妳覺得她在等什麼？」

被他這麼一提示，池渺渺立刻恍然大悟：「她希望蕭易看到這個消息？」

李牧遙賞她一個「妳還不算太笨」的眼神，繼續開車。

池渺渺在意外過後又有點心疼林婉，她嘆了口氣說：「為了讓蕭易聯絡她，她也算煞費苦心了，連自己生病的時候都惦記著這件事。」

李牧遙聞言卻只是冷冷一笑：「她確實煞費苦心，但究竟有沒有因為低血糖暈倒就不好說了。」

「這話是什麼意思？」池渺渺覺得有點不可思議，「難道她專門叫了救護車又專門找人拍下了影片？」

但很快，池渺渺就否定了自己的猜測：「不會的，她一個小女生……」

「為什麼不會？」李牧遙打斷她，「第一個發出影片的帳號妳有研究過嗎？我猜不是她的小號就是她熟悉的朋友，而且我聽說林婉的家境很不錯。」

池渺渺不解：「這事和她的家境有什麼關係？」

「妳覺得什麼樣引人關注的內容能在一小時內就上熱門話題？」

池渺渺恍然大悟：「這是有人買了熱搜？」

如果需要聯繫買榜的話，那這件事絕對不是偶然，就只能是提前籌畫好的。

難怪李牧遙會提到她的家境，即便是熱搜後排，上榜一小時的價位也不低吧。

「大概是吧。」李牧遙無所謂地說。

池渺渺對著手機上那段影片愣愣地發呆……

如果事情真是他們猜測的這樣，那這件事中自己又算什麼？

冒著得罪老闆被開除的風險，硬是拉著李牧遙來見林婉，究竟算什麼呢？

見她忽然沉默，他問：「是不是覺得自己很傻？」

池渺渺想了一下說：「這件事把你牽扯進來我很抱歉。但如果重來一次，我應該還是會跑這一趟吧。」

李牧遙有點意外地看向她，女孩低垂著眉眼，神情有些落寞，卻也有她的堅定在其中。

「為什麼？」

雖然能大概猜到她的想法，但他還是問出了這個問題。

女孩很認真地說：「人命關天的大事怎麼能抱著僥倖心態呢？確定她真的沒事我才能放心。」

李牧遙沉默了片刻說：「確實，如果沒有僥倖心態，生活中大部分的意外都不會發生。」

池渺渺忽然想到了兩人來時在路上討論過的問題，她問李牧遙：「那你為什麼覺得林婉不像是會自殺的人呢？」

「自殺是個很複雜的現象，很少由單一原因引起，我大概瞭解過林婉的情況，除了最近感情破裂，她的家庭和睦，和同學相處勉強融洽，學校成績也不錯……當然這也不能排除她有自殺的可能性，但既然妳只是問我像不像，我只是合理分析而已，而且……」他頓了頓沒有繼續說下去。

池渺渺追問道：「而且什麼？」

「而且，妳開著我的車，我坐在車上，就算為了我和車的安全，我也必須那麼說。」

池渺渺愣了一下，不由得笑出聲來。

他不就是想說他當時那話有安慰她的成分在嗎？至於這麼彆扭嗎？

池渺渺看著他，回想著他們認識以來的點滴，除去了她強加在他身上的那些原本就不屬於他的事情，她發現這男人除了有點龜毛刻薄外，人似乎並不壞。

而且一個履歷完美到近乎變態的男人，竟然還能擁有這麼一張臉，老天爺是不是太不公平了？

她不得不承認，有些人確實有眼高於頂的資本。

而就在這時，視線中的男人忽然開口：「看夠了嗎？」

池渺渺愣了一下連忙收回視線。

男人繼續道：「我理解妳，可能在妳過去的幾十年的人生裡完全沒有和比自己太優秀的人朝夕相處的機會，忽然遇到，欣賞是難免的，但暗自欣賞就可以了，最好不要冒犯到被妳欣賞的人。」

「冒犯？」

李牧遙面無表情道：「對，冒犯，有時候妳過分灼熱的目光可能也是冒犯。」

池渺渺無語了，只是多看他兩眼，至於嗎？心裡剛剛冒出的那一點火星子瞬間被某些人的自大澆滅了。

男人接著說：「我喜歡懂規矩的人，如果妳想在現在的工作職位上繼續待下去，我勸妳要學會循規蹈矩。」

池渺渺控制著自己的面部表情，努力擠出一個笑道：「那當然，我會好好規範自己的言行的。」

男人瞥她一眼：「除了妳的言行，最好也管住妳的心。」

池渺渺徹底無話可說了，比起她這個言情小說作者，她覺得某些人的想像力明顯更豐富——多看他一眼而已，他是不是想太多了。

「老闆你是不是誤會什麼了？雖然你確實很優秀，但天地可鑒。」池渺渺信誓旦旦舉起三根手指，「我對你真的沒什麼非分之想。」

李牧遙很懷疑地看了她一眼，終究什麼也沒說。

車內死一般的靜，免得某些人又被「冒犯」到，池渺渺乾脆看向窗外。

而就在這時，她的手機響了。

來電人是暖萌，正好氣氛挺尷尬的，她想接個電話來緩解一下。

電話一接通，暖萌就開門見山地問：『昨晚後來怎麼樣了？工作只是個幌子吧？我後來想起你們約見面的地方，旁邊不就是北城最頂級的酒店嗎？他怎麼樣？快說說！』

暖萌是個大嗓門，此刻的車裡又特別安靜，池渺渺不用去看李牧遙的反應，也知道暖萌的話一字一句都落進了他的耳朵裡。

最尷尬的是，她剛才還信誓旦旦說自己從未對他有過非分之想，結果不出五分鐘就被打臉。

池渺渺覺得臉好疼，還有，這個閨密她也不想要了。

她手忙腳亂地想掛斷電話，偏偏越著急越出錯，幾次都沒成功掛斷。

怕暖萌再說出什麼驚世駭俗的話，她只好先穩住對方：「我在工作，晚點再說。」

誰知暖萌完全沒領會到她的意思，哈哈一笑說：『害羞什麼呀？妳不是也承認他長得不錯嘛？無非就是有點變態，反正妳也單身二十幾年了，他要是真的看上妳了，先拿他練練手也好啊……』

池渺渺覺得自己的心臟病都要發作了，她乾笑道：「妳在說什麼呀？是不是打錯了？欸我先掛了。」

這一次，總算成功結束了通話，與此同時，她感受到了一道死亡凝視。

她僵著脖子回看李牧遙，解釋道：「打錯了。」

李牧遙卻只是微微一哂，對她蒼白無力的掩飾不置一詞。

與此同時，她發現他們的車子正朝著路邊緩緩靠過去，她看向窗外，這地方她根本不認識。

池渺渺不明所以：「怎麼停在這了？」

「下車。」

「為什麼？」

不會又覺得她冒犯了他吧？

「我還有事，妳自己回館裡吧。」

「可這裡是哪裡呀？」

她用手機搜尋了一下，發現這裡距離失戀博物館竟然有三十幾公里！

搭計程車回去要花多少錢？

她琢磨了一下，笑著看向李牧遙：「老闆，你不回館裡嗎？」

李牧遙的語氣有點不耐煩：「拜妳所賜，我昨天剛洗過的車今天又要送去洗了。」

池渺渺這才注意到前面不遠處有家洗車店，不過李牧遙的車有必要洗嗎？在她看來，這車乾淨到幾乎可以用「一塵不染」來形容了。

「你的車挺乾淨的啊，沒必要洗了吧？」

「我說了，有些不乾淨的東西是肉眼看不見的。」

池渺渺總覺得這話一語雙關，她也覺得自己被冒犯到了。但是為了搭個順風車，她還是忍著氣說：「可你上車時不是都消過毒了嗎？要不然再把我這邊也消消毒？我們出來很長時間了，還是早點回去吧。」

李牧遙的耐心即將告罄：「妳到底下不下車？」

池渺渺只好點開叫車軟體叫車，發現等車時間竟然超過半小時。

她又求助地看向李牧遙：「洗個車時間也用不了多久吧？要不然這樣，我跟你一起去，然後我們一起回館裡？」

說完，池渺渺一臉期待地等著李牧遙回話，結果李牧遙賞了她一個「妳是不是腦子壞掉了」的輕蔑表情說：「帶著妳去，我洗車還有意義嗎？」

池渺渺最終還是被趕下了車。

11

李牧遙把車開進洗車機，門外的洗車工人提示他掛空擋。他如實照做，片刻後巨大的洗車刷迎頭滾下來，在車身上發出劈哩啪啦的聲音，與此同時水流如瀑布般模糊了車外的視線，車內光線驟然暗了下來。

李牧遙不由自主地屏住呼吸，抗拒又期待著，但還沒等到那種熟悉的窒息感襲來，他的手機突然響了起來，打破了車裡過於緊繃的氣氛。

接通電話，蕭易略微顫抖的聲音立刻從聽筒裡傳了出來：『社群上的影片是怎麼回事，那人是婉婉嗎？』

洗車的聲音太吵，李牧遙不確定地問：「婉婉？」

『對啊！就是林婉。我本來想打個電話給她，但又想起你不讓我聯絡她，影片裡的人也不確定就是她，所以我想來問一下你知不知道情況。』

李牧遙語氣淡淡的：「看不出來你還挺關心她，我可以理解成你對她餘情未了嗎？」

蕭易沒接他的話，沒好氣地說：『既然你不知道那我還是打電話問問她本人吧。』

「她沒事。」在他掛電話之前，李牧遙說。

電話裡一瞬間靜默，幾秒之後李牧遙才聽到蕭易鬆了口氣般的嘆息聲。

『影片裡的人不是她？』

「是她。」

『到底怎麼回事？』

「一場誤會而已。」李牧遙簡單解釋了幾句，又說，「不過你的反應倒是有點出乎我的意料，其實就算她真的有什麼想不開的，責任也不在你身上。」

蕭易有點煩躁：『話是這麼說，可分個手而已，誰想鬧出人命啊！』

這時候巨大的洗車刷退到了兩側，水聲隨之停了下來，視線漸漸清晰，光線逐漸明亮起來。前面有人示意李牧遙可以將車開出去了，他一邊講著電話，一邊按照洗車廠的指示牌將車子停在空地上。

電話裡蕭易懇求道：『牧遙，我覺得這樣下去也不是辦法，這次是個誤會，那下次呢？你要幫幫我。』

李牧遙推門下了車，立刻就有洗車工帶著吸塵器迎了上來，他乾脆地拒絕：「我幫不了你。」

蕭易連忙說：『別啊！她現在很明顯需要一個人開導她，你覺得誰適合？我嗎？如果你覺得我去開導她對她更有幫助，我現在立刻回國。』

李牧遙沒有立刻回話，蕭易接著說：『如果現在讓她去看心理醫生，她肯定很抗拒，但她並不抗拒你，你又學過心理學，對你來說這事不算很難吧？』

「確實不難，但這不是浪費我時間多管閒事的理由。」

蕭易也急了：『我說你這人怎麼一點同情心都沒有？人家一般人看到陌生老奶奶都會扶她過馬路，她又不是完全的陌生人，好歹是你哥們的前女友，她這樣下去，你難道就不怕悲劇真的發生？』

這話讓李牧遙的腦海中驀然出現了一個人。

他的目光不自覺地看向自己的左手袖口處，那裡被人抓過的痕跡已經不見了，但他彷彿還能聞到她留在他衣服上的味道。

他整個人又不好了起來，於是丟給蕭易一句「先這樣吧」便直接結束了通話。

掛上電話，李牧遙皺著眉頭盯著自己的左手手腕處，感受著身體的每一處變化——心跳似乎有點過快，但還在可以忍受的範圍內，其他地方沒什麼不適，就是身體好像有點不受大腦的支配，因為下一秒，他竟然無意識地將手抬到鼻尖下方，輕輕嗅了嗅……

片刻後，他長長呼出一口氣。他的身上確實還留有一些她的味道，不過那個味道很清淡，像是某種果香又帶著點草木芬芳，並不讓人反感，而且殘留在他身上的味道極清極淡，一般人的鼻子或許都聞不到。

李牧遙的心情莫名放鬆了不少。

第二天一早，池渺渺剛開始工作就迎來了一位稀客——在她入職後一次也沒到過員工辦公區的李牧遙竟然出現在她的面前。

她不明所以地抬頭，就見他將兩張發票放在桌上。

池渺渺問：「這是什麼？」

「洗衣服和洗車的發票。」李牧遙沒什麼表情地說，「鑒於妳剛來幾天還沒領過薪水，這錢妳不用立刻給我，月底財務會從妳的薪水中扣掉。」

池渺渺強忍著想打人的衝動，心裡已經把面前這人罵了一百八十遍了！

坐一下他的車就要洗車，抓一下他的袖子又要洗衣服，他這麼愛乾淨怎麼不把自己用保鮮膜封起來藏好？總這麼出來招搖過市，不是想要詐騙嗎？

再說他都那麼有錢了，還在意幾十塊錢的洗衣費和洗車費嗎？

倒是她，昨天搭計程車費花了她快一百塊，心疼得要命。

但誰叫人家是她的老闆，為了保住飯碗，為了下個月不為這幾十塊苦惱，她還是決定向生活低頭。

她連忙站起身雙手接過發票：「應該的應該的，多謝老闆體諒。」

然而當她掃到發票上的金額時，她整個人又不好了。

「這個……是不是搞錯了，兩張發票加起來要五百多？」

男人不以為然地瞥了發票一眼：「有什麼問題嗎？洗車一百，至於衣服，妳接連兩天弄髒我兩套西裝，我是考慮到妳的收入才沒去平時去的那家店，選了一家普通價位的洗衣店。」

誰，兩百多洗一套西裝還是普通的洗衣店？

她有理由懷疑這男人就是在詐騙她！

但想歸想，面上還是一點怨氣都不敢表露出來，要多屈辱有多屈辱。

男人交待完這事便一刻也沒有多停留地轉身離開了，但在路過員工辦公區玄關桌時，他忽然又停了下來。

就當池渺渺以為他是有什麼事情忘記吩咐的時候，卻見他走到玄關桌前，將上面的裝飾花瓶輕輕挪到了正中央的位置，這才抬步朝自己的辦公室走去。

他一走，剛才還佯裝著認真工作的幾人立刻湊到了池渺渺面前。

韓夏帶頭八卦：「今天太陽從西邊出來了，這位李總竟然來我們這了！」

聽了韓夏的話，池渺渺忽然想到一件事：「怎麼之前沒人跟我說過我們館裡還有位老闆？」

韓夏眨眨眼：「我沒跟妳介紹過嗎？我看妳成天往他辦公室跑以為妳們很熟了……怎麼？妳不會一直不知道他的身分吧？再說妳也沒問呀……」

對著韓夏一臉無辜又心虛的神情，池渺渺只能無奈嘆了口氣。

正在這時，池渺渺辦公桌上的電話響了，是館裡的內線號碼——一樓保全部的人說有人找她。

找她直接上來就好，為什麼會透過保全部的人打電話過來呢？

她疑惑地下了樓，老遠就看到門口站著一個女生正朝著館內張望，看到她出現，臉上立刻露出大大的笑容。

這人不是別人，正是她昨天才見過的林婉。

她腳步微頓，躊躇了一下走上前去：「妳找我？」

林婉有點彆扭地說：「我是來謝謝喵大妳昨天專程跑去醫院看我的。」

池渺渺心知肚明這不是她今天來的目的，便說：「昨天不是謝過了嗎？妳現在應該好好在家休息。」

林婉小心翼翼觀察著她的表情說：「喵大，昨晚我打電話給妳了，妳怎麼沒接？」

想到昨天的事情，池渺渺的心情很複雜。她看向面前的女孩，笑容單純恬靜，讓人很難將策劃假自殺這種荒唐事和她聯想在一起。

她笑了笑說：「昨晚睡得早，今早看到還沒來得及回。」

林婉鬆了口氣似的拍了拍胸口：「妳沒生我的氣就好。」

「我為什麼會生氣？」平靜地問出這話，池渺渺和林婉都不約而同地愣了愣。

林婉訕笑著說：「這不是怕給妳添麻煩嗎？」

池渺渺沉默了片刻還是決定把話說清楚：「林婉，以後不要做這樣的事情了。」

林婉先是有點詫異，然後勉強笑道：「什麼事啊？」

與以往的每一次不同，池渺渺的表情也很冷淡。她說：「我是無關緊要的人，我白跑一趟沒什麼，但是有人是真的關心妳的，妳的父母，妳那些同學、朋友，所以不要再做那麼不成熟的事情了。」

知道所有的事情都已經被池渺渺看穿，林婉羞愧道：「喵大對不起，其實我冷靜下來的時候也覺得自己很荒唐，但不知道為什麼一遇到和他有關的事情我就什麼理智都沒有了。」

對此池渺渺也很無奈，她沒有繼續這個話題，轉而問：「妳今天來找我還有別的事吧？」

林婉似乎有點不好意思，但扭捏了一下還是說：「喵大，妳能不能帶我去見一下李總？」

「李牧遙？」

「對，我有些話想問他。」

池渺渺猜測李牧遙是肯定不願意見林婉的，可還沒等她開口拒絕，就聽到身後傳來一個男人的聲音：「讓她進來吧。」

她一回頭，正看到李牧遙站在不遠處的樓梯上居高臨下地看著她們。

吩咐完這一句，他便轉身朝樓上走去。

池渺渺只好將林婉帶到了李牧遙的辦公室。

面對李牧遙時，林婉並不像在池渺渺面前那麼隨意，她似乎有點怕李牧遙，準確的說應該是敬畏。而李牧遙在面對她時，雖然態度還是那個死樣子，但是也沒有多餘的情緒，也就是說既沒有憐惜之類的情緒，也沒有厭煩和不屑，很明顯在他看來這女孩的事情完全與他無關。

兩個人之間的氣氛怎麼也和「曖昧」沾不上邊，她之前一定是腦子進水才會誤會兩人。

後來還是李牧遙先打破了沉默：「妳找我什麼事？」

林婉問：「他出國是為了躲我嗎？」

李牧遙一點也不含蓄地說：「差不多吧。」

林婉的臉色倏地變得很難看，她吸了吸鼻子委屈地說：「他怎麼做到這麼無情的？我知道他經常上社群的，昨天的熱搜他不可能沒看到，可我等了一天也沒等到他一句關心。」

雖然林婉的做法讓人不敢苟同，但那位蕭總也著實太絕情了。不管事情真假，正常人至少都會來關心一下吧，池渺渺怎麼也想不到林婉下了那麼大的功夫還是沒等來蕭易的一點消息。

李牧遙似乎沒有看出林婉的情緒即將崩潰，冷漠開口道：「據我所知，你們之間的關係好像並不像妳最初和我說的那樣。我猜昨天那樣的事，應該不是第一次吧？」

說到最後一句時，李牧遙看向林婉的目光幾乎可以用冷酷來形容了。

池渺渺聞言也覺得不可思議，她看向林婉，希望是李牧遙猜錯了，可惜林婉只是在愣怔了一瞬後有點哽咽地說：「我只是想看看他是不是真的在乎我。」

池渺渺簡直目瞪口呆，她之前只覺得蕭易很渣，如今看來林婉這姑娘也不是什麼省油的燈。

李牧遙微微一哂：「妳聽過狼來了的故事吧？他以前或許是在意妳的，但妳騙了他這麼多次，妳覺得他現在能有多在意？」

池渺渺很認同李牧遙的這番話，但面對林婉又有點不忍心，她清楚地看到林婉在聽到李牧遙的這話時，眼裡的光一瞬間消失了。

李牧遙接著說：「妳不是好奇他出國這麼久做什麼去了嗎？我可以告訴妳，他父親朋友家的女兒在那裡讀書，以前兩家父母就有撮合他們的意思，這次他去見了那個女生……」

這只是最無關緊要的一個原因，真正的原因是蕭易的父親在國外看病，所以他才不得不在這個對失戀博物館來說至關重要重要的節骨眼上跑去國外。

但李牧遙不會告訴林婉這些，因為他清楚地知道走不出失戀的女孩子大多還幻想著對方是愛著自己的，是有什麼迫不得已的原因才會分手。

「然後呢？」

李牧遙沒有說下去，但林婉卻還在不依不饒地想要一個結果。

李牧遙無所謂地說：「然後，如妳所見，他暫時不會回來了。」

林婉卻說：「你騙人，他怎麼會不回來，這裡還有失戀博物館，這是他的心血！」

「是什麼都好，反正與妳無關。」

林婉聽到這話先是怔了怔，片刻後嗚嗚地哭了起來。

池渺渺沒談過戀愛，有時候實在是不懂戀愛中的人，明知道最後的結果無非是在自己已經潰爛的傷口上撒鹽，為什麼還是那麼倔強要問個明白呢？

她拍了拍林婉的肩膀，試圖安慰她。

難得這一次李牧遙也很有耐心，坐在那裡等著林婉逐漸平復情緒。

林婉邊哭邊說：「他怎麼能這樣呢？我為他學會了做飯、做家務，什麼都順著他，他不喜歡的我從來都不做，不管我在哪、在做什麼，只要他一句話我立刻就趕到他面前……我的世界就是他！如果這是你說的，我的付出讓我的感情看起來廉價才導致他不珍惜，那我真的無話可說，以後大概也不會再相信愛情了。」

林婉講著她和蕭易的過往，這倒是讓池渺渺有點理解了她的那些所作所為——這個女孩子確實為這段感情付出了很多，雖然不贊同她的行事風格，但還是能夠對她的無措和絕望感同身受。

林婉說了這麼多，本以為李牧遙多少會有點觸動的，但池渺渺一抬頭卻發現他正心不在焉地擺弄手機。

當林婉傾訴得差不多的時候，他忽然沒頭沒尾地來了一句：「喝咖啡嗎？」

林婉愣愣了一下，擦了擦眼淚正要開口，他卻已經替她做了決定。

他看向池渺渺：「下樓左轉有兩家咖啡館，不要去第一家，去第二家，我要焦糖拿鐵，多放糖。」

池渺渺還沒回過神來，就見李牧遙又看向林婉：「妳呢？」

林婉大概是不好意思麻煩池渺渺，見狀連忙擺手說不用，李牧遙卻又替她做了決定。

他對池渺渺說：「那就給她一杯拿鐵吧，快去快回。」

她是個實習員生沒錯，平時是可以幫大家辦點雜事，但眼前這位這吩咐人的態度也太理所當然了吧？再說這房間裡明明有咖啡機，為什麼還要她去呢？

她有點不情願地站起身，正要離開，又聽李牧遙說：「對了，出去時順便幫我通知一下其他人，一小時後我要開個全員會議。」

池渺渺悻悻然地「哦」了一聲，磨磨蹭蹭出了總經理辦公室。

12

池渺渺一走，李牧遙看向林婉：「妳和她在妳第一次來這裡找我之前就認識了吧？」

「誰？」林婉不解，見李牧遙掃了辦公室門口的方向一眼，她才知道李牧遙在說池渺渺。

「你是說喵大？我知道她有很久了，但在那之前也談不上認識，因為她應該不知道我。」

李牧遙了然點點頭，並不覺得意外：「妳們是什麼關係？網友？」

林婉想了想說：「也可以這麼說吧，你怎麼知道的？」

「據我所知妳們聯絡有一段時間了，但妳依然不知道她在這裡工作，我剛才叫她名字的時候，妳表現得很陌生，所以這段時間她應該是以另一種身分在和妳聯絡。而妳又表現得很信任她，這種信任應該不是這麼幾天就能建立起來的。所以我猜她可能在網路上有另外一個身分，剛好是妳知道的。」

林婉崇拜地看著李牧遙：「你好厲害，她其實是我很喜歡的一位作者大大。」

「作者？」李牧遙似是有點意外。

林婉正要回話，但對上李牧遙的目光後又不由得警惕了起來：「這應該算是她的私事吧？沒經過她的允許我不方便多說，你要是感興趣的話直接問她好了。」

李牧遙並沒有因為林婉的話而感到不悅，反而難得露出個笑容：「這時候妳倒是挺仗義，也不枉費她替妳瞎操心。」

林婉尷尬地笑笑：「其實昨天我真的沒想到她會去醫院看我，更沒想到她會把您也帶過去……」

李牧遙想到昨天的事，意外發現自己竟然沒那麼生氣了，他猜測大概是因為沒有給自己造成太大的損失吧，不過他也提醒自己，如果再有一次，絕對不能就這麼輕易放過她！

李牧遙沒有讓林婉繼續說下去：「我們言歸正傳，如果妳還抱著挽回蕭易的想法，那以後妳就不用來了，因為我作為他的朋友、旁觀者、一個正常男人，我瞭解挽回他幾乎沒有什麼可能的。但如果妳想快速告別這段過去，我或許可以幫到妳。」

房間裡忽然靜默了下來，半晌，林婉才下定了決心似地說：「其實昨天一整天沒等到他的電話，我就已經意識到，他真的不會再回到我身邊了。可是我這麼熬著好難受，失戀太痛苦了，如果可以，請您幫幫我。」

李牧遙沉默了片刻問：「願意到我們館做兼職嗎？」

池渺渺氣鼓鼓地拎著兩杯咖啡往樓上走，她還沒領過薪水呢，就又是欠他洗車費又是欠他洗衣費的，這咖啡也不知道能不能報銷。

說實話這麼會壓榨人的老闆她還是第一次見。這種人會好心管別人的閒事嗎？不出意外的話，不管林婉那姑娘找他是為了什麼事，今天怕是都要無功而返了，除非林婉身上有什麼能讓那資本家壓榨的。

正在這時，池渺渺就聽到一門之隔的館長辦公室裡，李牧遙問林婉願不願意到失戀博物館來做兼職。

看吧，她說什麼來什麼！兼職一小時才多少錢？有那時間幹點其他事不好？

她連忙推門進去，想勸林婉別傻了，就算她在這裡做兼職八成也還是見不到蕭易的，還要被李牧遙這個資本家壓榨，何苦呢？

但讓她意外的事，林婉竟然二話不說同意了。

李牧遙似乎很滿意，對她說：「那妳出去找韓夏辦手續吧，從明天開始，沒課的時候就來館裡幫忙。哦對了……」

目光瞥到傻站在門口的池渺渺，他說：「咖啡拿出去喝吧。」

林婉離開後好半天，池渺渺才回過神來。

她把剩下一杯放在了李牧遙的辦公桌上：「老闆，這是你要的焦糖拿鐵多加糖……我能問一下嗎？為什麼留她在館裡做兼職啊？」

「妳覺得呢？」

當然是為了物盡其用，輕鬆招來一個廉價勞動力了！看他是如何壓榨她這個實習生的，就能猜到他未來會怎麼對待林婉。

但她的心裡雖然這麼想，卻不能就這麼說。

她隨口問道：「不會是為了讓她忘掉蕭總，留在館裡方便以毒攻毒吧？」

結果讓池渺渺意外的是，李牧遙沒有否認。

這倒是讓池渺渺有點不解了：「可是要真正忘掉一個人，難道不是該儘量避免想起他嗎？以毒攻毒用在這裡不合適吧？」

李牧遙：「戀愛時真正讓人身心愉悅的是叫做『多巴胺』和『內啡肽』的東西。和喜歡的人見面時，大腦會分泌多巴胺和內啡肽，使人一直處於高度的愉悅和興奮中。時間長了，人就會越來越習慣對方的陪伴和存在。相反，假如對方突然離開了妳，大腦的內啡肽分泌則會被切斷，這時候人會感到痛苦難過甚至憤怒。所以忘掉一個人的過程就和戒菸、戒毒的過程差不多，這就是所謂的『戒斷反應』。」

池渺渺即便寫過很多情感故事，也見過不少情侶分分合合，但沒真正談過戀愛，確實很難想像放下一個人需要經歷什麼，此時聽李牧遙將這過程和戒菸、戒毒比較，她不由得又理解了林婉幾分。

「那這和讓她到館裡做兼職有什麼關係嗎？」

李牧遙看她一眼說：「看在妳求知若渴的分上免費給妳上一課吧，也免得妳以後總來質疑我。」

池渺渺無語了，她只是隨口一問而已，哪來的求知若渴？不過想到他履歷中提到他曾在大學期間讀了個心理學碩士，忽然也很好奇怎麼用理性的理論來處理感性的情感問題。

李牧遙說：「放下一個人的第一步也是最難最重要的一步，就是接受他們已經分手沒辦法再復合的事實。」

池渺渺仔細想了想說：「就比如林婉和蕭總，在我們旁觀者看來他們都已經結束了，但只有林婉本人還抱有希望，所以她才三番兩次要見蕭總，正說明她還沒有接受他們已經分手的事實？」

李牧遙點頭：「確實是。」

池渺渺又說：「不過經過她策劃這件事之後就說不準了吧？我之前還覺得蕭總狠心，現在看他沒聯絡林婉或許能讓林婉更早地認清事實。」

「妳剛才不在的時候，林婉也是這麼說的。」李牧遙頓了頓，話鋒一轉說，「但我感覺她並沒有她嘴上說的那麼心灰意冷。」

「那怎麼辦？」

「再觀察看看吧。」

「把她留在館裡是為了方便觀察她嗎？」池渺渺還是不理解李牧遙的做法，「可是這裡畢竟是她和蕭總認識的地方，她現在好不容易逐漸接受他們分手的事實了，再讓她想起以前的事會不會適得其反？」

李牧遙不以為然道：「接受了分手事實後就是要嘗試『忘記』，這個『忘記』並非是真的忘記，而是在想起過往時心裡不會痛苦，簡言之就是可以平和對待。這個過程中，避免不了還是會想到過去，最好的處理方式就是坦然接受，不去刻意迴避，比如刪好友之類的舉動我並不提倡。這裡有一種心理效應叫做反彈效應聽說過嗎？」

池渺渺愣愣地搖了搖頭。

李牧遙解釋說：「如果我說從現在開始，妳不要去想一隻白色的熊，幾分鐘後我問妳這幾分鐘出現在妳腦海中最多的是什麼，答案一定是一隻白色的熊。這就是所謂的『反彈效應』，也叫『白熊效應』。這個實驗表明妳越是要壓制某種想法，越可能會導致這個想法更強烈的『報復』。所以要忘掉什麼人，我們能做的就是再不要刻意去做跟他有關的任何事。」

池渺渺有點明白了：「所以這才是你讓她來館裡做兼職的原因？」

「這只是原因之一。」

「還有別的原因？」

「整個戒斷過程中人的情緒會反反覆覆時好時壞，壞的時候會出現痛苦憤怒種種負面情緒，有了情緒自然是需要宣洩，這時候，有一個好的傾聽者非常重要。」

池渺渺聽得入神：「然後呢？」

李牧遙看向她：「所以我覺得妳應該是個不錯的傾聽者。」

「我？」

冷不防被點到名，池渺渺才明白過來這是讓她給林婉當情感垃圾桶的意思？

她倒不是不願幫林婉，只是林婉想一齣是一齣的，她著實有點招架不住，「這不好吧，老闆你看我平時也挺忙的，這幾天還經常加班呢！」

李牧遙不為所動：「那正好，妳的工作分她一些，一舉兩得了。」

眼看李牧遙早就盤算好了，池渺渺知道自己的抗議肯定無效，雖然有點不情願，也只好接下這個苦差事了。

「好吧，那這樣她是不是就能真的走出失戀了？」

「還差最後一步。」

「什麼？」

「情感的轉移。」

池渺渺略想了一下就明白了：「就是說新歡唄，有句話不是說忘不掉一個人八成是因為新歡不夠好或者時間不夠長嗎？這點我明白。」

李牧遙說：「情感的轉移不一定是轉移到另一個人的身上，可以是工作，或者某種興趣愛好，當然直接轉移到另一個人身上，見效最快，但這就不是我們能做的了。」

如果不和他聊這麼多，池渺渺怎麼也無法理解他的做法。此時她倒是有點佩服李牧遙了，不禁暗忖專業的確實不一樣，而她從他這裡學到的一點皮毛或許還能用於以後的小說創作裡。

聊完了林婉，池渺渺看到她剛剛放在李牧遙面前的咖啡，才想起來有件正事差點忘了。她從口袋裡翻出一張發票，微笑著放在他面前：「這個買咖啡的錢，可以報銷吧？」

李牧遙掃了那張發票一眼，說：「可以。」

「那就好。」池渺渺鬆了一口氣，團了團手裡的塑膠袋，「沒什麼事我先出去了。」

正當她打算離開時，卻又被李牧遙叫住。

「還有什麼事嗎？」她問。

李牧遙伸出兩根手指輕輕把放在他面前的那杯咖啡往前推了推。

池渺渺不解，這是什麼意思？

李牧遙：「這杯給妳了。」

「這杯咖啡有什麼問題嗎？」

「溫度不對。」

池渺渺為難地掃了那杯咖啡一眼，合理懷疑他這是在故意整她，要麼就是不想讓她報銷。

她勉強笑笑說：「不會吧，人家一做好我就拿回來了，絕對沒耽誤時間。」

李牧遙表情淡淡的：「我知道，但還是涼了，所以妳喝吧。」

池渺渺摸了摸紙杯：「沒有啊，還是很熱的，正好可以入口的溫度，不信你試試？」

李牧遙看著她，平靜地說：「我報銷，妳放心喝。」

池渺渺頓時鬆了口氣，訕笑著說：「我又不是擔心這個……不過既然老闆你不喝了，那我就拿出去喝了。」

「在這喝完。」李牧遙比了比他辦公桌前的椅子示意她坐，「正好有事要跟妳說。」

13

池渺渺猜測李牧遙或許會和她聊林婉的事情，便拉過椅子在他對面坐了下來。

剛坐好就見他拿出手機來點了點：「我剛才傳給妳的錄音聽了嗎？」

池渺渺這才發現李牧遙似乎在和什麼人通電話，她不解地看向李牧遙，但李牧遙並沒有要跟她解釋的意思，而是對著電話裡的人說：「我看林婉對你確實不錯，再從昨天你的表現來看，或許你們也不是非要分手不可，既然如此我勸你們不如早點和好，大家都省事。」

到了這一刻，池渺渺已經猜到對方的身分了，應該就是那位蕭總。

蕭易的回覆卻是：『絕對不可能！』

李牧遙：「她說的那些不是真實情況嗎？」

『那倒不是，但那只是我們相處的一小部分而已。』蕭易嘆了口氣繼續說：『一開始我們相處得確實不錯，她漂亮溫柔又體貼，雖然有時候有點小脾氣，但我也能忍，直到我們同居以後，她好像變了個人一樣。』

李牧遙問：「怎麼個變法？」

蕭易無奈道：『我發現她總會偷看我的手機，其實我當時沒覺得有什麼不好的，女孩子嘛總是喜歡疑神疑鬼的，反正我又沒什麼見不得人的，於是也就不管她。事情就是出在這裡！我不知道這是不是年紀小的女生的通病，只要我跟其他異性傳個訊息，或者吃頓飯，在她們看來那一定就是有問題。榮慶集團的董總你知道吧？就是老董的女兒，我在找你之前找過她，希望她能投資失戀博物館……』

李牧遙打斷他：「我記得你說過你只信任我，還說什麼肥水不落外人田。」

電話那一端突然沉默了，然後就聽到電話裡的男人煞有其事地『喂』了兩聲說：『訊號怎麼這麼差？你剛才說什麼我沒聽見……』

李牧遙微微一哂，懶得揭穿對方。

蕭易接著說：『那個董總你知道吧？她是個不婚主義，雖然三十四、五了但還沒結婚。我和董總見面的事被林婉知道後，她就著了魔一樣，天天問今天你們打電話聊了什麼？又見面吃飯有必要嗎？最讓我忍無可忍的是她一直糾結人家為什麼要投資我！我也很火大，我不值得投資嗎？』

李牧遙很精準地見縫插針道：「這還真的不好說。」

電話裡又是片刻的沉默，而後蕭易『嘖』了一聲：『這訊號真差，斷斷續續的。那我接著說啊，這還不是最讓我生氣的，最讓我生氣的是我們之間已經徹底沒有信任了。有一次她聽到我打電話叫人「寶寶」，不分青紅皂白就跟我大鬧，但大地良心啊這真不能怪我！我們館裡那程寶寶你也知道吧，大家不是都這麼叫嗎？顯得親切！但我怎麼跟她解釋她都不聽，還說我編的瞎話弱智！』

池渺渺頓時就想到她和林婉第一次見面時林婉說的那些話，看來有些事還真的不能只聽一個人的片面之詞就下定論。

蕭易接著說：『這事之後她就成天陰陽怪氣的。有一次我問她我穿這件襯衫搭配什麼領帶好看，她直接回我一句，你都找到女朋友了，還那麼在意形象幹什麼？』

一開始池渺渺還有點不明白李牧遙為什麼要她留下來聽他和蕭易的對話，到了這一刻，她有點明白了，蕭易說的那些事林婉也或多或少跟她提過，可是這些從林婉嘴裡說出來就是另一種感覺。所以她猜想他或許也是因為想到了這點，才想要讓她多瞭解一點真實情況，能更加客觀地面對林婉，也更能有效地幫助林婉走出失戀。

到了這一刻，池渺渺更覺得眼前這男人在洞悉人心這方面特別厲害。

李牧遙繼續引導著蕭易說下去：「後來你提分手了？」

蕭易無奈道：『我實在受不了了，我和她在一起沒幾個月，大部分時間都在吵架，我有我的正事要幹，不能一直陪她耗下去，只能提出分手，你猜後來怎麼了？』

蕭易的情緒有點激動：『你不是猜她自殺不是第一次嗎？真的讓你說中了。有一次我回家時，發現她正打算偷偷吃藥，但我當時沒立刻捅破，可我還真的怕她做傻事，就說要麼再等一段時間看看。今天聽你們的對話，我才恍然大悟，那一次大概也是她故意讓我發現的，所以說她偽裝自殺也不是第一次了，虧我這次還這麼擔心她。』

「後來呢？」李牧遙問。

『就那樣唄，天天吵天天煩，沒過多久我們都覺得精疲力盡了。我再提分手，她倒是沒上次那麼激動，沒考慮多久竟然就答應了，但她說有個條件，我問她什麼條件，然後你猜怎麼回事？她拉開床頭櫃的兩個抽屜，我當時都傻眼了！裡面不知道什麼時候竟然裝滿了保險套，各種品牌各種類型的，而她的條件就是把這些用完才能分手……所以你理解我嗎？我現在看到她就腿軟……』

池渺渺剛端起咖啡打算喝一口，一聽這話，頓時手一鬆，咖啡杯掉在了桌面上，裡面的咖啡隨之流了出來。眼看就要波及到李牧遙的手機，池渺渺眼疾手快地將手機撈起，但同時又碰倒了剛剛扶起來的咖啡杯，這一次半杯咖啡直接朝李牧遙的方向潑了過去……

下一秒，李牧遙那件白到發亮的白襯衫上就沾滿了大片大片褐色的液體。

池渺渺看著這一幕簡直心如死灰，這次不知道又要花多少洗衣費了，也或者他根本就不打算洗了，搞不好會直接讓她賠一件新的！

雖然不知道他的襯衫是什麼牌子的，可單看那做工布料就知道她怕是連一顆釦子都賠不起。

在他朝她發難前，她的行動快於腦子，捧著紙巾盒湊了過去：「老闆你沒事吧？我幫你擦擦……算了算了，要不然你脫下來，我幫你洗一洗？放心放心，一定能洗乾淨的！」

因為慌亂，她也沒想太多，直接就去解他襯衫的釦子。

李牧遙在短暫的錯愕過後才意識到發生了什麼，但為時已晚了，那女孩不知道什麼時候已經撲了上來，二話不說就要脫他的衣服。

以前有人用「洪水猛獸」來形容某些女人，他當時還不能理解，這一刻他是真的感觸很深。她身上淡淡的果香讓他的頭腦有點昏沉，隔著濕透了的襯衫布料放在他胸前的手又讓他如坐針氈。

「走開……」他啞聲說。

奈何眼前這傢伙好像聽不見似的，只顧著在他身上「亂摸」。

池渺渺眼見著男人臉色不好，心裡更慌了：「抱歉抱歉，我真的不是故意的！老闆你別著急，我一定幫你洗得乾乾淨淨的！」

正在這時，身後突然傳來辦公室門被推開的聲音。

池渺渺回頭看去，就看到韓夏正目瞪口呆地立在門口。當池渺渺後知後覺地看向自己和李牧遙，才知道事態有多麼嚴重——李牧遙靠在寬大的皮質老闆椅裡，衣衫不整表情隱忍，而她正騎在他的身上，一手撐在男人赤裸結實的胸膛上，像是即將要對他為所欲為。

這場景不可能不讓人浮想聯翩，反正以她那三流作者的語言表達能力，她覺得自己大概是沒辦法洗白了。

還是韓夏先反應了過來，尷尬地指了指身後說：「那個……我敲過門的……」

池渺渺這才想起來，她一個小時前剛通知過大家要去會議室開會，韓夏大概是見李牧遙久久沒出現，才來叫他的。

真是自己挖坑埋自己啊！

她連忙解釋：「不是……這都是誤會……」

韓夏掃了臉色很不好看的李牧遙一眼，直接打斷她：「那什麼……我還是回會議室吧……」然後也不等池渺渺再多解釋，韓夏就逃也似地離開了，離開前還很體貼地幫他們關上了門。

韓夏一離開，池渺渺就聽到頭頂上傳來咬牙切齒的聲音：「走開。」

池渺渺回過神來，連忙從他身上跳了下來，看他衣衫不整的模樣，不自覺就伸手想替他拉一拉襯衫，結果被男人沒好氣地躲開了。

到了這一刻，她這才注意到李牧遙的臉色是慘白的，就連嘴唇都沒什麼血色。

她小心翼翼地問：「老闆，你沒事吧？」

李牧遙閉上眼，深吸一口氣，冷漠地命令道：「出去。」

池渺渺掃了他狼狽的模樣一眼，猶猶豫豫地說：「那個……你的襯衫……」

「出去！」

他從沒這麼聲色俱厲過，嚇得池渺渺不禁打了個哆嗦，再也不敢多說一句話。

她從地上撿起剛才混亂之下被碰到地上的手機，所幸手機沒有壞，但和蕭易的電話也不知道什麼時候已經中斷了。

「老闆，你的手機。」

李牧遙依舊閉著眼不說話。

池渺渺小心翼翼地把他的手機放到他面前，看到上面沾到了一點咖啡，知道他這人愛乾淨，她又拿起來用袖子擦了擦手機螢幕這才重新放回去。

再抬頭，發現男人不知什麼時候已經睜開了眼，看著她的目光冷酷到讓她覺得很陌生。

「我這就出去。」她連忙說。

男人沒有半點回應。

池渺渺滿心疑惑地從李牧遙辦公室出來，總覺得他剛才那反應好像有點不太尋常。

14

「喂！」韓夏不知道從哪裡鑽了出來，嚇了池渺渺一跳。

她拍著胸口埋怨道：「妳想嚇死我啊韓夏姐？」

韓夏端著手臂神祕兮兮地朝著館長辦公室掃了一眼，揶揄道：「剛才那場面夠激烈的呀！」

池渺渺沒好氣：「都說了是個誤會，妳沒看見他襯衫上都是咖啡嗎？我只是幫他擦一下，我們真的沒做什麼！」

池渺渺這麼說著，但自己心裡都覺得這解釋過於蒼白無力。

她喪氣道：「算了，說什麼妳可能都不信。」

韓夏拍了拍她的肩膀說：「其實我也覺得妳不是那種作風奔放的女孩，就算對李總有什麼想法也不會直接霸王硬上弓的。但我身為人事主管還是要提醒妳一下，我們公司禁止辦公室戀情，其實本來是沒有的，因為我們蕭總辦的那些荒唐事，所以李總來公司後定下的第一條也是唯一一條規矩就是這個，就算妳有什麼別的想法，我勸妳也別白費力氣了。」

「我真的沒有……」

韓夏：「沒有、沒有我知道。其實有也很正常，畢竟李總也算人中龍鳳了，長相、學歷、社會地位都沒得挑，我懂！」

「是真的沒有啊韓夏姐。」為了證明自己的清白，池渺渺努力回憶了一下李牧遙身上那些足以讓自己窒息的缺點，「我這麼說吧，他確實長得帥又有錢，可是他同時也自大、刻薄、小氣、龜毛、強迫症晚期外加對待女生超級沒有風度，妳覺得我會自虐到喜歡上這麼一個男人嗎？」

此時韓夏的眼神忽然有點飄忽，但池渺渺還沉浸在自己的控訴中完全沒有注意到。她說：「妳不知道我這幾天經歷了什麼，我從來沒見過這麼奇葩的男人……」

感覺到韓夏扯了自己的袖子，池渺渺沒當一回事，繼續道：「妳不是硬說我喜歡他嗎？那我就跟妳講講我和他的幾次交鋒，妳不知道他有多奇葩，真的，小說都不敢這麼寫，他……」

「李總！」

池渺渺話沒說完，忽然被韓夏打斷。

「對，就是他。」池渺渺無奈道，她還想繼續控訴，忽然見韓夏拼命地朝她眨眼睛，她才後知後覺地意識到自己可能又闖禍了。

她慢吞吞轉過身，果然就見李牧遙已經換了身衣服，身姿筆挺地立在幾步之外。他的臉上沒有任何表情，但不知道為什麼池渺渺總覺得他的目光比西伯利亞寒流還要冷，無形地宣布著她已是一個死人了。

氣氛有點尷尬，韓夏故意打岔道：「現在開會嗎？我這就通知其他人！」

「我要出去一趟，會議先取消。」李牧遙的目光鎖定在池渺渺的身上，「這一期的失戀分享會妳來負責。」

「我？」

「有問題嗎？」

「沒……沒有！」

她哪敢有什麼問題。

李牧遙對她的回答還算滿意，點了點頭：「沒問題最好，畢竟我是個自大、刻薄、小氣、龜毛、強迫症晚期外加沒什麼風度的老闆，很可能會因為妳的一點異議而感到很不開心。」

池渺渺勉強擠出一個比哭好看不了多少的笑容：「老闆你也太謙虛了，我其實是想說你自信、嚴謹、勤儉、自我要求高，以及對待所有員工一視同仁。」

李牧遙似笑非笑地看她一眼：「是嗎？」

池渺渺：「那當然了。」

李牧遙：「不過妳怎麼想不重要，因為這裡我說了算，明白嗎？」

池渺渺像是被抽走了骨頭般，垂頭喪氣道：「明白了。」

「明白了就去好好工作。」

說完，他便頭也不回地離開了失戀博物館。

李牧遙剛離開，韓夏就湊了過來：「欸對了，妳還沒說，妳們之前發生什麼了？」

此時的池渺渺哪還有八卦的心情，她瞥了韓夏一眼，只回了兩個字：「妳猜。」

暖萌在聽說了池渺渺認錯人的遭遇後絲毫沒有對她產生任何的同情，反而像中了獎似的興奮道：「妳這是什麼運氣啊！妳的歡喜冤家竟然是李牧遙啊！」

池渺渺沒理會她那戀愛腦給李牧遙的定位，只是有點意外連暖萌也聽說過他。問過之後才知道，原來暖萌的男朋友老秦最佩服的人就是李牧遙，而且老秦在最初創業時也曾經找過李牧遙，兩人有過幾次接觸。

「他真的那麼厲害？」池渺渺沒想到周圍的人似乎都聽過他的名字，只有她孤陋寡聞。

「前些年是的。」

「為什麼說前些年？」

「之前他一直維持著每兩年創業成功一次的記錄，但是自從HYH陷入抄襲風波後，他的運氣好像就不怎麼好了。」

「妳是說他創立的那家遊戲公司？」

「對，原本那間公司勢頭特別好的，不到兩年就做到五百人以上的規模了，不過後來他們上線的一款遊戲竟然在很多細節和設定上撞了他們的競爭對手公司，但我聽內部人士說，是他們的工程師違反了競業協議，將他們即將上架的遊戲細節賣給了他們的競爭對手公司，結果被競爭對手搶先上架還倒打一耙。這競爭對手的公司老闆聽說是個富二代，是什麼地產大亨的兒子，好像姓嚴吧？也不是什麼省油的燈。反正這事在當時圈子裡鬧的很大，說什麼的都有，好像到現在都還沒有結果呢。」

「後來呢？」

「後來李牧遙賣掉了遊戲公司，這在外人看來就是因為抄襲醜聞公司經營不下去才賣的。但老秦說不管有沒有這事，李牧遙時間一到就是會賣掉公司的。反正具體是什麼情況外人誰也不清楚，不過自那以後他的運氣就不怎麼樣了。妳看他之前創立的那個交友網站，叫什麼『拍拍』

的，幾乎沒什麼水花。哦對了，我聽老秦說那富二代在李牧遙創立『拍拍』後立刻也創立了一家同類型的公司，很明顯是跟李牧遙槓上了。」

「原來他這麼厲害啊……」池渺渺嘆氣道，「那碾死我這螻蟻一般的人物還不是輕而易舉的事？」

暖萌試圖安慰她：「妳也別太喪氣，要我說林婉那事他非但不會怪妳，反而會讚賞妳。」

池渺渺依舊無精打采的：「讚賞我什麼？讚賞我會瞎搗亂嗎？」

「我說真的。我聽說他大學時最好的朋友也是他室友得了憂鬱症，最後在宿舍裡自殺了。他曾經跟身邊的人提過，這件事對他打擊很大。他在美國讀書時不是還讀了心理學嗎？應該也跟這事有關。妳聽說林婉自殺這事情急之下比較衝動，將心比心他應該能理解的。」

「原來是這樣。」

難怪他一開始對林婉還是愛理不理的態度，策劃自殺那件事後，他卻忽然願意幫助林婉了。

「其他的事情或許還情有可原，但前天晚上的事就真的說不過去了。」

池渺渺把在酒店樓下和李牧遙說的那些話，以及後來見到汪可的事情簡單告訴了暖萌。

暖萌直接忽略了她的前半段，驚喜道：「妳竟然見到汪可了？」

池渺渺沒好氣：「對啊，那天他叫我去就是去和汪可談合作的！才不是什麼想泡我。」

暖萌沒接收到池渺渺的怨氣，自顧自道：「她本人長的和電視上一樣好看嗎？」

「差不多吧，比電視上瘦一點……」

兩人聊起了明星八卦，就忘了其他事。

暖萌說：「汪可也是個傳奇，出道前幾年在一個小團體裡，名不見經傳，日子過的還不如素人。後來走運拍了一部青春偶像劇，一下子紅遍大江南北，但誰知道這個紅只是曇花一現呢。」

池渺渺不是汪可的粉絲，對這些枝微末節的事情並沒有太關注，「這些我當時倒是沒注意，但她演的那部劇確實蠻好看的。」

暖萌點頭：「人家不僅演技好，長得也好看，但娛樂圈裡單靠自己哪那麼容易，她剛紅時就有人挖出她曾經夜會富商的八卦，不過這事沒鬧大，好像是那富商找人把消息壓下了。」

池渺渺不知道怎麼就想到李牧遙。

她興致勃勃問暖萌：「哪個富商？」

「不知道是誰，但聽說那富商年輕有為還沒結婚。我記得當時看過狗仔們拍到的照片，雖然只是個背影，可是身材很不錯，大概長得也醜不到哪去，反正跟汪可算是郎財女貌吧。據說這兩人談了好久呢，因為半年後，又被狗仔拍到她和那個富商一起進入酒店房間的照片。後來有人說汪可忽然淡出娛樂圈的這兩年應該就是被這位富商圈養起來了，這次顯然是想重返娛樂圈，不知道是不是因為和富商感情破裂了。」

「不是聽說，她是因為憂鬱症退圈的嗎？」

「這種說法也有，但誰知道究竟怎麼回事呢。」

池渺渺忽然想到了先前對汪可和李牧遙的一些猜測，再對應上今天暖萌說的這些傳聞，似乎已經看到了故事的整個脈絡。

她喃喃地說：「我可能知道妳說的那位富商是誰了……」

「是誰？」暖萌激動地問。

池渺渺：「我老闆李牧遙。」

15

接下來的幾天，池渺渺為了準備下一期的分享會忙得腳不沾地。

林婉每天來館裡四個小時，倒是可以幫她一些，但更多的時候都是在找她傾訴。

連續幾天吃不好睡不好的池渺渺此時正聽著林婉淒淒切切講著她和那位蕭總的過往，講到關鍵時刻，她又忿忿不平起來：「這渣男憑什麼變心得那麼快？憑什麼我在這為他痛苦，他卻能和別的女生約會？」

池渺渺只覺得一個頭兩個大，提醒她：「妳現在該做的是忘記這個人。」

她又安慰了林婉幾句，林婉總算安靜了下來，而且這一次她竟然保持了一個小時之久。

見她專注地對著電腦螢幕，池渺渺忽然有點好奇，湊過去看了一眼，發現她正在看一個人的社群主頁，而且一看大頭照就知道是個男人。

「在幹什麼？」她不解地問。

「找人。」林婉邊說邊頭也不抬地繼續「檢閱」著這個帳號的每一個粉絲和每一個關注的人，「我倒要看看是什麼樣的女生讓那個傢伙樂不思蜀！」

池渺渺不確定地問：「妳是在找和蕭易相親的那個女生的帳號？」

「沒錯。」

池渺渺無奈：「就算找到，又能怎麼辦？」

林婉聳了聳肩：「當然是讓她知難而退了……」

池渺渺耐著性子勸她：「可是你們已經分手了，妳只是蕭易的前女友，那個女生會聽妳的嗎？」

林婉忽然有點生氣地說：「誰說我們分手了，從始至終我就沒同意過分手！」

還能這樣？難不成是那兩個抽屜的套套沒用完？

池渺渺覺得自己的三觀被顛覆了，她不可思議道：「所以妳的意思是，如果妳不同意，蕭易找其他女朋友就是劈腿，那女生就是第三者？」

「沒錯！」

池渺渺徹底無語了，這是第一次，她站在蕭易的角度，無比希望李牧遙能早日讓林婉開啟新的生活。

這一次失戀分享會的主題是「我的奇葩前任」，大家都對這個話題很感興趣，所以報名參加的人比往常還多。經過一番篩選，李牧遙最後只留下幾個人，都是二十幾歲的大學生或者剛剛步入社會的年輕人，共同點是長相都不錯。而且按照李牧遙的要求，這一期池渺渺負責主持，另外林婉也要參加。

讓林婉當眾吐槽蕭易嗎？

雖然不知道李牧遙的真正用意是什麼，但不得不說池渺渺竟然有點期待那血腥的場面呢。

幾天後，池渺渺安排的第一場分享會如期而至。

為了讓分享會不受干擾，每次這種時候失戀博物館的二樓都會暫時對外關閉，只有參加分享會的會員和工作人員可以進出。

分享會開始前，池渺渺就注意到林婉的情緒不太好。

她以為她是緊張，安慰她說：「只是聊聊天，等一下隨便說就行。」

林婉還是很為難：「以前從來沒參加過這種活動，李總為什麼非要我參加？」

說實話李牧遙的想法還真的不好猜，但池渺渺覺得無外乎還是為了讓她儘快走出失戀。

她想了一下說：「可能就是想讓妳盡情的宣洩情緒，等一下有什麼想吐槽的儘管吐槽。」

林婉深吸一口氣點點頭：「那我勉強吐槽一下吧，雖然我一直氣他和我分手，但其實他也沒什麼特別值得吐槽的，再說這裡都是他的員工，我說得太過分也不好。」

聽她這麼說，池渺渺竟然有點一點失望。同時又有點欣慰，她能這麼理智地對待這場分享會，看來離走出失戀不遠了。

池渺渺鼓勵地拍了拍林婉的肩膀：「也不用考慮太多，讓妳參加就是為了讓妳有什麼說什麼嘛！放心，我們大家都支持妳。」

十分鐘後，分享會正式開始了。

因為彼此不認識，一開始大家有點拘謹，但是有人開了個頭後，氣氛就活躍了起來。

一個女生說：「我的前男友真的很奇葩，人又蠢又壞。我們異地戀了大半年，這段時間雖然見面不多，但他每天都會對我噓寒問暖好像很無微不至的樣子，每天早上會說早安，晚上會說晚安，一天都沒斷過。突然有一天，他剛對我說完晚安我就收到了一個共同的朋友傳給我的截圖。你們猜是什麼？竟然是他和另一個女生出去玩的照片！當然我是看不見的，他上傳時遮蔽了我但忘了遮蔽我們那個共同的朋友。後來我質問他為什麼會這樣，你們猜這奇葩怎麼說？他說覺得異地戀沒有安全感，預感我這麼漂亮肯定會出軌，所以他先出為敬。」

「噗！」有人沒憋住，先笑出聲來，「這『先出為敬』要笑死我了！」

女孩子對此非但沒介意，反而無語地說：「奇葩吧？也不知道我當初是不是間歇性失明了才看上這種人！」

她旁邊的女生說：「不能怪妳，男生想給喜歡的女孩子留個好印象的時候，演技要多高有多高，我們雖然是小仙女但也沒有火眼金睛啊，哪看得出來誰是真心誰是假意？」

這女孩長得可愛，說話也嗲嗲的，所以即便她的話有殃及池魚的意思，但男生們也都不介意，還很捧場地笑了笑。

女孩子接著說：「我前男友就是個『好演員』。剛認識的時候他表現得特別陽光大方，後來熟了才發現這人特別小心眼。我們有一門選修課經常放電影，都是比較有話題性的那種。有一次上完選修課回宿舍，在路上時我們因為觀點不一樣爭論了起來。我當時很生氣，一個電影而已，就算我的觀點他不贊同，但對我這個人他總該包容一下吧？我一生氣就用書包打了他一下，可能當時手上力道沒控制好打疼他了，但是你們想，我這小身板用力打人能有多疼，結果他竟然還手！」

女生們一陣唏噓，池渺渺也在心裡感慨這男孩太沒風度。

那女孩繼續說：「唉我的脾氣哪忍得了！於是我們就在宿舍門口用書包互掄了起來……你們能想像那畫面嗎？不是鬧著玩的，是真的打了起來！」

周遭傳來此起彼伏的竊笑聲，還有人快笑岔氣了，池渺渺作為這次分享會的組織者，要儘量控制著自己的表情，她問那女生：「然後呢？」

那女生說：「我們足足打了半個小時，最後這一仗以他的書包肩帶被打斷而結束。結果你們猜這奇葩說了什麼？」

有人抹著眼淚問：「什麼？」

「他說這書包跟著他高三一整年，有非凡的意義，而我竟然把它弄壞了，所以要跟我分手。呵呵，都打了半小時了才想起來分手？我說我們不是在他還手的那一刻就分了嗎？」

她旁邊的女孩安撫性地拍了拍她的肩膀：「妳這個確實夠奇葩。」

女生們吐槽起前男友來往往有說不完的槽點，而且嘲諷全開，以至於這次分享會並沒有因為是失戀話題而顯得很沉重。

輪到林婉時，她很平靜地翻開自己帶來的筆記本，池渺渺隨意一瞥就看到上面密密麻麻寫滿了字。這就是她所說的「沒什麼可吐槽的」？

林婉清了清嗓子開始對著那本子念：「我的前任他喜歡五顏六色的襪子，哪怕我明確表示過很醜他也堅持每天換一個顏色。後來我才知道他一雙襪子要穿兩遍才肯洗，他是擔心同一雙襪子會不小心穿到三、四遍才用不同顏色區分開來。他在家時還喜歡一絲不掛地走來走去，而且從來不拉窗簾，說是喜歡皮膚和陽光親密接觸的快感。他外出工作時，非正式場合從來不穿內褲，他說那叫做自由……」

池渺渺無語，她完全沒想到那位蕭總竟然會有這樣的槽點，這還讓她以後怎麼直視他？

池渺渺只能祈禱蕭易遠在國外消息別太靈通，不至於日後找她滅口。

正在這時，她無意間一抬頭，發現旁邊的沙發上不知什麼時候多了一個人。

李牧遙手中端著一個馬克杯，在池渺渺看過去的時候，也恰巧掃向他們這邊。

兩人視線相觸的一瞬間，池渺渺就心虛地收回了目光。

此時林婉已經吐槽了足足十分鐘了，但明顯還沒有要結束的意思。

「他那人還有很多奇怪的癖好，外人看來他又帥又有品位，但是誰能想到他在家看電視的時候很喜歡摳腳，關鍵是摳完還總會習慣性地聞一下……」

林婉的聲音忽然被身後的一陣咳嗽聲蓋過，眾人不由得都回頭去看，李牧遙明顯被嗆得不輕，好半天才恢復過來。

面對眾人的目光，他只是淡淡回覆了一句：「不好意思，你們繼續。」

林婉於是接著吐槽，長篇大論半小時後，在池渺渺的瘋狂暗示下，這段吐槽總算接近了尾聲。

但林婉的表情中卻沒有情緒釋放過後的舒暢，反而語調越來越苦澀，到最後幾乎帶著哭腔說：「儘管他有這麼多毛病，可我還是好愛他嗚嗚嗚嗚……」

這麼輕鬆的開場卻是以這麼無奈的方式收尾，眾人都沒想到，片刻的措手不及後開始安慰林婉。池渺渺則是無奈嘆氣，看來之前是她太樂觀了。

相比起女生們的「精彩」分享，男生們的吐槽就沒什麼新意了，在池渺渺看來大多數都是一些小問題而已，直到最後一個叫許魏的男生發言才讓氣氛重新活躍了起來。

許魏：「我要吐槽的前女友，不是我剛分手的這個前女友，準確的說是我的前前前女友。我們是中學同學，認識的時間比較早，在一起的時間也比較長……但我和她在一起的這幾年她好像一點都沒有成長，要多幼稚就有多幼稚。每天疑神疑鬼，查我手機捕風捉影，想著辦法的跟我鬧，時間長了我受不了提出分手，然後她真的讓我大開眼界。」

池渺渺越聽越覺得許魏的經歷有點似曾相識，她偷偷瞥了林婉一眼，果然就見林婉的臉色不太好。

許魏接著說：「她先是自導自演策劃了被綁架，我當時特別著急，差點就報警了，結果人家自己回家了，說其實是綁匪綁錯了人，後來才從她朋友那知道是我被耍了。那之後我們大吵一架，我又提出分手，結果她又自導自演了一場自殺……我本來很生她的氣不想管她，但又怕真的有個萬一，會讓我後悔一輩子。事實證明我只是個被她耍得團團轉的蠢貨！那次之後我就說，無論如何也要分手。她當時哭著求我，哭著哭著突然就上氣不接下氣起來，好像缺氧一樣，有過前兩次經驗我那次沒相信她，何況她的演技是真的爛。見我不理她，她果然自己又好了，還說我不關心她……我真的沒見過比她更扯的人……」

他一邊說一邊無語嘆氣，在座幾個男生都投去同情的目光，就連女生也是，唯獨林婉端著手臂看好戲似地看著他。

「你的話是不是只說了一半？」

許魏愣了愣：「什麼？」

林婉：「既然她這麼做作你們又怎麼會在一起那麼久？她肯定也有她可愛的地方你才願意跟她在一起吧？她為什麼會疑神疑鬼，是不是你沒有給她安全感？自己策劃被綁架和自殺聽起來很匪夷所思，但何嘗不是因為想博得你的關注，這是不是可以說明你平時經常忽略她？」

如果這是一場辯論賽，池渺渺都要為林婉拍手叫好了，這反應速度和反駁的論點足以讓許魏措手不及。

可惜這是場分享會，大家同仇敵愾，要敵對的不是某個前任，而是那段已經逝去的關係。

池渺渺連忙出聲打圓場：「這些事肯定雙方都有責任，沒必要非得分出誰對誰錯來，大家不要激動，我們繼續！」

許魏卻彷彿沒聽到池渺渺的話，而是不可思議地看向林婉：「簡直一模一樣，我那前女友做出那些奇葩的事後理由就是這些，我真的搞不懂就算我哪裡做的不夠好，我們可以談，但有必要做得這麼極端嗎？我們男生也要生活、要上課，不能事事圍著妳們女生轉！」

其他男生紛紛出聲支援，表示認同。

林婉冷笑：「所以你這樣的人不配被人愛！」

許魏：「呵呵，愛我的人多了，不然她怎麼死咬著我不放呢？」

他看向其他人接著說：「我之前說的那些還不是最精彩的，我們好不容易分手後，我打算開始新生活，正好身邊有合適的女孩子表白我就同意了，結果被她知道後，我和我女友彷彿開啟了地獄模式，她會透過各種手段找到我當時女朋友的聯繫方式，不停地騷擾我女朋友。」

有人忍不住插嘴說：「讓你女朋友拉黑她不就好了？」

許魏無奈：「哪有那麼容易！她簡直就是福爾摩斯轉世，總有辦法聯絡到我的女友。最要命的是她不知道發什麼瘋，忽然跟我說我們其實還沒分手，我單方面提的分手不算數，說我女朋友才是第三者，這不是有病嗎？」

池渺渺不禁感慨世上的事總有相似的地方，她都不用去看林婉的臉，也知道她臉色肯定好看不到哪去。

有人還不知死活地附和：「是啊！簡直不正常！」

池渺渺只能暗示許魏：「發言結束了嗎？」

誰知許魏說：「還沒。」

池渺渺只好說：「那儘量長話短說吧。」

許魏點點頭：「最後我那奇葩前前前女友終於把我們弄到分手了，當時我女朋友分手時也沒有怨我，反而很同情我，她說她只是不想再被人盯著了，說感覺很不好，還讓我以後多加小心。那之後我怕繼續連累其他女生，單身了一段時間，她倒是安靜下來了。我以為她應該放下了，就打算開始新生活，結果一聽說我又找了女朋友，她又故態復萌……」

旁邊的男生終於聽不下去了：「哥們，和你這比起來，我們其他人的算什麼啊！真是委屈你了！」

「呵！委屈？」林婉還是那副陰陽怪氣的態度，「你難道從來沒有反省過自己嗎？你怎麼能變心那麼快呢？看你的年紀也不大，數數都幾個女朋友了，可見你有多花心！難怪你那女朋友會被你逼瘋，你倒好，還跑這來跟其他人吐槽她！」

「我逼瘋她的？」許魏激動地站了起來，「我看明白了，妳和她一樣……」

他指了指自己的太陽穴不客氣道：「這裡都有點問題！」

池渺渺當即皺了皺眉，正要出口打斷他，林婉倏然站起身來：「你才腦子有病！」

許魏掃了攤在她面前寫滿字的本子一眼，嘲諷道：「妳有什麼資格說別人奇葩？妳這樣的人才是最大的奇葩！我現在很同情妳的前男友，也很理解他，如果有機會我一定要對他說一句，他的選擇是對的，離開妳至少能過正常人的生活！」

林婉隔著茶几就要撲了上去：「你這個渣男說什麼！」

其他人見狀連忙上去拉架，場面一時間變得混亂不堪，還是有人叫了樓下保全上來，才控制住局面。

而池渺渺組織的第一場分享會也在這「熱鬧」的氣氛中結束了……

失戀博物館的其他工作人員帶走了林婉，池渺渺忙著安撫許魏，等將其他人都送走後，她轉頭去看身旁的沙發，李牧遙不知道什麼時候已經離開了。

16

池渺渺這才想起來該去安慰安慰林婉，走出休息區她發現同事們都探頭探腦地徘徊在會議室門口。

難不成林婉被帶到會議室去了？可是看韓夏她們都在門外，那是誰在會議室裡陪著她？

池渺渺快步走過去，剛到會議室門前就隱隱約約聽到裡面有哭聲傳出來。

池渺渺正要去推門，卻被韓夏攔住，她悄聲對她說：「李總也在裡面。」

池渺渺也只是遲疑了那麼一下，便推開門走了進去。

陽光吝嗇地透過窗外的梧桐枝梢滲透了一點到房間中，即便是大白天，這間房間裡也如同正處於傍晚時分似的，就如池渺渺第一次來這裡面試時一樣。

林婉蜷縮在椅子裡，哭得聲嘶力竭，李牧遙背對著門立在窗前，像是在想什麼又像是在等待著什麼，聽到身後的聲音，他也沒有回頭。

池渺渺反手關上門，走向林婉。

今天的事情對旁人來說或許只是一場熱鬧，但是她知道許魏的每一句話對林婉來說都是一次淩遲。

在她和蕭易的這段感情中，她或許隱約意識到自己有錯，但因為蕭易的率先離開，她有了怨他恨他的理由。

因為她是這段感情的受害者，她無需自責，無需懊惱，畢竟怨怪別人總要比自責懊悔更輕鬆一些。

她慢慢說服了自己，都是蕭易欠她的，可是這也讓她越來越不甘心，越來越難走出去。她原本是個開朗活潑的女孩子，卻因為這份求而不得的不甘心，讓她的想法逐漸扭曲，整個人越來越荒唐。

池渺渺拍了拍林婉的肩膀試圖安慰她。

感受到旁人的觸碰，林婉有點緊張，她抽噎著抬起頭來，見是池渺渺，先是愣了一下，接著忽然一把抱住她，然後是一輪更加委屈的宣洩。

在今天之前，池渺渺不是沒有見過林婉哭，但那種情緒的釋放和今天是截然不同的。

她哭得聲嘶力竭，期間一句話也沒有說，池渺渺聽出了這其中有自責有懊悔，有對蕭易的不捨，甚至也有對未來的無措。

其實失戀就像一種能夠被根治的慢性病，大多數人總會撐過去，只是因為個人體質不同，需要花費的時間也不同。

李牧遙說走出失戀的第一步就是認清這段感情沒有再被重拾起來的可能。

雖然池渺渺沒有真正談過戀愛，但是她也知道，有不少人就是被困在了這第一步，每天在患得患失中消耗著自己。而面對眼前的林婉，池渺渺沒來由的有種預感，或許今天過後，她就能走出失戀這個泥淖了。

一切看似水到渠成，但池渺渺知道，這是有人在背後推波助瀾。

她一邊輕輕順著林婉的背，一邊看向立在窗邊的男人。

按照她對他的瞭解，對眼下這種場景，他應該是最不耐煩的。

可是今天他卻難得有耐心，一直留在這裡。

不知道過了多久，林婉終於哭累了。哭聲漸漸小了，最後只餘斷斷續續的抽泣聲。

李牧遙轉過身來，坐到桌子對面，看著林婉。

林婉吸了吸鼻子問：「他跟您說過我嗎？」

李牧遙並沒有回答。

林婉接著說：「在他眼裡，我和許魏那前女友應該差不多吧？」

說著她話音中又帶了點哭腔。

這話雖然是問話，但多半是不需要對方回答的。

池渺渺也以為李牧遙不會回答，或者乾脆說沒有，但是他卻說：「妳想問他的問題我大概猜的到，所以提前幫妳問了，妳看看吧。」

說著，李牧遙在他的手機中找到一段影片打開，然後將手機遞給了林婉。

林婉茫然地接了過來。

影片中是一個年輕英俊的男人，乍看之下確實很像瀧澤秀明，他穿著一身居家服，很隨意地坐在家裡的書房中，手裡拿著一張紙，邊看邊對著鏡頭念上面的問題。

『前女友的優點？這我不是都說過了嗎？活潑漂亮，特別注重我的感受……至於缺點？就是有點黏人，不懂得體諒我，而且有時候太疑神疑鬼……』蕭易繼續下一個問題：『是否真的對前女友動過心？這不是廢話嗎？不喜歡她她怎麼會成為我的女友……現在還喜歡不喜歡？』

說到這個問題，蕭易沒有立刻回答，他像是在認真的感受著自己的感情。

與此同時，池渺渺看到林婉也屏氣凝神，安靜等著他的回答。

池渺渺自己的心也隨之提了起來，她擔心蕭易說出什麼讓本來已經死心的林婉又燃起了希望，那他們之前所做的一切不是前功盡棄了嗎？

片刻後，蕭易嘆了口氣說：『感情還是有的，聽說她過的不好我也會於心不忍，分手的這段時間也會偶爾想起她，但我覺得這不是當初那種喜歡了。打一個不太恰當的比喻，哪怕是養隻寵物，養一段時間送走了也會因為朝夕相處對牠有感情，因為我們曾經生活在一起，生活中總有牠的影子，哪怕牠不在了我也會偶爾想起它。雖然這麼比喻不太合理，但我現在對她大致就只有這樣的感情了。』

聽蕭易說完這番話，池渺渺提著的心漸漸放回原處。而與此同時，她注意到林婉的情緒變化，最初是期待，隨之是難過，到最後就只剩下無可奈何以及逐漸的釋然。

『最後一個問題，你問我想對她說什麼？』蕭易想了想，看向鏡頭。

他或許早就猜到這段影片會讓林婉看到，但這卻是整段影片裡的第一次，他鄭重其事地想要對林婉說幾句話：『雖然最後鬧得很不愉快，但是我也承認，最初和妳在一起的那段時間我確實挺開心的。分手時妳問了我兩個問題，第一個問題是有沒有真心喜歡過妳，我前面已經回答過了。至於第二個問題，我有沒有想過跟妳白頭到老，我當時沒有勇氣正面回答妳，是因為答案應該不是妳想聽到的。我確實沒有想過這些，這不是因為妳不好。可能妳們女孩子真心喜歡一個人的時候就會想很長遠的事情，可我不是。我不知道別的男人是怎麼樣的，但是我很少在一開始就去想這些，一段感情中互相吸引的心動當然重要，在我看來，相處得舒服是比心動更重要的。不過我們後來相處得不愉快，這並不是妳的錯，可能只是我們不合適，就像妳也覺得我有很多做的不好的地方一樣。雖然分開了，以後或許也不會再聯繫，但是我還是希望妳能過得好，早日遇到那個真正適合妳的人。』

影片播到最後，林婉又嗚嗚咽咽地哭了起來，但是這一次，她的哭聲既不壓抑，也不歇斯底里，好像只是有點難過而已。

李牧遙沒有再多停留，起身離開了會議室。

臨走前，他看了池渺渺一眼，那一眼大概就是讓池渺渺把後面的事情料理乾淨的意思吧。

池渺渺嘆了口氣，繼續安撫著林婉，這一次沒有讓池渺渺等太久，她的情緒很快就平復了下來。只是，或許是累了，或者還有些難過，她顯得有些無精打采。

池渺渺看她這樣子知道她也沒心思工作了，於是提議：「反正也快下班了，妳要不要先回去洗個澡休息一下？」

林婉點點頭，跟著池渺渺起身。

兩人正要離開時，池渺渺才注意到剛才李牧遙走的時候忘記拿手機了。她只好先幫他收著，想著等一下送走了林婉再去還給他。

等車的時候，一直沉默著的林婉忽然問她：「喵大，妳說我是不是太幼稚了？」

她雖然沒有明說，但池渺渺猜想，她大概還在自責，覺得是自己很多不成熟的舉動，讓周圍的人，尤其是蕭易疲憊了。

林婉的不成熟是肯定的，但不成熟就是錯的嗎？人總是要經過一些事才會逐漸成熟起來。

「跟七老八十的人比當然算幼稚了。」她說。

林婉難得露出點淺淡的笑容：「妳別哄我了，一定是我不夠成熟，不然我們也不至於像現在這樣，還耽誤妳和李總那麼多時間。」

池渺渺無所謂地擺擺手：「幫妳只是我們的舉手之勞，算不上耽誤時間。至於妳和蕭總，或許就是他沒成熟到能夠包容妳的不成熟的程度吧。你們誰都沒有錯，只是不合適而已，所以沒必要耿耿於懷了。這方面妳應該向蕭總學習，承認他的好，也記得他的不好，坦然面對過去，這樣才能更快開始新生活。」

林婉認真想了想，然後鄭重其事地點了點頭：「喵大，謝謝妳。」

說著她看向失戀博物館的方向，對池渺渺說：「也幫我向李總道個謝吧。」

池渺渺乾脆應下：「沒問題，等一下我就跟他說。」

將林婉送上了車，池渺渺返回失戀博物館直奔李牧遙的辦公室。

「人安撫好了？」

池渺渺進門時，李牧遙正在辦公桌前翻看文件，聽到聲音頭也不抬地問了這麼一句。

池渺渺說：「我看她的情緒不好也做不了什麼，就讓她先回去休息了。剛才在樓下，她說想謝謝你，但不好意思跟你說，就讓我轉達一下。」

李牧遙這才從文件中抬起頭來，看了她一眼。

池渺渺見縫插針地奉上一個大大的笑容：「李總，你真厲害，許魏是你專門安插進來的吧？」

池渺渺記得，在最初擬定的參與者名單中並沒有許魏這個人，所以許魏確實是李牧遙另外添加進去的。

李牧遙繼續低下頭翻動手上的文件：「我又不認識他，算不上安插。」

這倒是讓池渺渺有點意外了，她本來還以為許魏八成是李牧遙找來的暗樁，沒想到真的是從眾多報名者裡篩選出來的，可是怎麼那麼巧呢？

池渺渺猶猶豫豫地上前一步：「我能問一下嗎？你是怎麼猜到許魏今天要說什麼的？」

李牧遙瞥了她一眼，不鹹不淡地說：「報名者的資料仔細看看，妳也能猜到。」

池渺渺感到一陣唏噓，報名者的資料裡，除了簡單的基本資訊，還有一欄是可以自由發揮的，有的人乾脆不寫，有的人則是長篇大論像寫作文似的寫好多。

報名者人數眾多，篩選時未必都會看到，此時李牧遙這麼說，池渺渺就清楚了，大概是許魏在資料裡寫了什麼讓李牧遙推測出他或許能幫到林婉，這才讓李牧遙選了他。

雖然選中許魏治癒林婉的過程沒池渺渺想的那麼複雜，而且也有運氣的成分在，但是她也從中認識到了自己和李牧遙的差距。

他那樣的人在對待這麼一件微乎其微的小事時都能比普通人更認真，甚至比她這個直接負責人思慮得更周全，而且他更聰明更有經驗，所以他不成功什麼人會成功呢？

17

說完了正事，池渺渺才想起來李牧遙的手機還在自己這裡。

她連忙掏出來，遞過去前又想到這人愛乾淨，正打算用袖子擦乾淨，卻聽李牧遙說：「不用了。」

池渺渺一聽也就沒再繼續，從善如流地把手機遞到他的面前，帶著幾分討好說：「我今天沒碰過捐贈物，老闆你放心，剛才也洗過手的……」

她話沒說完，就見李牧遙從抽屜裡拿出酒精棉片，慢條斯理地擦了起來，邊擦邊掃了池渺渺的袖子一眼：「妳衣服上的細菌不比妳手上的少。」

池渺渺再一次感覺到自己的人格受到了極大的侮辱。

她這件衣服雖然是打折時買的，但也好幾百呢，今天剛穿第一次就捨得幫他擦手機，他不領情也就算了，一臉嫌棄是怎麼回事？

池渺渺撇了撇嘴：「沒事我就先出去了。」

「等一下。」李牧遙叫住她，從旁邊的一堆文件中拿了最上面的一份遞給她，「這是和汪可的合作案，法務部已經根據這個擬定了一份合約，稍後會寄到妳的信箱，後面就由妳和她的經紀人對接，上面有對方的聯絡方式。」

當時李牧遙還端著架子沒有立刻同意合作，眼下看來是不打算放過這麼好的機會了。

不過池渺渺有點意外，這麼大的事他怎麼會交給她？

「這麼重要的合作，為什麼要我去對接？」

李牧遙抬起頭來看著她：「怎麼我派點事情給妳，妳總是推三阻四的？」

「我怎麼敢吶！我只是擔心我這實習員工的身分讓人家覺得我們怠慢了。」

李牧遙聞言繼續低頭擦拭手機：「妳不說誰知道妳是實習員工？再說只是讓妳中間傳個話而已，真的以為自己接了什麼大案子？」

「哦。」池渺渺有點失望地點點頭，原來只是把她當成祕書使喚了。

不過就算是傳話，那也很有參與感，而且不出所料的話汪可的感情故事還需要她來潤色，這樣一來說不定還能挖到汪可和李牧遙的八卦……

想到這些，池渺渺又激動起來，笑嘻嘻領了工作：「老闆你放心，我會認真對待的。」

下班前，李牧遙接到了蕭易的電話。

蕭易說：『婉婉的事多謝你了，我就知道你肯定有辦法。』

李牧遙不耐煩道：「下不為例，我沒有多餘的時間幫你收拾爛攤子。」

『放心放心，我下次一定重點考察對方的性格，合得來再說。』

「下次？」李牧遙沒好氣，「我以為這次的事情能讓你安靜一段時間。」

『我也沒說立刻就要有下次，但是感情這種事什麼時候來也說不準，心動了就什麼也擋不住了。』

蕭易不以為然：『你現在這麼說那是因為沒有遇到讓你心動的，等真的到那一天，你以為你能比我好多少？』

李牧遙輕嗤：「無聊。」

李牧遙斬釘截鐵地回答說：「不可能。」

蕭易繼續說：『其實我一直想說，我們的差別只是在於我長了一雙會發現美的眼睛，而你長了一雙格外挑剔的眼睛。你這樣的人讓你誇哪個女孩子一句確實不容易，但是有時候心動未必是因為你覺得對方無可挑剔，而是在某個看似很尋常的場景下，對某個你甚至覺得渾身缺點的人，莫名其妙心跳就加快了，這就是愛情！』

李牧遙嗤笑：「如果有那麼一天，我更願意相信是我的心臟出了什麼問題，會第一時間去就醫的。」

『嘶，我說你這人怎麼這麼不解風情！』

「實話實說而已。」

『話可別說太早！不過你這麼說我就更加期待那女孩出現了！哦對了……』蕭易像是想起什麼似的，嘿嘿一笑說，『說不定你命中註定的那位已經出現了。聽說你親自去見的汪可，老熟人再見面有什麼感受啊？』

李牧遙不耐煩道：「我去見她也只是為了工作，能有什麼感受？而且我和她之前只見過兩次，算不上什麼老熟人。」

『只見過兩次人家都對你念念不忘，你就沒有什麼想法？那女孩不錯，要不然你藉著這次合作好好接觸接觸？說不定適合你呢。』

「我不關心她適合誰，我只關心她是否適合我們接下來的運作路線。」

『說起這個，汪可一直是走玉女路線，氣質和形象是比較適合的，但你那合約條款是不是太苛刻了？人家是看著你的面子來給你蹭熱度，你開出的條件太吝嗇了吧？失戀博物館現在雖然沒多少盈利，但看在你的面子上，如果要給對方漲漲價我絕不反對，也免得寒了人家的心啊！』

李牧遙不以為然道：「我本來沒有打算請什麼明星來做代言，原本請個表演學院的學生，也只是幾千塊的預算，合約上的價格都是考慮她的身分和可能帶給我們的熱度提上去的。而且她來找我，應該也是打聽到了我後續的投資計畫和運作方向，所以這只是一次大家各取所需的合作而已。如果條件談不攏，她完全可以不合作。」

『嘖嘖嘖……』蕭易感慨道，『人家都說一日夫妻百日恩，雖然你們是露水恩情，但是你這做法也太絕情了吧？我蕭易怎麼會有你這種朋友呢？』

聽到蕭易略帶調侃地說出這番話，李牧遙冷酷地回了句：「是的，你已經沒我這朋友了。」

『別啊！』蕭易連忙說，『玩笑懂不懂？真的不是我要說你，你這人臭毛病那麼多，也只有我能忍你了。』

分享會過後，李牧遙忽然就對「臭」這個字變得很敏感，尤其是聽蕭易說起這個字，他立刻就有了某些不太好的聯想，讓他整個人很不舒服。

他有點不自在地咳嗽了一聲：「你還好意思說我？」

蕭易不明所以：『我怎麼就不好意思說你了？』

「你的有些毛病，真的要改改！」

『怎麼又繞回來了？你放心，下一次找女朋友我一定慎重！』

「我不是說這個。」

蕭易一頭霧水：『那你是說什麼？』

難得李牧遙也有不知道怎麼開口的時候，沉默了片刻他才說：「雖然有些習慣能夠刺激人的神經，讓人得到心理上的放鬆，還能在習慣執行的過程中讓人的腦下垂體和下視丘釋放內啡肽，但有些習慣也會導致很多不好的後果，比如不講衛生，久而久之讓人體成為帶菌體，容易受到感染、容易生病，體質會越來越弱，嚴重的情況可能會致命。」

蕭易聽得滿臉茫然：『什麼亂七八糟的？什麼不講衛生？』

李牧遙嚴肅道：「你別不相信，前年有一則新聞我回頭找找傳給你，就是講某男子因為情不自禁地聞了一下襪子，最後竟然感染了肺炎……」

這下子蕭易總算聽明白了，他意外之餘也有點無語：『她連這都跟你說了？』

李牧遙沒有回話，相當於默認。

一時間蕭易也有點尷尬：『我說你可真厲害，說要讓她對你敞開心扉一下子就敞開到這種程度？』

李牧遙還是沒有回話。

蕭易：『雖然我沒有什麼偶像包袱，但好歹還是總經理，對外代表著我們館的形象……』

李牧遙直接打斷他：「不，你不代表館裡的形象。」

『行行行，現在你也是老闆了，我也不能完全代表我們館了，但這種小事被下面人知道也不好，你說對吧？』

李牧遙忽然就想到分享會上池渺渺目瞪口呆的神情，半晌認同道：「好像是。」

蕭易終於鬆了口氣似的笑了：『你知道就好嘿嘿。哦對了，她……沒跟你說別的吧？她跟你說這些時旁邊沒別人吧？』

沉默了片刻，李牧遙沒有回答他這個問題，而是說：「我突然想起還有點事，先掛了。」

說完他也不管蕭易在電話裡又嚷嚷了什麼，就直接掛斷了電話。

早知今日何必當初呢？

太陽西斜，馬上就要沒入地平線下，房間沒有開燈，片刻的工夫，光線就變得昏暗。李牧遙處理完手上的工作，離開了辦公室。

18

池渺渺比李牧遙早幾分鐘離開了辦公室。她剛走到一樓，看到有人急匆匆從外面進來。

保全將他攔住：「不好意思，我們已經閉館了，你明天再來吧。」

那人連忙解釋：「我今天下午時有東西掉在館裡了，剛才你們人事部門的韓夏主管叫我過來拿的。」

保全想起了什麼，問對方：「你叫許魏？」

「對對，我的帽子忘在這了。」

「韓主管交代過了，說你會來拿，你稍等一下，我拿出來給你。」

保全離開，池渺渺走上前去。

許魏看到她，很高興地跟她打招呼：「妳還沒走呢？」

雖然今天是池渺渺第一次見到許魏，但池渺渺需要在分享會之前就聯絡被選中的人確定大家的時間，所以在這之前池渺渺就已經透過訊息和許魏認識了。

在今天之前，池渺渺對許魏的印象其實都挺不錯的，而且許魏的性格比較開朗，所以私下裡也算熟悉了。

但是此刻，她卻不想和他多說什麼。

於是池渺渺只是很疏離地「嗯」了一聲說：「我先走了。」

許魏似乎沒想到她會是這個態度，愣了一下又將她叫住：「渺姐，妳怎麼了？」

可還沒等池渺渺想好怎麼回答，許魏就像是想到了什麼似的，一臉抱歉地說：「是不是因為分享會的事妳被主管罵了？抱歉抱歉，是我考慮不周衝動了，沒想到這事會連累到妳。要不然……妳看方不方便我跟妳的主管說一聲，這件事真的不能怪妳……」

池渺渺原本還想著要不要跟他說點什麼，但見他非要問出她不高興的原因，那正好說說自己的想法。

她打斷她：「不用跟我道歉。」

她看得出來他是真的滿懷歉意，可見他並不是個不在意他人感受的人，但今天對林婉說的那番話卻特別傷人。

「你應該道歉的人，是林婉。」

雖然李牧遙本來就想讓林婉受點刺激，從而更快地從失戀中走出來，這並不是其他人傷害她的理由。

聽到林婉的名字，許魏也有點尷尬：「可能我當時的態度不好，但我說的也是事實啊。」

「真的是事實嗎？」池渺渺冷眼看著面前的大男孩，「感情中的事本來就沒有絕對的對錯，縱然說你前女友的那些都是事實，但是你就真的能保證你說話時很公正，一點都不片面嗎？她做的所有荒唐事只是因為她自身的問題？」

聽她這麼問，許魏果然就不說話了。

池渺渺接著說：「面對你非常熟悉瞭解的前女友你都不能保證你的全部評價是公正的，你和林婉認識多久？你有沒有想過，你看到的她、你透過隻言片語想像出來的事實並不是真的事實，你那樣的回擊很有可能傷害到她。」

到了這一刻，許魏才意識到自己不只是跟一個女孩子吵了一架那麼簡單，臉上的懊悔之色可見一斑。

「我當時沒想那麼多……我應該想到的，她那麼喜歡她的前男友，可能還是剛剛分手的狀態……」許魏唉聲嘆氣了一陣子，又猶猶豫豫地問池渺渺，「她後來是不是特別傷心？」

池渺渺無奈嘆了口氣：「是有點，不過已經過去了。」

「那我該怎麼辦？」

「你也不用太自責，因為你的確歪打正著幫了她。」

這時候保全正好把許魏的帽子拿出來，池渺渺也就沒再多說什麼，跟許魏道了別，出了失戀博物館。

等兩人相繼離開，李牧遙才從樓梯上下來，剛才池渺渺說的那番話他都聽到了。

其實他和池渺渺都清楚，林婉的荒唐程度遠不是分享會上表現出的那麼一點點，池渺渺又因為她的事浪費了不少時間和精力，這要是一般人，恐怕早對林婉沒什麼好印象了。

退一步說，就算不至於有什麼壞印象，但在今天那種時候，她能意識到許魏的話傷害到了林婉，並且還願意直接和許魏說明，這就讓他有點意外了。

而上一次，她讓他這麼意外的時候是從醫院回來的路上，明知道是林婉策劃了假自殺，害她白跑一趟，她卻並沒有多生氣的樣子，更多的是慶幸林婉沒事。

他一直以為她能做到這一步是因為跟林婉早就認識，可後來從林婉的話中，他又瞭解到，她們兩個人在之前並不算多麼熟悉。

這麼看來這傢伙也不是一點優點都沒有。

所以當第二天一早，韓夏向他請示兼職總助人選的時候，他第一時間就想到了池渺渺。

李牧遙一直都有私人助理和私人司機，但這段時間助理被他派到了美國，辦公室裡的一些雜活就沒有人做了。之前韓夏一直建議他直接從館裡選一個合適的人選暫時兼職，可是李牧遙看誰都不是那個合適的人選。

這一次，當韓夏再度提起時，他莫名就想到了池渺渺。雖然她比館裡其他人更莽撞粗心，那股斤斤計較的模樣也讓人很討厭，但她似乎是唯一一個身上味道能被他容忍的人。

一抬頭看到韓夏，他又想起池渺渺和自己的那番對話。

他低頭翻看面前的文件：「我看大部分人都挺忙的，未必兼顧得過來，不過新來的人手頭工作少，就從新來的人裡找個合適的吧。」

韓夏想了想說：「您說林婉？她確實沒什麼事。」

李牧遙深呼吸：「她每天只在館裡工作四小時，妳的意思是我要吩咐助理做什麼還要配合她的時間？」

「對對，抱歉，那小張？」

李牧遙皺眉：「哪個小張？」

「剛轉正的，行政部門那個小張，個子挺高的、眼睛小小的……」

李牧遙煩躁地打斷她：「那就池渺渺吧。」

那就？她說的是小張，又不是池渺渺，這之間有什麼邏輯關係？

她不確定道：「李總，您是不是聽錯了？我是說……」

李牧遙抬眼看向她：「我耳朵好得很，我說池渺渺。」

這個職位韓夏根本沒考慮過池渺渺，因為在她看來，她犯的那些錯誤都夠李牧遙開除她八次了，可她怎麼也想不到他竟然願意讓池渺渺做他的助理，這就意味著，他至少會經常見到她。

難道之前是她想錯了，不是池渺渺對李牧遙有非分之想，而是李牧遙對池渺渺心思不純？

「有什麼問題嗎？」

韓夏回過神來，連忙回覆說：「沒問題，我這就去安排。」

19

片刻後，韓夏把李牧遙的指示傳達給了池渺渺。

池渺渺無比意外，讓她去當他的助理，是想近距離折磨她嗎？

見池渺渺露出為難的神色，韓夏說：「其實工作內容很簡單，他不喜歡別人動他的東西，所以妳甚至不用幫他整理文件，平時也只是傳達一下他的指示，其他部門有什麼要他審批的檔案透過妳去送一下，還有就是他辦公室裡的咖啡豆、牛奶什麼的定期補補貨就行。」

池渺渺一想到要和李牧遙朝夕相處就感到缺氧，「韓夏姐，真沒別的人選了嗎？妳難道不覺得這麼對我一個領實習薪水的人有點過分嗎？」

「放心放心。」韓夏安撫地拍著她的肩膀，「姐會幫妳申請獎金的，而且妳也不用做太久，最多兩個月，李總自己的專職助理一到位妳就可以交接了。再說了，近水樓臺先得月嘛，妳要是對他真的有點……」

又來了……

「我沒有。」池渺渺直接打斷她。

韓夏：「那可能他有呢，到時候妳發現了他的好，說不定就有了。」

「不可能。」

「為什麼？」

因為，她知道他心裡那個人是誰。

「算了。」池渺渺只能再次向生活低頭，「現在需要我做點什麼？」

韓夏抽出一張便條紙在上面寫了幾個字遞給她：「他那裡的咖啡豆和牛奶應該都快用完了，妳這兩天補充一下，別亂買，買這兩個牌子，回頭發票給我就行。」

這事簡單，池渺渺當即就下了單，第二天一早趁著李牧遙來公司前，把新的牛奶和咖啡豆放進了他的辦公室。

李牧遙上午有個其他專案的會議，下午才回到失戀博物館。回到辦公室，他想泡杯咖啡給自己，一打開冰箱門，發現原本差不多空了的冰箱終於又滿了。他要求買的牛奶已經一盒一盒的整齊擺好占了冰箱的一整層，還有一些水果和其他飲料，都擺得整整齊齊，看著就心情舒暢。

看來某些人也不是一無是處，至少這種小事她還是能做好的。

李牧遙悠閒自得地磨好咖啡，褐色的液體從咖啡機流出，房間內頓時香氣四溢。心情好了做什麼事情都順手，打好奶泡，他又一氣呵成做了個完美無瑕的葉子拉花。

他對今天的作品很滿意，直到嚐了一口味道。

這一口下去，他整個人都不太好了。是多年養成的好涵養才讓他強忍著沒將那劣質的咖啡吐出來。不用再喝第二口，他就意識到味道不對，有人換了他的咖啡豆。

他連忙打開旁邊的儲物櫃，一包一包的豆子擺滿了半櫃，但一看包裝，果然和以前的不一樣。

他沒好氣地拿出一包看了牌子，頓時氣到不行。

是誰善做主張把他的咖啡豆換成這種劣質品牌的？而且還一次性買了這麼多！

李牧遙對任何事情的要求都很高，別說是自己吃的用的，每一樣日常用到的東西都有固定的牌子。

以前這種小事從來沒有出過問題，這一次是怎麼了？

他忽然想起來，這一次負責採購的人換人了。

他頓覺有點無力，果然對某些人不能抱有任何期待。

李牧遙立刻撥了個內線電話，不客氣道：「來我辦公室！」

掛上電話，李牧遙又想到什麼，連忙打開冰箱，牛奶的牌子倒是沒有錯，但他拿起其中一盒看了日期，竟然還有半個月就過期了，隨便拿出另一盒，是同樣的日期。

李牧遙忽然覺得有點頭疼，連帶著腸胃也有點不適，一定是剛才那口快過期的牛奶闖的禍！

片刻後，辦公室的門被敲開，然後一個毛茸茸的腦袋探頭探腦地出現在了門口。

「還不給我進來？」

一聽他的語氣，池渺渺就知道自己八成又在不經意間得罪了這位格外變態的老闆。

可是他安排給她的工作她都做了啊？能有什麼事？難不成男人也有每個月的那幾天？

20

池渺渺深吸一口氣進了門，結果一進門就看到冰箱門和櫥櫃門都大開著。

這是什麼情況？冰箱壞了？

「解釋一下吧。」

解釋什麼？冰箱怎麼壞的？難不成做他的助理還要掌握家電維修的技能？

「我早上放牛奶進去的時候冰箱還好好的，要不要我現在打電話讓廠家來看看？」

李牧遙沒好氣倒：「誰問妳冰箱了？我問妳冰箱裡面是什麼？」

池渺渺莫名其妙地看向李牧遙：「不是牛奶嗎？」

面對眼前這女孩一臉的天真懵懂，如果是一般人的話就算知道她弄錯了，恐怕都不好意思責怪她了，但是這傢伙裝傻的水準他可是領教過的。

他也不再跟她繞圈子：「我是在問妳為什麼換掉咖啡豆的牌子？還有，牛奶只剩下半個月的保存期限了別告訴我妳沒有留意！」

池渺渺還想著是什麼事，原來是這種小事，當時韓夏的確囑咐過她不要換牌子，但不是事出有因嗎？

「哦，你說這個啊……」池渺渺解釋道，「我也想買你之前喝的那種咖啡豆，但是看了好幾家店都沒貨，恰巧這個牌子正在促銷，說是跟原來那牌子的口味差不多，我就買了。牛奶的保存期限確實還有半個月，但畢竟也沒有過期呀，而且就是因為日期不夠新所以便宜很多呢，我算了一下你每天大概要喝掉的量，這樣半個月內剛好可以喝完！」

「所以妳覺得拿著我的錢買這些快過期的促銷牛奶沒問題嗎？」

這話讓池渺渺有點意外，因為韓夏讓她去買那些價格明顯要比其他牌子貴很多的咖啡豆和牛奶時也只是說讓她回頭拿著發票去報銷，並沒有說這些開銷其實都是李牧遙自己承擔的。

當時她在心裡把他這腐敗的做派罵了一百八十遍。所以她買了更便宜的牌子，幫館裡省了錢，她還挺自得的。

眼下雖然有點出乎意料，他沒有她想的那麼愛占小便宜，但這矯情的毛病真的讓人看不下去。牛奶的保存期限不新怎麼了？又不是真的過期了，人家寫明了保存期限就是說在這個期限內食用沒問題。還有咖啡豆，商家都說兩種口味差不多，只是一個牌子貴得離譜，一個牌子價格更親民，她就不信他能嚐出味道的不同！

「那現在怎麼辦？」池渺渺偷覷著李牧遙的神情小心翼翼地說，「應該也退不掉了……」

李牧遙無奈地揉著額角：「把這些東西給我弄走！」

「弄走？弄哪去？」

池渺渺突然有點擔心，這麼多咖啡豆和牛奶，難道是讓她自己消化嗎？那她這個月的薪水真的不用領了，想到自己銀行裡的那點餘額，池渺渺的心情更差了，心情一差態度也就好不到哪去。

「老闆，你這麼做是不是太過分了？」

李牧遙有點意外地看向她：「妳弄錯了還說我過分？」

池渺渺氣鼓鼓地說：「我承認是我自作主張換了牌子，但是你這麼做也的確有點過分了！」

「我怎麼做了？」

「你這不是欺負我這個柔弱無助的女生嗎？」

讓她把這些東西弄走就成了欺負她？

李牧遙無奈地掃了眼面前的女孩，好吧，不得不承認，這傢伙雖然長了根反骨，但看上去確實弱質纖纖沒什麼力氣。

他拿起電話撥了一串內線號碼：「叫兩個保全來我辦公室。」

池渺渺一聽這話嚇了一跳，這男人難不成是打算用武力鎮壓她？

池渺渺剛才的氣焰頓時被滅得連點火星子都不剩了。

正在這時，韓夏已經帶著保全進來了。

池渺渺一看這架勢不由得悲從中來，韓夏這個人事部主管都來了，莫非是要藉機開除她，又怕她有所不滿帶著保全來震懾她的？

池渺渺頓時氣不打一處來，虧她在經歷了林婉的事後還覺得他人不錯！這傢伙應該一直記著她在便利商店戲弄他的仇，早就想找機會開除她了！

她不由得恨恨地嘀咕了一句：「小心眼！」

與此同時，李牧遙吩咐韓夏：「這些咖啡豆和牛奶你們拿出去喝吧。」

池渺渺不由得愣了愣，讓大家一起喝也就是說不用她來賠了？叫保全來也是覺得她拿不了這麼多東西，所以才讓他們來幫忙的？那麼他自然也沒有打算開除她了！

李牧遙吩咐完保全，轉過頭看向池渺渺：「妳說什麼？？」

池渺渺立刻換上一副感激涕零的表情說：「我說『好心眼』！老闆你人太好了，非但不怪我買錯了牌子，還請大家喝咖啡。」

李牧遙也不傻，看著她的表情瞬間變換怎麼會猜不到她剛才想說什麼？

他譏諷地笑笑：「不用太感動，再有下次，我的損失就由妳來賠。」

池渺渺連忙鄭重其事地說：「絕對不會有下次！」

臨走前，她忽然又想到一個很關鍵的問題：「老闆，還有一件事，我們員工的茶水間好像還缺一臺咖啡機……」

李牧遙忽然有點懷疑，讓她做自己的助理，是不是從一開始就是個錯誤？

第二天一早，新買的咖啡機一送到就投入了使用，茶水間裡立刻瀰漫出咖啡的香氣，眾人難得聚在裡面聊起了天。

女同事甲：「即溶咖啡真的沒辦法喝，但之前想喝杯咖啡還要走那麼遠去買，現在終於不用跑出去買咖啡了，這真的要好好感謝李總！平時看他不怎麼理人，還以為人很冷漠，沒想到是面冷心熱，這種小事都幫我們想到了。」

韓夏連忙說：「李總自然不會留意這種小事，這還要多虧渺渺提醒他。」

池渺渺心虛地擺手：「跟我沒關係，我什麼都沒有做。」

女同事乙說：「這事確實多虧了渺渺提醒，不然李總平時不進我們的茶水間自然不知道。不過渺渺一個實習員工的訴求他都能立刻滿足，可見李總人是真的不錯。」

其他人也連忙附和：「對對對，我也發現李總人確實不錯，我們平時工作上犯點小錯他也不予計較，應該是個很寬厚的人吧？」

韓夏仔細想了想：「雖然他的性格有點孤僻，但平時對我還挺客氣的。」

「對對對，我也總看到他自己嘀嘀咕咕的，洗手還要按照七步洗手法洗。」

「而且他真的好帥啊……」

「可是我怎麼聽說幫他辦公室打掃衛生的阿姨前前後後換了好幾個呢？是不是沒那麼好相處啊？」說這話是保衛部主管，失戀博物館裡除了老闆外唯一的男人。

而這話一出就引來了其他女同事的群體反擊。

「這怎麼能怪他呢，我聽說是前幾個清潔都不盡心，可能是覺得他好說話，幹活太敷衍，換掉是應該的。」

「但我聽說，那幾個阿姨在其他公司口碑都很好的，是他有潔癖要求高吧？」

女同事甲不以為然：「有點小潔癖也是正常的嘛，你們保衛部是不是沒事情幹啊？平時還有時間和清潔阿姨閒聊？」

有點小潔癖的人會用醫用酒精消毒別人碰過的地方嗎？不說池渺渺開他的車去醫院那次，就說這女同事甲有一次帶著文件去找李牧遙簽名，結果沒帶筆，正好李牧遙桌上有一枝，她順手拿起來遞給李牧遙，結果呢？李牧遙簽完名後就掏出酒精棉片幫那枝筆消了個毒。

池渺渺之所以會知道這件事，還是這位女同事自己覺得受到了侮辱跑來找大家哭訴的，怎麼這時後就忘了？

看來這咖啡除了能提神之外還有點副作用，會讓人記憶力嚴重衰退。

女同事乙：「對對對，潔癖總比邋裡邋遢的好。」

大家你一言我一語的，不管有沒有接觸過李牧遙，一時間都開始掏空心思地挖掘其李牧遙的優點來。

雖然李牧遙這人確實奇葩，但他這次沒讓池渺渺賠咖啡豆的錢，她還是心懷感激的。所以哪怕其他同事的觀點她實在無法苟同，也都忍著沒有出聲，只是希望他們將來被現實打臉的時候，不要太絕望。

池渺渺正設想著未來眾人真正瞭解了李牧遙後的反應，就感覺有人扯了扯她的袖子。

「妳覺得怎麼樣啊？」

池渺渺不解：「什麼怎麼樣？」

韓夏沒好氣：「妳現在好歹也是總經理助理，是我們這裡和李總最親近的人，怎麼對他的事一點都不上心？」

池渺渺連忙解釋：「我就是太上心了，剛才又想起他安排給我的工作還沒做完……對了，你們說到哪了？」

韓夏同情地拍了拍她的肩膀說：「也是，主管器重妳，妳難免比別人忙，正好這次給妳一個好好表現的機會。」

「什麼機會？」

「李總的生日馬上要到了，這可是他來我們館後過的第一個生日，我們想給他個生日驚喜。策劃和執行肯定要有人牽頭，我們一致覺得妳最合適也最需要這個機會。」

池渺渺不可置信地指了指自己：「我？」

韓夏理所應當地說：「對啊，我們這裡還有人需要轉正嗎？而且妳幹活不少，主管看得見還好，看不見不是虧了嗎？所以沒人比妳更需要這個機會了。」

她不需要！

可是不管她再說什麼都沒有人再理會她了，韓夏他們已經七嘴八舌地討論起如何幫李牧遙過生日了。

因為對方是李牧遙，哪怕眾人再怎麼口是心非地「認定」他是個面冷心熱不難相處的好老闆，但對於和他聚餐或者唱歌這類選項最後都是被大家痛快地 pass 了。

最後經過一番討論後，大家認為心意比形式更重要，所以最後決定為他訂個蛋糕，將辦公室布置出喜慶的氣氛，證明眾人都沒忘記他的生日，這就足夠了。

最後韓夏幫眾人分了工，有人負責採買裝飾物，有人負責訂蛋糕，至於李牧遙的行程確定以及李牧遙辦公室的布置就交給了近水樓臺的池渺渺。

第二卷　誰是誰的誰

21

轉眼就到了李牧遙生日當天。

池渺渺打聽過，他上午有個會要開，下午才能來失戀博物館。原本還擔心鮮花隔一個晚上會不太新鮮，蛋糕早上未必能及時送到，現在正好，一上午的時間，夠大家布置好他的辦公室同時等蛋糕送到了。

按照大家最初討論的安排，為了不影響失戀博物館正常的營業，也為了給李牧遙製造驚喜，除了李牧遙的休息室，其他地方都不做特殊的布置，到時候眾人也都像平時一樣假裝並不知道今天是什麼日子，該幹什麼就幹什麼。

等他回到辦公室，會有一個人去向他彙報工作，這更加讓他想不到大家會為他準備生日驚喜。在他進入工作狀態後，向他彙報工作的人就要引導著他進入休息室，同時通知其他人準備。最後當他看到休息室裡為他準備的一切後，眾人再推著蛋糕和香檳入內，祝他生日快樂。這個時候意外之喜就能達到頂點，而且整個過程既簡單又溫馨，讓人感動之餘也沒什麼負擔。至於向他彙報工作引導他進入休息室的人，自然非池渺渺莫屬。

下午李牧遙一踏進失戀博物館，他們臨時組建的小群組裡就有人傳了訊息：『樓上的注意了，老闆上去了。』

眾人立刻看向池渺渺，池渺渺連忙拿過和汪可合作的那份合約站起身來。

正在這時，李牧遙恰巧從辦公區經過，池渺渺連忙跟了上去。

李牧遙淡淡掃了她一眼，沒有立刻說話，直到進了辦公室，他才頭也不回地問了一句：「什麼事？」

池渺渺清了清嗓子說：「關於汪可那份合約的條款，對方做了些小的改動，想請你過目。」

李牧遙像往常一樣脫掉西裝外套，洗過了手，然後坐到辦公桌前。

池渺渺連忙遞上合約，與李牧遙目光相觸時，露出一個自以為恰到好處的笑容。

李牧遙對這樣的笑容沒什麼好的觀感，因為每次她這樣笑的時候不是犯了錯就是即將要犯錯。他微微蹙了一下眉，低頭翻看合約條款，片刻後又將合約遞還給她。

「我沒意見，發出去前再讓法務過一遍。」

「好的。」池渺渺一邊慢吞吞地收回合約，一邊絞盡腦汁想著怎麼讓李牧遙去休息室。

李牧遙見她果然沒有立刻要走的意思，無奈道：「又怎麼了？」

池渺渺殷勤建議道：「老闆你開了一上午的會累了吧？要不要休息一下？」

李牧遙冷冷地回覆兩個字：「不用。」

池渺渺只好又說：「外面挺熱的吧？要不要換件衣服？」

李牧遙掃了她一眼又看向電腦螢幕：「沒事妳就可以出去了。」

池渺渺一邊在心裡咒罵韓夏那群人把這件苦差事交給她，一邊繼續殷勤道：「老闆，我看你從外面回來連口水都沒顧得上喝呢，你要喝什麼？我幫你拿。」

李牧遙不耐煩道：「我說了不用，妳出去。」

池渺渺卻像是沒聽見他的拒絕，直奔他的冰箱。

打開冰箱門，池渺渺對著一眾有顏色和沒顏色的飲料猶豫了一下，最後考慮到他衣服的價格，很明智地選擇了一瓶礦泉水。

遞給他以前，她刻意擰開了瓶蓋：「老闆，你趕緊喝點水吧，我看你嘴唇都乾裂了。」

「妳到底想幹什……」

見池渺渺靠近自己，李牧遙覺得心裡毛毛的，以他對她的瞭解，等著他的絕對不是什麼好事，然而還沒等他把話說完，他就眼睜睜地看著她手裡的礦泉水瓶瓶口很刻意地一歪，裡面的水灑了出來。

他就知道！

眼看著水就要灑到襯衫上了，他連忙朝後一躲。然而不躲還好，這麼一躲，那小半瓶水就不偏不倚地灑在了他的兩腿之間。

這就是她圖謀不軌留下來想幹的事？

李牧遙無力地閉眼、深呼吸，最後咬牙切齒地吐出三個字：「池！渺！渺！」

22

其實一切都還算在池渺渺的掌控中，只是結果和預期有點小小的偏差。

比如她只是想灑一點點水出來，可是因為緊張，手一抖就灑了大半瓶。

還比如她明明是朝著他的襯衫去的，誰知道他反應那麼快，眼下襯衫是保住了，西裝褲卻濕了一大片，而且那個位置確實有點尷尬，她差點就要捧著紙巾湊上去了，還好及時意識到她去幫他擦褲子好像不太合適。

不過所幸目的是達到了。

「哎呀抱歉抱歉，我不是故意的！」

「妳到底想幹什麼？」

自然是想讓他去一趟休息室啊……

「就是想拿瓶水給你啊，沒想到搞成這樣，幸好不是熱水，不過這從冰箱裡剛拿出來的還有點涼。老闆你沒事吧？還是趕緊去休息室換一套衣服吧。」

李牧遙深呼吸，儘量控制著自己的情緒，再看池渺渺，她竟然眼神躲閃，不知道在想什麼。很明顯，潑濕他的褲子是故意的，但並不是她的最終目的。

可不管她究竟想幹什麼，當務之急都是去換身衣服，因為她說的對，剛從冰箱裡拿出來的水確實挺涼的。

他煩躁地站起身來走向休息室。

正要推門進去，忽然意識到池渺渺還在一旁杵著。

他沒好氣道：「妳還待在這幹什麼？」

「啊？哦。」

可「哦」過之後，她還是一動也不動：「反正我也沒事，在這等你換好衣服出來也行。」

「妳等我幹什麼？」

褲子上濕了一片，雖然他們彼此都知道那只是水，但看上去還是挺尷尬的，李牧遙只能背對著池渺渺，沒好氣道：「而且，妳沒事我有事！」

再說一想到與這個「危險分子」只有一門之隔，他也沒辦法安心換衣服。

想到這裡，李牧遙忽然靈光一閃，想到一種可能性——這傢伙漏洞百出的搞出這麼多事該不會是為了偷看他換褲子吧？

李牧遙被這猜測驚到了，這傢伙竟然狗膽包天到這種程度嗎？

他當即怒道：「現在就給我出去！立刻！馬上！」

眼見著李牧遙已經生氣了，原定計劃顯然實施不下去了，她總不能為了給他過個生日，把小命也搭進去吧？還是早點出去和韓夏他們商量 **plan B** 吧。

她垂頭喪氣地轉身離開，而下一秒，卻又聽李牧遙叫她的名字。

認識他這麼久了，他兩次大聲說話都是在今天，還都是叫她的名字。

剛才那次是生氣，這次應該是驚喜吧？看來原定計劃也不是完全泡湯了。

池渺渺連忙掉頭回去，進休息室時也沒留意腳下，一不小心踩到了自己灑在地上的花瓣，加之剛才也踩到了灑在地上的水，頓時整個人失去了平衡朝著李牧遙撲了過去。

李牧遙一打開休息室的門，就看到原本整潔的房間裡此時亂七八糟——牆上黏滿了五顏六色的氣球，地上、床上也可謂「一片狼藉」，花瓣撒得到處都是。

這是有人用他休息室開 Party 了嗎？

然而還不等他感到憤怒，一種即將窒息的感覺就席捲了他。

他終於知道那傢伙今天的言行舉止為什麼那麼古怪了，難不成是這裡沒收拾好怕他發現？不對，那為什麼又催著他來換衣服？所以她還是想偷看他！

此時，他已經無力去思考太多，他剛想出去透口氣，順便教訓一下某人，結果一回頭就見那罪魁禍首一頭朝他撞了過來。眼下他的反應能力顯然無法躲開這個人肉炸彈，只能認命地被她撞上，然後兩人一起跌到身後鋪滿花瓣的床上。

因為力道過猛，床被撞得稍稍挪了位，緊靠著床頭的床頭櫃連帶著也挪了挪，床頭櫃上那個本來就沒放穩的花瓶在衝離力的作用下搖晃了兩下，最後直直朝著地板上栽了下去。

門外，頭戴生日帽手握小拉炮，「全副武裝」等著池渺渺傳消息出來的眾人聽到一牆之內劈哩啪啦的聲音不由得愣了愣。

有人問捧著蛋糕的韓夏：「渺渺說過怎麼傳遞暗號嗎？」

韓夏皺眉想了想：「好像沒說。」

她遲疑地看了總經理辦公室的大門一眼：「會不會這就是渺渺的暗號？」

「這麼大的動靜？」

「可能剛才沒這麼大，但我們沒聽見，這才不得已？」

韓夏看了手機一眼：「她可能沒帶手機，只能這樣。」

眾人連忙說：「那還等什麼？在渺渺製造出更大動靜前趕緊進去吧！」

於是房間內的李牧遙一口氣還沒喘勻，就聽外面一群人土匪一樣的破門而入直奔他和池渺渺所在的休息室，伴隨而來的還有此起彼伏的砰砰聲。

他無力地朝門口望了一眼，這一眼幾乎要了他的命——地上、空中飛舞著五彩斑斕的「垃圾」，韓夏手中的香檳正順著瓶口滴滴答答地流向地板，還有一群打扮滑稽的人擠在門口，欣賞著床上的他和池渺渺。

周遭的空氣有一瞬間的凝滯，就像地板上那灘黏膩的酒漬。

誰也沒想到，他們進來後看到的會是這樣一幕。

這是什麼情況？為了讓李牧遙早點發現休息室內的「玄機」，池渺渺的方法有點太獨特了吧？還是她其實早就想這樣了？而且李總褲襠中間那一片又是怎麼回事？

眾人大氣也不敢出，但思緒早已飛出去十萬八千里了。

片刻後，也不知道是哪個不長心的，不小心吹了一下嘴裡的吹笛，發出突兀又刺耳的一聲哨子聲，這才打破了房間裡這詭異的寧靜。

還是韓夏先反應過來，尷尬又敬業地把臺詞說完，「李總，生日快樂！」

李牧遙的回應只有兩個字：「出去！」

眾人的才像回了神般，一哄而散。

人都走了，李牧遙依舊閉著眼，表情依舊隱忍：「走開。」

池渺渺手忙腳亂地從李牧遙身上爬下來，下去時還不小心用手肘壓到了他的胃，惹來他一聲悶哼。

池渺渺都快哭了，也不知道她和李牧遙之間的磁場到底出了什麼問題，一而再再二三的總是發生這樣的事情。

不過這一次也不知道是李牧遙已經習慣了，還是因為弄在他衣服上的是水而不是咖啡，看他的神情，好像沒有上次那麼可怕。

「那個……老闆，生……生日快樂！」

李牧遙緩了片刻，深吸一口氣坐起身來。

睜眼看到她，依舊沒什麼好脾氣：「什麼亂七八糟的？誰過生日？」

池渺渺眨眨眼：「當然是你過生日啊。」

難不成是他們搞錯了？還是這個大忙人忘了今天是幾號了？

「今天二十六號，你的維基百科上寫著今天是你的生日……」

池渺渺小心觀察著李牧遙的神色，難不成是百科上搞錯了？

到了這一刻李牧遙才算搞清楚今天是怎麼一回事。

火氣稍微消了一點，但是一想到這些人的能力只到這種程度，他無奈之餘也很生氣。再抬起頭來，發現罪魁禍首還站在旁邊，探究的目光不安分地在他的臉上、身上亂掃，再想到剛才她趴在自己身上的那個場景，勉強壓下的火氣又有冒頭的趨勢。

「還杵在這幹什麼？等著我嘉獎妳？」

池渺渺正巴不得離開這裡，聽他這麼說簡直如蒙大赦，「沒沒！那我先出去了！」

「等一下！」李牧遙依舊態度不善，「給我找人把這裡恢復原樣！」

池渺渺走後，世界似乎在一瞬間清淨了。

李牧遙煩躁地揉了揉眉心，回想起剛才的混亂不堪，他忽然意識到一個問題——就在她撲在他身上時，雖然很清晰地辨別出她的香水味中混雜的咖啡味、蛋糕味，甚至是隔壁韓國料理店的烤肉味，但是——他摸了摸自己心臟的位置，仔細感受著。

那裡的跳動聲強而有力，好像除了有點超速，也沒什麼太大的問題。

難不成他的病正在不知不覺中被治癒？

23

想到這個可能性，他的心情總算有所好轉，但一抬頭，瞥到滿屋的狼藉，他又覺得是自己大意了，他不但感到胸悶氣短，甚至還多了乏力虛脫的感覺。

看來他的身體狀況還是老樣子。

他捂著胸口坐回床上，深呼吸幾次，總算熬過了最難受的階段，然而一睜眼，又是那種席捲全身的無力感，他不得不離開休息室，回到辦公桌前，身體的反應才總算得到了緩解。

但這段時間發生的種種，讓他不得不認真思考另一個問題——池渺渺究竟適不適合繼續留在失戀博物館。

他難得想要抽點時間瞭解一下她在他看不見時的工作表現。

打開失戀博物館的內部網站，所有的捐贈物品都有相關的歸檔資料，她的主要工作成果都在這裡。

然而讓他意外的是，不同於她在他面前時表現出的冒冒失失，她將自己的主要工作完成得還不錯。

他記得在她來之前，這裡面記錄的東西只有四百多項，但是在這短短的一個多月內就增加了將近一百項。

打開其中一個捐贈物的相關資料，其實這項捐贈物的背後只是一個很簡單的小故事，但是竟然被她寫出了跌宕起伏的感覺來，在對比之前工作人員簡單粗陋的故事描述，她寫的故事的確更加吸引人。

他忽然想到林婉說過，她另一個身分是網路作家，這麼說來這份工作或許還真的挺適合她。

李牧遙向來不是個有耐心的人，但是這一次，他覺得他或許還可以再給她一次機會，和汪可的合作正是個可以考驗她的機會——從故事的小說創作到短劇拍出成品都需要她的參與，只要她在此過程中表現得好，他就願意摒棄個人的看法，繼續將她留在館裡。

和汪可的合約簽得異常順利，接下來池渺渺要對汪可做一個採訪，然後將採訪得到的資訊改編成一個完整的故事。

正好趕上汪可這段時間在北城拍戲，池渺渺和汪可的經紀人約好了時間，便趕往了汪可下榻的酒店。池渺渺趕到時，汪可剛剛起床，見她是一個人來的，汪可有點驚訝：「只有妳一個人？」

其實池渺渺也沒想到這麼大的事李牧遙就交給她一個人來辦，但面上她只能說：「本來李總是要和我一起來的，但是他臨時有事來不了了，他還讓我代他向您道個歉呢。」

汪可不置可否地微微一哂，看樣子是不信她的話。

池渺渺有點尷尬，所幸汪可沒再說什麼。

汪可的助理在此時走上前來對她伸出手，池渺渺愣了一下才想起來，他們的合約條款中有一條是採訪時不能錄音錄影，這是要檢查她的包包。

池渺渺很配合地把包遞出去，助理迅速檢查完又還給她。

這時候，汪可已經坐在單人沙發上等她。

因為是在她的房間裡，汪可穿得很隨意，也沒有化妝，然而即便是素顏，她的皮膚狀態也好到令人羨慕，五官更是清麗脫俗，倒是比上次見她多了份清水出芙蓉的美感。

李牧遙看上的女人，就是不一樣。

明星的時間很寶貴，池渺渺趕緊切入正題，「請問您要捐贈給我們博物館的是什麼東西？」

汪可從經紀人手上接過一個小盒子遞給池渺渺。

池渺渺打開來一看，是一枚再普通不過的塑膠鈕釦。

「這是我的初戀男友襯衫上的一枚釦子……」

汪可倒是比池渺渺想的更善於表達，不需要怎麼引導，她就將故事大概講得清清楚楚，甚至還講了幾個觸動人心的細節。

對池渺渺來說，這不但有了詳細的故事大綱，還有幾個所謂的「名場面」，足夠她將其發揮成一個十多萬字的中篇小說了。

花一個多小時記錄完故事，池渺渺感慨道：「這個故事真甜啊，可惜最後二位沒在一起。」

只是隨口的一句感慨，誰知汪可卻坦言道：「沒在一起很正常，說實話我當時也沒那麼喜歡他，時至今日我都記不得他究竟長什麼樣了。」

池渺渺驚訝：「那您還收著這枚釦子？」

汪可無所謂地說：「我有收集舊物的習慣，收集的東西不只是他的，其他人的也有，不過我猜這個故事應該更受歡迎吧，對我的形象也更有幫助，所以才選了這枚釦子。」

這位姐倒是比池渺渺想像中的更加坦然，只不過對她這個外人，她是不是太坦誠了點？

池渺渺很識時務地沒將這些記下來。

汪可看著她笑了笑：「看來池小姐是個明白人，那我就再給妳一點時間，妳還想問什麼？」

難得的機會，池渺渺也沒客氣，她既然對初戀都沒動過真心，她倒是很好奇她這樣的人能對什麼樣的男人真正動心。

「那能不能講講第一個真正讓您動心的那個人？」

汪可的經紀人聽到她的問題想上來阻止，但汪可卻無所謂地揮了揮手示意無妨。

她想了一下說：「其實那人妳也認識，就是妳的老闆李牧遙。」

池渺渺眨了眨眼，果然三流言情小說作者的直覺有時候還是挺可靠。

汪可的眼神游離向了窗外，像是想起了什麼，她淡淡地說：「他啊，真的是個很好又很壞的人。」

這一聽就是個虐戀情深的故事啊！

池渺渺的筆都準備好了，然而片刻後，汪可卻從窗外收回視線，淡淡道：「今天就到這裡吧。」

24

池渺渺本來很想給這個故事取一個耐人尋味的名字，但是為了配合失戀博物館的宣傳，只好簡單粗暴地叫它《一枚鈕釦》。

她一回到家就開始整理故事大綱，結果老毛病犯了，寫起來就一發不可收拾。

以前類似的故事最多只是一篇短篇小說，這次因為與汪可談的比較多，她腦子中已經有了年少時的汪可和她初戀男友的完整人設，寫到快天亮還只是個開頭。

第二天她不得已頂著一雙黑眼圈上班，而且不出所料地，她遲到了。

早上的失戀博物館裡一般都沒什麼遊客，可今天池渺渺進門就看到一樓展廳的角落裡站著一男一女，男生的個子很高，背對著池渺渺的方向，擋在了女孩子面前。

因為館裡靜悄悄的，所以男生說什麼「對不起」之類的話也很快傳到了她的耳朵裡。

她以為是一對鬧了彆扭的小情侶，再仔細一看才發現那女孩子竟然是林婉。

林婉也看到她了，臉上閃過一絲尷尬。這成功勾起了池渺渺的好奇心。

所以那男生是誰？蕭易？不可能，聽說她那渣老闆還在國外呢，而且看穿著打扮也不像。

新男朋友？想到這裡，池渺渺加快腳步往樓上走，在樓梯上時又狀似不經意地回頭看了一眼，這個角度正好能看到了男生的臉。

這讓她更意外了，那男生竟然是許魏。

這兩人什麼情況？

她一邊八卦地看著樓下的兩個人一邊往樓上走，冷不防地腦袋撞上了一樣東西。她連忙後退一步回過頭，發現剛才戳在她頭上的是一個用文件捲成的紙筒。

李牧遙已經收回了手，不鹹不淡地說：「走路看路，差點撞到我。」

池渺渺還震驚於許魏被她說了一頓後竟然真的來找林婉道歉的事。

她有點興奮地朝著林婉所在的位置揚了揚下巴：「老闆，你還記得那個許魏嗎？就是上次歪打正著幫林婉走出失戀的男生，當時我覺得那男生挺不懂事的，可能他後來也意識到自己有點過分了，沒想到還專程來跟林婉道歉。不過道個歉兩句話就說完了，他們怎麼說了老半天？不對，這兩人間的氣氛有點奇怪……」

池渺渺皺眉想了想，忽然像是想通了什麼佩服地看著李牧遙：「老闆你之前說走出失戀的最後一步是『情感的轉移』，你當初選中許魏來參加分享會該不會就是猜到他可能是林婉喜歡的類型吧？老闆你真了不起！」

李牧遙的反應卻很冷漠，他甚至沒有看樓下兩人一眼，「我確實了不起，但我沒興趣瞭解她喜歡什麼類型。」

池渺渺這才後知後覺地意識到，李牧遙好像有點不高興。

她訕笑著岔開話題：「老闆你要出去啊？」

李牧遙只是將手上的那個紙筒遞給她：「這裡有幾家製作公司的資料妳看一下，上網看看他們的作品，回頭把想法告訴我。」

這是安排新的工作給她了。

池渺渺連忙說：「我這就去看！」

李牧遙又掃了她一眼，抬起手腕。

池渺渺見他這動作忽然有種不好的預感，果然就聽他說：「遲到十二分鐘三十八秒，妳這個月的全勤沒了。」

不是吧，都已經二十九號了，她已經堅持一個月了！

「還有……」說話間，李牧遙又打量她一眼，說，「雖然我們這裡對女同事化妝沒有硬性要求，但是妝容得體也是對其他人最起碼的尊重。」

池渺渺愣了愣，不由自主地去摸自己的臉：「可是我化妝了啊。」

「那怎麼還……」

難得一張嘴就恨不得讓人中毒身亡的李牧遙竟然沒把話說下去。

還用得著他說嗎？那副一言難盡的樣子好像怕誰看不懂似的，這可比直接說她化了妝還這麼難看更侮辱人！

可是她敢怒不敢言啊。

池渺渺忍了又忍，只能趁著李牧遙轉過身的時候朝他揮了揮拳頭來解氣，而正在這時，走在前面的男人突然又停了下來，池渺渺差點沒收住手，真的「毆打」了老闆。

她伸出去的手繞了很大一圈回到自己頭上，假裝捋了一下頭髮。

她朝李牧遙甜甜一笑，裝傻道：「還有什麼事嗎？」

他先是瞥了她的手一眼，然後目光又移到她的臉上。

「我希望妳明白一件事。」他說話時依舊沒什麼情緒，但池渺渺卻聽得出他的聲音明顯冷了幾分。

她遲疑了一下問：「什麼？」

李牧遙冷冷看著她：「之前的種種我可以當做沒發生過，妳完全不用擔心我會因此刁難妳，但目前為止我是老闆妳是員工，而我有我的做事風格，妳可以選擇自己離開，或者配合我。至於妳私下裡還有沒有其他想法那是妳的事，我希望這些想法不會影響妳在工作上的表現。綜上，我不會因為我的個人偏見開除妳，但是妳也要給我一個留下妳的理由。」

池渺渺完全沒想到，李牧遙會對她說這樣一番話。其實她也知道，無論是於公還是於私，李牧遙對她並不滿意，她也早就做好了哪天會直接被他掃地出門的準備。

畢竟對於他這樣的人來說，開除一個實習員工不比泡一杯咖啡麻煩多少。

可是他沒有這麼做，他竟然願意再給她一次機會，或者說給她成長的時間。而且還是這麼坦坦蕩蕩地說出來，虧她之前還各種揣度他。

心裡竟然生出一絲她不想承認的慚愧，同時又很慶幸，因為她知道，她不用再為自己曾經得罪過他的事而惶惶不安，只需要做好該做的事。

這一刻她想，不管生活上是多麼奇葩的一個人，至少作為老闆，他應該是個不錯的人。

想清楚這些，池渺渺也收起了玩笑的態度，汪可的專案她決定好好做，哪怕只是為了對得起他給她的這次機會。

池渺渺心事重重地回到座位上，韓夏早就按捺不住，第一時間就跑過來探聽消息：「李總跟妳說什麼了？怎麼說了那麼長時間？」

池渺渺避重就輕地回了句：「我的全勤獎沒了。」

韓夏看到她的臉嚇了一跳，也顧不上問什麼全勤獎了：「妳昨晚沒睡好啊？臉色怎麼這麼慘白，黑眼圈又那麼大，一看還真的有點嚇人，特別像那個誰……」

「誰？」池渺渺問。

韓夏拿出手機搜尋片刻，最後找出一張電影海報給池渺渺看，池渺渺一看，九零年代林正英主演的捉鬼電影，韓夏手指的地方就是海報上那個鬼。

「妳才是鬼！還不是因為熬夜加班！」

池渺渺連忙拿出鏡子照了照，確實有點嚇人，難怪李牧遙剛才會那麼說……

沒好氣地趕走了韓夏，她重新打開電腦，決定把昨晚寫的故事大綱重新捋一遍。

這麼一忙就忙到中午，還沒來得及叫個外送，暖萌的電話就打了過來。

暖萌這一次打電話來，是為了她的男朋友秦亮。秦亮是暖萌談得最久的一個男朋友，其實兩人剛在一起時，池渺渺不覺得兩人能走多遠，因為很顯然秦亮就是個鄰家大哥，看起來挺本分無趣的一個人，可暖萌喜歡新鮮刺激，男朋友常換常新，是典型的渣女。這樣的兩個人明顯不怎麼登對，但誰也沒想到，在不知不覺中，兩人就在一起好幾年了。

秦亮在大學畢業後開了家影視公司。說是影視公司，但為了糊口接的案子比較雜，正經的電視劇、電影幾乎沒拍過，廣告宣傳片倒是拍了不少。池渺渺看過一些他們公司的作品，雖說是廣告，有些拍得簡直跟電影似的，以池渺渺的審美來說，創意和畫面倒是都不錯。

這次秦亮聽說李牧遙的公司在找合作方來拍系列短片，又聽說池渺渺正好負責這件事，就想著透過暖萌和池渺渺的關係給自己的公司爭取一個機會。

暖萌以前從來沒拜託過池渺渺什麼事，這還是第一次，所以即便池渺渺在失戀博物館裡人微言輕，她也不能就此拒絕閨密的請求。

「難得我們渣女暖萌也有為男人鞍前馬後的時候。」揶揄完閨密，池渺渺實話實說，「我肯定是會幫妳試試的，但是我說話的分量妳也懂的。」

『我懂，妳也不用有什麼負擔，不行也沒關係。老秦只是覺得這種機會難得，以他對妳老闆的瞭解，這次肯定不是錄製幾個普通的短片就完事的，後續還不知道會有什麼操作，如果能有機會參與到這個專案裡，對老秦未來的工作肯定很有幫助。』

池渺渺點點頭：「我明白了，正好現在什麼都還沒定下來，我回頭跟他提一提。」

池渺渺用了一個晚上的時間去瞭解李牧遙給她的那幾家公司，發現比起他們過於商業化的作品，暖萌的男友秦亮團隊的作品倒是更有看頭——創意不錯，劇本不錯，十五分鐘的短片該有的起承轉合都有，情節緊湊還有精彩的瞬間，而且畫面看起來也很高級。

李牧遙沒說他想要一個什麼樣的團隊來製作他們的系列短片，但是池渺渺猜測，他應該想要一點與眾不同的吧。

雖然是幫朋友的忙，但看到秦亮的作品，她倒是有了點底氣。

25

第二天一早池渺渺照例去跟李牧遙彙報工作進展。

「昨天我和汪小姐見過面了，聊了挺長時間，故事的雛形基本上有了，我寄了一部分到你的信箱了。」

李牧遙微微挑眉：「一部分？」

池渺渺本來只打算寫個三、五萬字，比普通的失戀故事更豐滿一點即可，但既然決定要好好幹，她認真分析了一下這個故事，還是覺得三、五萬字遠遠不夠。

池渺渺解釋說：「汪可的故事很適合當一篇長篇小說來寫，因為這種類型的故事往往是細節最打動人，要把這些動人的細節都展現出來，字數就要多不少。我是想說我們這次可不可以把這個故事寫的長點，比如十幾萬字？這樣的話我們在宣傳上也有更多操作的空間。」

李牧遙稍微來了點興致，示意她繼續往下說。

池渺渺說：「一個故事的表現形式有很多種，我們後面肯定會對拍攝出來的短片大肆宣傳，我猜宣傳方式無非就是在各種媒體上投放一下。其實不一定要到時候再開始大規模的宣傳，為什麼不在前期就開始鋪墊呢？我們的網站經過過去幾年的積累也有不少用戶，有一定的瀏覽量，我是想或許可以先把這個故事在我們自己的網站上連載，因為網站也是開放性的，有助於故事的傳播。」

失戀博物館的網站一開始只是用於一些博物館官方的資訊公布，後來不知道從什麼時候起，網站論壇上開始有人討論一些捐贈物背後的感情故事，漸漸地又有人開始諮詢情感問題，甚至有人因為幫助別人回答情感問題而脫單，這樣經過兩年的積累，論壇有了一群固定的用戶，流量也還算過得去。

池渺渺第一次登錄這個網站後臺的時候就注意到了這一點，大部分文章的點擊量比她上傳在小說網站上某幾篇撲街的冷文可高太多了。她當時腦子裡就冒出個念頭，下次在這裡開文或許效果更好。

池渺渺再接再厲道：「短篇一下子就全發出來了，沒有一個逐步積累讀者的過程。但長篇不一樣，我們可以把這個故事在我們的網站上連載，每天發一點，增加它的曝光量，這樣也可以提前為我們要拍的系列短片造勢。」

李牧遙之前沒考慮過這些，聽她這麼一說也有點感興趣，但他也知道事情沒她想的那麼簡單。他想了一下說：「這事我需要考慮一下，妳先出去吧。」

池渺渺卻站著沒動：「還有一件事，你讓我瞭解的那幾家公司我都瞭解過了。」

李牧遙：「說說妳的想法。」

「他們的作品都太普通了，在我看來短片和普通電影唯一的區別只是時間長短，就算成本比普通電影低很多，但好的短片的賣相上不應該看出低廉的感覺。」

李牧遙臉上的神情緩和了一些，看來她跟他的想法是一樣的。

他故意問：「也不全是低廉的吧？」

「是有看起來比較高級的，但是敘事能力太差了，比如那個講過氣畫家經歷的短片，十五分鐘而已，我睡著了兩次。」

李牧遙看向她：「妳的意思是這些都不合適？但接這類案子的公司裡，數得上名的公司幾乎都在給妳的資料名單裡了。」

終於說到這裡了，池渺渺微微一笑，適時地推薦了秦亮的公司，「老闆，其實我有一個公司可以推薦。」

李牧遙有點意外地看向她，在他審視的目光下，池渺渺就覺得自己之前編的各種瞎話都無法用了。

她決定坦白：「這家公司其實是我朋友的男朋友開的。」

李牧遙微微一哂：「妳才剛來幾天，就會給自己人行方便了？」

「反正都要找合適的公司，如果他家作品很差我根本不會推薦，我看過之後確實覺得還可以，老闆你要是不忙，可不可以抽幾分鐘看一眼。反正最後決定權在你手裡，萬一看上了呢。」

李牧遙不置可否，繼續他的工作：「再說吧，妳先出去。」

他竟然沒有一口回絕！

池渺渺有點高興，臨走前還不忘親切地提醒他：「記得看信箱哦。」

李牧遙無奈地捏了捏眉心。

其實他早就發現，失戀博物館裡的人和他以前經營的任何一家公司的員工都不太一樣。在他以前的印象中，員工們整天都忙於工作，整個公司的節奏很快，氣氛也相對嚴肅，同時所有人對他言聽計從畢恭畢敬。

而這裡的人對待他完全沒有那種嚴陣以待的樣子，每個在這裡工作的人都很自在，他們的個性也很鮮明，以至於有些性格格外跳脫的，總是讓他難以適應，就比如池渺渺。

他不知道這是好是壞，但看在她最近工作還算認真的分上，他慷慨地決定不予計較。

李牧遙登錄信箱，打開池渺渺寄給他的故事開篇。

原本是沒報多少希望的，但大致讀下來，他發現她的表達沒他想像中的那麼矯情，單純從讀者的角度來說還算可以看下去。只是審稿子並非他的專業，而且在此之前，他對網路小說的市場也沒有做過什麼研究，無法評估出這個故事是否受歡迎，不過發在網路上就算火不起來對他後續的計畫也沒有干擾。

於是他想，不如就依照她的意思試一試。

池渺渺很快就收到了李牧遙的回覆郵件，大概意思是只要汪可那邊沒意見，他就同意。

其實這些都在合約的約定範圍內，但為了尊重汪可，她還是先和對方經紀人取得了聯絡，在徵得對方同意後，開始在失戀博物館的網站上連載。

這種形式的內容第一次出現在網站上，很快引來了眾人的注意，但因為故事裡女主角的名字是汪可的化名，大家並沒有把這個故事和某個明星聯繫起來，外加連載的字數比較少，所以流量還比較普通。但隨著連載篇幅越來越長，故事漸漸進入高潮，尤其是當女主角在橫店剛拍完一場龍套的夜戲疲憊不堪的時候，又接到了男主角的最後通牒，問她是要回老家和他結婚還是要繼續追求她虛無縹緲的演員夢的時候，讀者們紛紛開始猜測，這是哪位女演員的真實故事？

一部分人開始依據文中出現過的一些蛛絲馬跡對號入座。

另一部分人開始討論「是青梅竹馬的感情重要還是看不到希望的事業重要」這類深刻的命題。

還有一部分人留的言就有點歪了……

『聽說這些故事都是失戀博物館裡的管理員姐姐自己寫的，現在應聘管理員文筆要求都這麼高了嗎?』

『這故事寫的比小說網站上那些言情故事好看多了，故事挺簡單的，但就是能勾著人讀下去，而且文筆是真的好，我還做了好多佳句摘抄呢!』

『難怪我當時面試沒過，這麼一看我服氣了。』

『不可能是博物館的工作人員自己寫的吧?我看八成是請了專門的寫手來寫的，行銷而已。』

眾說紛紜，說什麼的都有，但很明顯看故事等更新的人越來越多。

所以後來這個故事被某位個網紅分享，又接二連三被其他網紅分享似乎就不那麼稀奇了。

但是池渺渺發現最初轉載她小說的網紅一般只會發一些電影相關的內容，很少關注網路文章，而且這網紅還是某個著名行銷公司下的帳號，不像是會無償替人宣傳的。

難道是汪可那邊聯繫的?可是他們的合約中，所有關於《一枚鈕釦》的行銷都是由失戀博物館來承擔的。

池渺渺猜想或許真的就是那麼巧。

和汪可合作的事情蕭易是知道的，但是現在短片還沒有錄製，失戀博物館就因為一篇連載的初戀故事再次火了起來，還是讓他挺意外的。

好多人分享了那個故事，蕭易也跟著看了幾眼。他知道這篇文章是館裡新來的實習生寫的，本來以為傳得這麼火爆都是行銷的效果，誰知道一看才發現這位小實習生還真的有點文字功底，雖然他一個直男不會去看言情小說，但是表達得美不美、有沒有畫面感他還是能看出來的。

他饒有興致地上公司內網去看這位實習生的簡歷，意外發現這姑娘長得很漂亮。

他記得韓夏提過，李牧遙欽點了一位實習生暫時兼任他的助理，他當時沒細想，現在想想都是伏筆——他那麼挑剔的一個人，怎麼會隨便找個入職不久的實習生做助理？

現在一看，似乎所有的事情都說得通了，看來某人終於開竅了。

八卦熱情熊熊燃燒，蕭易立刻打電話給李牧遙。

蕭易開門見山道：『網路上那篇文章寫得不錯啊，聽說是出自新來的實習員工之手，看來這人也不是隨隨便便招進來的啊，有兩把刷子。』

李牧遙想到了行銷公司送來的資料回饋報告，效果出乎意料的好。

他沒有否認：「確實有點意外。」

『這麼說你不知道她的寫作水準？』

李牧遙不置可否。

蕭易來了興致：『那你怎麼會把這麼重要的工作交給她？該不會是看上人家了故意給她露臉的機會吧？』

李牧遙斬釘截鐵地回覆道：「怎麼可能？」

蕭易反問他：『怎麼不可能？她的簡歷我都看到了，證件照都拍的那麼好看可見真人更漂亮。』

李牧遙皺眉：「你又想幹什麼？」

『別緊張嘛，這次不是為了我，是為了兄弟你啊！』

「跟我有什麼關係？」

蕭易恨鐵不成鋼道：『你說跟你有什麼關係？你好歹也三十幾歲了，看上一個姑娘不是很正常的嗎？這麼口是心非有意思嗎？』

李牧遙冷冷地回：「不知道你在說什麼。」

蕭易有點意外：『你對她真沒什麼想法？』

「沒有。」

蕭易又看了電腦螢幕上的證件照一眼，沒道理啊，不是挺漂亮的嗎？

蕭易不解地問：『為什麼啊？難不成真人不是長這樣？眼睛一大一小？還是左邊嘴角有痣右邊沒有啊？』

之前他試圖介紹過女朋友給李牧遙兩次，但無論對方擁有著多麼厲害的履歷或者是多麼硬的背景，每一次都撐不過看照片的階段。

蕭易不說閱女無數，也接觸過不少女孩子了，眼光也高的很，那兩個女孩在他看來明明都是很漂亮的，可看看李牧遙說了什麼？

他介紹的第一個女生，濃眉大眼瓜子臉，哈佛畢業的高材生，李牧遙看了照片一眼只回了幾個字「眼睛一大一小」。

要是一般人，一定覺得這話挺侮辱人的，但這就像有密集恐懼症的人忍受不了麻子臉一樣，不周正在李牧遙看來就是大問題。

第二個女生的父親是北城數一數二的大企業家，女兒培養的自然也不用說，還特別活潑可愛，要不是人家看不上他，他都捨不得介紹給李牧遙。

這一次李牧遙倒是很給面子，在他的極力邀請下和人一起吃了頓飯，結果又因為人家嘴角一顆不仔細看都看不到的痣，再也沒有下文了。

聽蕭易這麼說，李牧遙腦海中不由得就浮現出池渺渺那張總是笑得一團和氣的臉。他想了一下，意外發現池渺渺的五官真的算得上很端正，三庭五眼黃金比例，就連笑起來兩邊的嘴角高度都很對稱。

他說：「那倒不是……」

蕭易：『你看，以前那些看上你的女孩子，在你眼裡都是五官不端正，連相貌這關都過不去，別說其他了。這還是你第一次沒有對女生的長相橫挑鼻子豎挑眼的，這說明什麼？說明她完全長在了你的審美上！你知道這有多難得嗎？尤其是對你這麼挑剔的人而言！難不成是人家沒看上你？』

這話只換來李牧遙一聲不屑的嗤笑。

蕭易毫不客氣地打擊好友：『你別以為沒有這種可能性，你是長得帥又有錢，但你的缺點和你的優點一樣多！』

看上過李牧遙的女孩子很多，畢竟有錢有顏有內涵的男人不多，所以很多見過李牧遙的姑娘都免不了動心，奈何老天爺都是公平的，其他方面讓他那麼優秀，偏偏生了個一般人無福消受的狗脾氣，所以最初那些春心萌動的姑娘見識過真正的他後，惜命的都選擇繞道而行了，偶爾有幾個頑強一點的，也都撐不過一個月。

這女孩入職超過一個月了吧？還是天天見的那種，這種情況下就算最初人家有什麼想法，這時候應該也沒有了。

李牧遙聽到蕭易的話忽然想起了什麼，不悅道：「別人怎麼想與我無關。」

『關鍵是這不是別人啊，這是被你這雙只會發現醜的眼睛肯定的姑娘，如果人家也沒那麼討厭你，要不然你就勉為其難和她嘗試一下？』

「要嘗試你來嘗試。」

『那你倒是說說，她哪裡不行？』

正在這時，辦公室門忽然被人推開。

李牧遙冷冷地回頭看向門口，還真是想什麼來什麼。

看他這個表情，池渺渺就知道自己八成又犯錯了，她連忙解釋：「我這次可是敲過門了啊。」

李牧遙沒說什麼，電話裡的蕭易忽然笑了起來：『我大概懂了。』

李牧遙對電話說了句「先掛了」，然後重新坐回辦公桌前，問池渺渺：「什麼事？」

池渺渺想起正事，興高采烈地說：「老闆你看社群了嗎？我沒想到這麼多人看這個故事，網路上好幾個網紅都推薦了，現在連帶著我們網站的流量也大增了。」

要說池渺渺一點邀功的意思都沒有那是假的，她能不能繼續留在失戀博物館裡工作全看這一次了。但是她也是真的意外又驚喜，想把這個好消息分享給李牧遙。

李牧遙早就知道情況了所以並不意外，正常來說，他應該回她一句「我知道了」就讓她出去。但不知道為什麼，他腦中一直徘徊著蕭易剛才的那幾句話，所以不由得多打量了池渺渺幾眼。

一張臉漂不漂亮最基本的就是看這張臉是否符合美術中的「三庭五眼」，以李牧遙挑剔的眼光判斷，池渺渺的這張臉正是一毫米也不差地符合這個標準。更難得的是她的皮膚光潔如玉，幾乎看不到一點瑕疵，沒有一邊有痣一邊沒痣的情況，而且她甚至連表情都很對稱，不會笑起來兩邊嘴角一高一低，瞇眼的程度也都一樣，就連兩邊的梨渦都很對稱……

李牧遙越打量越覺得心情不錯，可是當他的視線移到她的領口處時，前一秒的愉悅感受立刻被一掃而空，他頓時覺得整個人不舒服起來。

池渺渺回完話並沒有等到李牧遙的回應，但卻發現他盯著自己看。

她不由得開始擔心，難道是今天的粉底打得還不夠厚嗎？黑眼圈又嚇到他了？

但她很快發現，李牧遙看她的神情不似之前那麼厭惡，甚至有點……癡迷？

是她看錯了嗎？

當她發現他的視線從她臉上慢慢下移的時候，她連忙出聲打斷他，「老闆？」

李牧遙的視線像是被什麼東西燙了一下，連忙收了回去。

他難得有那麼點不自在，甚至需要靠起身洗手來掩飾。

池渺渺為自己這個發現感到心驚——他這是怎麼了？不是一向看不上她嗎？難不成就因為她做出一點成績就對她刮目相看甚至產生了點別的情愫？這變得也太快了吧！

李牧遙有點煩躁，這人出門前不照鏡子嗎？一邊領子沒翻出來她都沒感覺嗎？而且誰允許她穿領口開那麼大的衣服了？看來有必要規範一下員工著裝了！

李牧遙一邊洗手一邊頭也不回地問：「汪可那邊怎麼說？」

「哦，今天汪可的經紀人打了個電話過來，聽起來也挺高興的，說汪小姐很滿意。」

李牧遙若有所思地擦著手：「告訴她們別太心急，小心適得其反。」

這話池渺渺有點聽不明白：「什麼適得其反？」

李牧遙煩躁地回頭看她一眼，目光不由得又被那沒捋好的領子吸引了過去。

他強迫自己不去看，盯著自己的手指問她：「網路上有沒有人猜測故事主角是誰？」

提到這個池渺渺倒是有點意外，汪可的事情就連汪可自己也說是第一次公開，但網路上竟然有粉絲猜到汪可身上。

「還真的有，可能是汪小姐的鐵粉？不過這些猜測也沒引起什麼水花來。」

李牧遙冷笑一聲，不置可否：「去把我的話轉達給她們。」

說話時他又忍不住看了池渺渺一眼，心情更煩躁了。

他試圖深呼吸安撫住自己略微焦躁的情緒，想著讓她快點離開就沒事了。

可是剛說讓她走，他又猶豫了，她不會就這樣邋遢地過一天吧？

於是越想越覺得不能就這麼讓她走了。

池渺渺發現今天的李牧遙實在有點奇怪，時不時地往她的胸口瞥一眼，那種想看又不敢看的樣子著實讓她有點不安。

不就是穿了件領口有點低的衣服嗎？不會這樣就讓某人獸性大發了吧？

池渺渺覺得此地不宜久留，領了指示就打算離開，但忽然被他叫住。

她警惕地問：「還有什麼事嗎？」

李牧遙掃了她的胸口一眼，又深深呼出一口氣，欲言又止了半天竟然直接朝她走了過來。

他不會真想對她做什麼吧？

池渺渺一邊在腦中天人交戰，一邊不由自主地往後退了一步，這一退就靠到了辦公室的門上，剛才還虛掩著的房門因為她這一靠也澈底關了起來。

池渺渺頓時心跳如擂鼓，而此時李牧遙已經走到了她的面前。

他的目光緩緩下移，她也順著他的視線往下看，她相信以他現在這個角度正好能看到衣服裡面若隱若現的胸線起伏。

時間彷彿都在這一瞬間靜止了，池渺渺只聽得到自己有點失速的心跳聲。

她忽然有點不知所措，因為直到這一刻她才發現自己對李牧遙的觀感有點複雜——理智上，她覺得自己應該儘快離開，可情感上總覺得他不會傷害自己。

李牧遙忍了又忍，最終抬起了手……

幾乎是同一時間，池渺渺也抬起手想護住胸口。

可那一刹那過後，她才意識到似乎有什麼不對——她手掌下胸口上那微涼堅硬的觸感是什麼？

李牧遙萬萬沒想到，池渺渺竟然將他的手按在了她的胸上，有那麼一瞬間他腦中冒出的想法竟然是：原來這麼軟，還有，她的心跳得好快，以及她的皮膚似乎越來越熱……

身為成年男人，他當然知道這是因為什麼。所以在她回過神來之前，他迅速拿開手，拿開之前手指飛快穿進她的領口邊緣，把掖在裡面的那半片衣領撥了出來。

池渺渺只覺得他冰涼的手指在她鎖骨下方的皮膚上輕輕一刮，讓她整個人不由自主地戰慄了一瞬間。

此時的李牧遙已經轉身走向辦公桌，「以後在辦公室要注意儀容，出去工作吧。」

池渺渺這才回過神來，低頭看向自己的領口，原來剛才讓他頻頻看自己的原因是她的衣領被掖在衣服裡面了，並不是他對她產生了什麼不該有的念頭，但心跳加速的感覺還在持續。池渺渺不知道此刻的自己是什麼樣，胡亂應了下來，逃也似地離開了李牧遙的辦公室。

池渺渺離開後，辦公室裡只剩下了李牧遙一個人。他動了動右手手指，彷彿那上面還留有著池渺渺身上的溫度，手掌中央似乎還能感受到那意想不到的柔軟。

或許是因為太新奇，那種感覺竟然那麼清晰……

忽然辦公室的門再度被敲響，他還沒來得及讓對方進來，對方就已經不客氣地推門走了進來。

韓夏見他正舉著右手，連忙關切地問：「李總，您的手怎麼了？」

李牧遙連忙將手放下，問她：「什麼事？」

「這裡有份文件需要您簽一下。」韓夏走到李牧遙身邊指出需要他簽名的位置，李牧遙拿起筆，正要去簽，兩人忽然發現有什麼不對。

韓夏腹誹：看來是手受傷了，不然為什麼要用左手簽名？

而李牧遙索性放下筆對韓夏說：「文件先放我這，我看完了再簽。還有，出一份通告，要求大家以後穿正裝來上班，要保證著裝得體，邋裡邋遢的扣獎金。」

韓夏沒搞清楚李牧遙又發什麼瘋，但還是從善如流地按他說的去準備了。

她一走，李牧遙立刻走向洗手池，可洗到一半他才意識到一個問題——今天在碰過池渺渺外加被她碰過之後，他竟然沒什麼太不適的感覺，難不成他的病真的在不知不覺中自愈了？

但他很快又否定了自己這個猜測，因為要說一點感覺都沒有也不對。想起剛才那一刻，他還是會心跳加速，而且那種觸感像是滲透進了皮膚，深入了血液骨髓，直到此刻還很清晰，甚至怎麼洗都洗不掉，只是這一切都算不上不適，相反的還有點興奮。

難道是他的病情又進展到了新的階段？

26

從李牧遙辦公室出來，池渺渺的心還在砰砰跳著，她覺得自己的臉很燙，也不敢回辦公室，而是直接去了洗手間。

看到鏡子中的自己，臉果然很紅，她的目光不由自主地又落在左胸處，那裡彷彿還有感覺，而剛才在李牧遙辦公室的一幕又開始在她腦中重播——怎麼就那麼巧呢？她恰巧在那個時候抬手捂胸口，他也恰巧在那個時候想替她翻出衣領，然後就變成她把他的手按在了胸上……

等等，他該不會以為她是在故意勾引他吧？那可太冤枉了！再說她的衣領沒翻出來他說一聲就好了，為什麼非得親自動手？還是早在她不知道的時候他對她的感情有了什麼微妙的變化？

想到這種可能，池渺渺發覺自己的心情也很微妙——她竟然沒有自己想像中的那麼排斥，一定是她太善良了，知道他並非故意的就原諒了他！而且他喜歡的人應該是汪可，他們才是同類人，剛才的事應該只是個意外而已。

煩躁了一會兒，她想起還有正事沒幹，雖然不知道李牧遙那話究竟什麼意思，她還是按他的要求打了個電話給汪可的經紀人。

誰知道她剛把李牧遙的原話轉述給對方，對方就連忙解釋，說網路上那些跟他們沒什麼關係。池渺渺有點奇怪對方怎麼反應這麼大，但也沒多想。

這邊她剛掛上電話，信箱裡就收到一封公司人事部門群發的通知郵件，要求大家以後上班要穿正裝，注意儀容，著裝不合格的從下個月開始扣獎金。

辦公室其他人也同時收到了這封要命的郵件，大家怨聲載道，紛紛詢問韓夏這位李總又在搞什麼，畢竟整個失戀博物館除去保全，連十個正式員工都不到，大家的工作性質基本上不會對外，完全沒必要穿正裝啊！

韓夏的回覆也非常簡單粗暴：「有困難找李總說。」

只有池渺渺知道是怎麼一回事，但她也很鬱悶——她這個之前一點工作經驗都沒有的人，上哪找正裝？看來又要買新的，也不知道之前領的那點薪水能買幾套。

接下來的幾天，池渺渺都在刻意避著李牧遙，一方面是幾天前那事還讓她覺得尷尬，另一方面是她還沒時間去逛街，萬一又穿得不對還要給自己和別人帶來麻煩。

最後還是李牧遙先找她。

這一次去李牧遙辦公室之前，她可是在洗手間裡把自己好好檢查了一遍，雖然穿的不是正裝，但也沒什麼不得體的地方。

李牧遙正在伏案工作，聽到她進門頭也不抬地說：「可以約秦暖文化談合約了，我讓法務擬了初稿傳給妳，細部條約妳和他們對一下，沒問題的話儘快走流程。」

池渺渺愣了一下才明白秦暖文化就是秦亮的公司，雖然在她看來秦亮的作品風格的確比李牧遙給的其他幾家公司更合適，但她擔心李牧遙因為是她舉薦的緣故故意繞開秦暖，沒想到竟然真的選了秦暖。

她高興之餘，還是想問問：「老闆，我能問個問題嗎？你為什麼會選秦暖？」

李牧遙這才抬頭瞥她一眼：「不用自作多情，不是因為妳。」

池渺渺笑容僵在臉上：「我不是那個意思，單純只想瞭解一下原因。」

李牧遙頓了頓說：「這家公司我以前關注過。我曾經想投資一家文化公司，雖然最後沒有投給他們，但是他們的作品風格和老闆的經營理念我很喜歡。」

池渺渺點點頭：「原來如此。」

或許這就是緣分吧。

「還是要替我朋友謝謝你。」

李牧遙卻沒頭沒尾地說：「看來韓夏並沒有把我的意思傳達下去。」

池渺渺愣了一下才明白他在說正裝的事，連忙解釋：「傳達了、傳達了，不過我這幾天都在加班，還沒來得及去買，你放心，我週末就買，下禮拜就穿來，絕對專業正式，不能丟了我們館的臉。」

李牧遙沒再說什麼，揮揮手示意她可以離開了。

從李牧遙辦公室出來，她就迫不及待地把這個好消息告訴了暖萌，然後把法務部門擬好的合約初稿傳了過去。

暖萌和秦亮高興極了，對價格和條款都沒什麼異議。

案子進展得很順利，很快就敲定了所有細節準備簽合約。

雖然大家都在北城，但為了節省時間一般都是一方簽好再把合約寄給另一方簽，可秦亮說什麼都要當面簽，說是想趁此機會感謝一下他的偶像。

池渺渺只好又含蓄地對李牧遙表達了老秦這個要求，誰知李牧遙只是看了行程一眼，說：「下午三點前我都在。」

和秦暖的合作雖然比起李牧遙以前投資過做過的那些大案子而言真的不算什麼，但這對失戀博物館來說卻是至關重要的環節。照理就算別人不說，在合作前李牧遙也是應該找機會見見秦亮的，所以當秦亮提出要見面簽合約時，他也沒有拒絕。

下午李牧遙在辦公室裡見了秦亮，秦亮並不像大家刻板印象中那種搞藝術的人，更像個普通的理工科男生，沒有太多的漂亮話，但是說起案子創意卻滔滔不絕。

按照合約的約定，他們需要拍攝一系列短片，就和電視劇差不多，只不過每一集都要把劇情控制在十五分鐘以內，每一集之間有一定的關聯，但是每集又都要有自己的故事，要做好可能比普通的電視劇拍攝還要難。

聽了秦亮的想法，李牧遙再一次認可了自己的選擇，就連坐在一邊旁聽的池渺渺都很滿意。她插話道：「我對秦導的專業水準肯定放心，不過我想多問一句，編劇人選你們定好了嗎？」池渺渺寫小說可以，但對劇本並不擅長。

秦亮說：「如果你們沒有特別推薦的人選的話，我們團隊有一位一直合作的編劇叫雨軒，科班出身，剛畢業不久，但是專案經驗非常豐富，已經有過幾部署名的網路電影了，我們公司以前大部分的短片都是和這位編劇合作的。」

池渺渺見是個有經驗的編劇，心裡也就放心了。看了李牧遙一眼，猜他沒什麼想進一步瞭解的，在他不耐煩之前提醒秦亮：「那沒什麼問題的話，我們就先把合約簽了吧？」

秦亮也是個很有眼力的人，知道李牧遙貴人事忙，也就沒再說什麼。

池渺渺拿出合約才發現自己進來時忘了帶筆，她悄悄看了李牧遙的桌上那枝萬寶路鋼筆一眼，想了想還是沒去自討沒趣。

池渺渺剛要起身出去拿筆，秦亮已經從包裡翻出一枝筆來：「沒事，我帶了。」

池渺渺笑了笑，看著秦亮在合約上簽好名蓋上公章，再拿給李牧遙。

一切的進展都很順利，一個月後，專案在南城開機了。

池渺渺一直很想去探班，她明示暗示了幾次，李牧遙都沒說放她去一次，直到開始殺青倒數了，李牧遙才破天荒地同意她以檢查進度的名義去一趟。

池渺渺是第一次探班也是第一次去南城，所以特別興奮，當然最讓她期待的是可以離開李牧遙的視線好幾天，只要想想就覺得整個人都輕鬆了起來。

但就在她出發的前一天晚上，她忽然又接到了李牧遙的指示，竟然是讓她訂和她同一個航班的頭等艙以及在南城的酒店房間。

這簡直就是晴天霹靂！

不過是一個不大的專案，如何能請得動他這個日理萬機的大總裁大老遠的跑去探班呢？想來想去也只能是因為汪可了。看來她之前猜的沒錯，他對汪可還有舊情！

搞不好汪可在南城拍戲這段時間，他的心早就跟著飛過去了，只不過表面上裝得冷淡，實際上一直在找時間籌畫著去一趟呢！

池渺渺不禁唏噓，想不到他這樣的人，竟然真能對一個女人念念不忘這麼久。可是一想到要和他單獨相處好幾天，池渺渺就打了退堂鼓。他那堪稱變態的潔癖真的讓她吃不消，在熟悉的環境還好，出門在外的還不知道怎麼折磨人。

訂好機票酒店，池渺渺懷著上墳的心情出了門。

去接李牧遙時，路上有點塞車，比約定時間晚了幾分鐘，池渺渺本來已經做好挨罵的準備了，誰知今天的李牧遙見到姍姍來遲的她後既不毒舌也不挑剌，更誇張的是，登機前還自掏腰包幫她升了艙。

難道是要去見老情人了，心情一好人也跟著善良起來了？

這讓池渺渺已經步入寒冬臘月的心情又回暖了不少。或許這一趟旅程也不是一點期待都沒有的，至少她可以享受一次頭等艙的待遇。

這還是池渺渺第一次坐頭等艙，跟經濟艙比起來又寬敞又安靜，甚至連空服員們的笑容也更親切幾分，這都要感謝她身邊這位金主爸爸。

「謝謝老闆。」她發自肺腑地說。

沉默了一路的李牧遙看都不看她，冷淡回覆道：「不用謝。」

「謝還是要謝的，讓你自費幫我升艙我挺不好意思的。」

「我不是為了妳。」

哦，她當然知道。

她以為他要說什麼為了公司形象之類的話，誰知他卻說：「比起妳，我更不喜歡和陌生人離得太近，妳正好幫我擋住他們。」

池渺渺的笑容僵在了臉上。

就算你老人家這麼想的，也不用這麼實在地說出來啊！

李牧遙注意到她的表情變化，但他並沒覺得自己的話有什麼問題，依舊是那副冷淡的神情說：「以後不要自作多情。」

池渺渺連忙否認：「我沒有。」

李牧遙心不在焉道：「妳應該慶幸，妳還有這樣的用處。」

聽聽這是什麼話？她就不該對他抱有絲毫的幻想。

「我……」池渺渺還想再說什麼，忽然注意到李牧遙又在翻手裡那本雜誌，從在休息室的時候，這本雜誌就不知道被他翻了多少遍了。

這是要去見老情人了，所以很忐忑很緊張嗎？

正在這時，廣播裡傳來機艙門即將關閉的通知。

他總算不再翻雜誌了，而是不知從哪拿出一個小藥瓶，熟練地倒出幾粒藥放進口中。

池渺渺問：「老闆你生病了？」

李牧遙淡淡地「嗯」了一聲算作回應，然後閉上眼說：「從現在開始不要跟我說話，也不要讓別人打擾我，到了再叫醒我。」

難怪他今天這麼好說話，竟然是因為生病了，都生病了還要去見汪可，果然她對他來說是很重要的人。

不久後，飛機開始滑行，機艙裡靜悄悄的。

池渺渺身邊的李牧遙像是已經睡著了，始終保持著入睡前的姿勢。可不知道是不是因為不舒服，他即便睡著時眉頭都是緊鎖的，彷彿隨時會醒來。

但不得不說，他無論什麼樣都真的很好看，近距離看更是如此——皮膚白皙到讓女生都羨慕的地步，而且睫毛濃密纖長，醒著的時候尚且不覺得，閉著眼的時候格外明顯，再搭配上高挺的鼻樑、硬朗的下顎線以及襯衫領下若隱若現的喉結，此刻的他任誰看到怕是都不得不讚賞一句「絕色」吧。

池渺渺不由得感慨，或許汪可是幸運的。

這一路上李牧遙果然沒再醒過，而且他睡得特別沉，直到飛機落地後，池渺渺叫了好幾次，他才醒來。

27

池渺渺在網路上安排好的車來得也很準時，只是一開始沒想到還有李牧遙這尊大佛同行，她只叫了輛普通房車，也沒注意車型，到了停車場約定的地方才發現對方開來的是一輛十幾萬的小轎車。

空間雖然不大，但所幸車主應該是個愛乾淨的人，車內打掃得幾乎一塵不染。

果然李牧遙在看到車時皺了一下眉頭，但還是從善如流地上了車。

池渺渺略微鬆了口氣，可她也覺得自己有點過分，因為這車的空間實在太小了，李牧遙那雙長腿的確伸展不開，膝蓋幾乎都能抵到前座靠背。

但他竟然很難得的一言不發。

上車後，她偷偷從後照鏡裡打量後排的他，發現他緊閉著雙眼，似乎已經睡著了。

看來身體還是不舒服。

她小聲囑咐司機開慢一點，別驚動了後面的人，再一抬頭，卻看到李牧遙竟然不知什麼時候已經醒了。

也不知道是不是被她吵醒的，他歪頭看向窗外，神色依舊睏頓。

他們就這樣一路安靜地到達了提前預定好的酒店。

池渺渺根據李牧遙的要求換了一家五星級酒店。

很快辦理好了入住手續，李牧遙把這兩天他們要做的事情跟她簡單交代了一下。

原來他這一趟來並不是專程去劇組看汪可的。他早在南城選好了失戀博物館的分館所在地，這一次是來進一步確認的。

而且他們從南城離開後，還要再去一趟江市，同樣也是去考察另一家分館的選址。

短短兩三天的行程可以說是安排得滿滿的。

池渺渺不由得再次感慨，成功人士果然都是時間管理大師，感情和工作都不耽誤。

「找租車公司，幫我租輛車。」

池渺渺正算著還要爬幾層樓才能到房間時，忽然聽到這麼一句。

看來他對她今天的安排還是很不滿意，只是可能由於身體原因才一直忍到現在。

所幸高級酒店都有合作的租車公司，這倒不是什麼難事。

車型肯定要最好的，但出於對李牧遙的瞭解，她還是多問了一句：「老闆，你對司機有什麼要求嗎？」

李牧遙像看傻子一樣打量了她一眼：「只要租車不要司機，我不喜歡陌生人的味道。」

池渺渺偷覷了他的臉色一眼，說：「你這個狀態不方便開車吧？」

「當然。」李牧遙邊說邊看向池渺渺，「但不是還有妳嗎？」

「我？我那水準你也清楚。」

「那就開慢點。」

此時李牧遙房間所在的樓層到了，他沒再理會池渺渺，逕自走出了樓梯間。

望著他離開的背影，池渺渺忽然想到一個問題——他為什麼要爬樓梯？而她又為什麼要陪著他爬樓呢？

池渺渺租的車很快被開了過來，是一輛嶄新的Audi Q5，車內空間夠寬敞，而且車子也洗得乾乾淨淨。

李牧遙看似還算滿意，直接拉開了後排車門坐上了車。

池渺渺深吸一口氣，拉開了駕駛座的車門。

南城並不大，從酒店到古城只有十幾公里的路。但池渺渺一路上開得小心翼翼，幾乎全程沒超過時速三十。一方面是她的車技真的不行，擔心刮了車李牧遙又會讓她自掏腰包賠錢，另一方面，她從後照鏡中看到後排的人似乎又睡著了，她生怕來一個緊急剎車把他弄醒了。

就這樣，原本二十分鐘的路開了足足一個小時才到。

拍攝地在南城的一個古城裡，聽說汪可是在這裡長大的，所以拍攝地也選在了這裡。與從酒店過來一路上那現代化的環境不同，這裡彷彿是另一個時空，處處是青磚綠瓦，曲折斑駁的石板路透著悠遠古樸的韻味，小河蜿蜒從城中穿過，習習微風中是很柔軟的一副美景。

置身這種地方，即便是來工作的，心情都不由自主地舒緩了很多。

池渺渺和李牧遙到的時候，汪可正坐在一處迴廊下看劇本，助理一邊跟她說著什麼，一邊替她輕輕搖著扇子。說話間，她一抬頭看到了李牧遙，便立刻起身將劇本塞進助理手中，朝著他們走了過來。

即便此刻她帶著墨鏡，池渺渺還是捕捉到了在看到李牧遙的那一瞬間，她迅速變柔和的表情。她不由得偷偷去看身邊的李牧遙，他臉上的神情倒是沒什麼變化，還是那副拒人於千里之外的態度。

不過池渺渺也理解，即便跨越千山萬水只為看來人一眼，但真的見了面，場面還是要撐一撐的。

此時因為他們的突然到來，秦亮把劇組其他人都聚集了過來。

暖萌也來了，她請了幾天假，比池渺渺他們早兩天到。

她是第一次見到李牧遙本人，眼睛都看直了，還是池渺渺偷偷扯了她一下，她才控制著沒讓自己的口水流出來。

這時候汪可已經走到了他們面前，笑盈盈地帶著幾分玩笑地跟李牧遙打招呼：「沒想到李總對我們這個專案這麼重視，還親自來探班。」

秦亮和劇組其他人也都附和，機靈的還會趁機恭維甲方爸爸幾句。

誰知李牧遙卻只是不鹹不淡地回了句：「不是專程過來，順路而已。」

池渺渺和暖萌很有默契地對視了一眼，都在彼此眼中看到了「不愧是他」的感慨。

好在汪可像是早就習慣了，很溫和地笑了笑。

第一回合，高下立見。比起李牧遙的口是心非死要面子，汪可的寬容大度似乎在告訴眾人，更在意這段感情的人是李牧遙。

池渺渺又偷偷看了老闆一眼，總覺得老闆的臉色更難看了。

秦亮掩飾著尷尬，繼續跟李牧遙和池渺渺介紹劇組裡的其他人。

介紹到編劇雨軒時，池渺渺著實有點意外了。她知道雨軒才剛大學畢業，是個很年輕的女生，但是看著眼前齊瀏海長直髮，身穿水手裙的女孩，她還是有點意外這女孩竟然是這種風格。雨軒的五官算不上多麼漂亮，但搭配上年輕女孩的笑容，整個人也算得上甜美，而且一看就是個活潑的性格，倒是跟池渺渺之前接觸過的女編劇完全不一樣。

介紹完眾人，其他人都接著去幹活了，只有汪可和秦亮還圍著李牧遙。

秦亮問李牧遙：「您打算在南城待幾天？」

李牧遙：「後天走。」

秦亮：「那太好了，不出意外的話，明天補拍機場戲我們就殺青了，晚上有個殺青宴，您能來參加的話大家一定很高興。」

池渺渺能來探班就已經達到此行的目的了，殺青宴這種活動她其實也沒什麼興趣，而且以她對李牧遙的理解，他絕對不會對幾十人的聚餐產生絲毫的興趣。

可是當她看到汪可也笑盈盈地看著李牧遙時，她忽然意識到一點，如果聚餐的幾十人中有汪可的話，他是不是還是挺想去的，之所以沒有立刻同意，也是在端架子？

好的員工就是要急老闆所急，想老闆所想。

於是在李牧遙開口前，池渺渺就替他回答了秦亮：「既然來了，肯定要參加呀，正好李總明晚沒有安排。」

說完池渺渺討賞似地回頭看了李牧遙一眼，出乎意料地他並沒有給她一個讚賞地眼神，反而有點生氣似的。

他正要開口說什麼，汪可笑道：「那就這麼說定了，李總能來，大家一定都很高興。」

秦亮也說：「太好了，晚宴六點半開始，我稍後就把明晚酒店地址傳給渺渺。」

池渺渺笑著應下。

接下來李牧遙被汪可和秦亮請到一邊，不知聊什麼去了，池渺渺這才有機會去找暖萌。

28

雨軒離她們不遠，見池渺渺過來，她立刻熱情地迎了上來，「渺渺姐，今天見到妳我太高興了，妳知不知道我是妳的粉絲啊！」

池渺渺被雨軒的熱情搞得有點無所適從：「我的粉絲？」

雨軒說：「是啊，這故事我之前在網路上看到就超級喜歡，沒想到會有機會把它變成劇本。我們加個聯絡方式吧？暖萌姐的也加一下吧，昨天還沒來得及。」

池渺渺和暖萌只好拿出手機來和她加了聯絡方式。

她又問：「對了，渺渺姐我看妳應該不是第一次寫小說吧？感覺文筆很老練耶，筆名是什麼？我去關注一下。」

這就讓池渺渺有點為難了，她不習慣對三次元認識的人暴露筆名，正猶豫著要不要說，暖萌忽然對雨軒說：「小劉好像在找妳，妳要不要過去看看。」

雨軒回頭看到副導演小劉似乎真的在找她，也就顧不上問池渺渺的筆名了，抱歉地笑笑，跑去副導演小劉那。

她一走，池渺渺不由得鬆了口氣：「看到她，我怎麼覺得自己老了。」

暖萌嗤笑：「可不是嗎？我不僅覺得自己老了，還覺得比起她自己根本不像個女人。」

她端著手臂站姿霸氣，卻捏著嗓子嗲聲嗲氣地說：「暖萌姐，總聽秦導提起妳，終於見到真人了，妳可真漂亮，比我合作過的好多女明星都漂亮！」

池渺渺差點笑岔了氣：「人家誇妳妳還不高興啊？」

暖萌搓了搓手臂上莫須有的雞皮疙瘩說：「消受不起，而且誇得太浮誇了，當我聽不出來呢？」

池渺渺故意打趣她：「我覺得我們真的應該跟人家學學，明明年紀都差不多的，但是妳看妳，整天穿那麼肅殺，往那一站，活像人家大姨。」

「妳才像她大姨，她有我這麼美的大姨嗎？」

兩人正調侃著，就見不遠處李牧遙和汪可、秦亮往劇組臨時的休息室走。

三個人中，李牧遙身姿挺拔，氣質出塵，即便身邊有汪可這樣的女明星，他也還是最顯眼的那個。

暖萌對著李牧遙的背影感慨道：「想不到還有這種男人，對了，你們那裡還招人嗎？妳看我怎麼樣？」

池渺渺無語：「別人不知道也就算了，我這老闆什麼脾氣妳還不清楚嗎？人不能只看表象！」

暖萌皺眉想了想：「之前妳總說他變態，可現在想想，他也沒做什麼出格的事啊。」

池渺渺徹底無語了，在暖萌這種顏控面前，果然顏好即正義，「妳之前可不是這麼說的。」

暖萌理所當然道：「長得好看的人，總是能讓人對他更寬容嘛，不然妳看看我怎麼這麼愛妳呢？」

池渺渺決定對這份愛嗤之以鼻。

暖萌繼續說：「以前我只在財經雜誌上見過他的照片，那種照片妳也懂得，各種修片，肯定要比本人好看很多，誰知這有個例外，照片真的只能展露他十之一的風采！」

池渺渺無奈：「擦擦妳的口水吧，妳家老秦就在旁邊呢，妳這麼花癡別的男人真的合適嗎？」

暖萌悠悠地嘆了口氣：「這時候我就羨慕妳這樣的單身人士。說真的，妳要不要考慮一下？」

池渺渺莫名其妙又想到她把他的手按在自己左胸上的那種感覺，與此同時，她感覺到自己的心跳似乎又快了起來。

她看向別處：「我考慮他，他會考慮我嗎？再說，我還是想多活幾年。」

暖萌嘆了口氣：「也不知道誰是那個幸運的女人。不過之前猜測他和汪可有舊情，可是今天看兩人在一起，總覺得氣氛不太對。」

「是嗎？還好吧。」

兩人沒再繼續討論這個話題。

片刻後，秦亮重新回到攝影機前，汪可也開始準備拍下一場戲了。

不遠處的休息室內，只坐著李牧遙一個人。

雖然更想和暖萌待在一起，但池渺渺覺得把自己老闆一個人晾在那也不合適。

她只好不情不願地去了休息室。

而且怕李牧遙覺得無聊，她不得不沒話找話。

「老闆你要喝水嗎？」

「老闆你冷嗎？」

「老闆你餓了嗎？不知道他們這裡的便當怎麼樣？」

最終李牧遙只是回她一句：「讓我安靜待著就行，妳出去吧。」

池渺渺這才發現，他的樣子格外疲憊，似乎從下飛機開始就是這樣了，或許是因為帶病出差吧，於是她留下一句「有什麼事打電話給我」就乖乖地離開了休息室。

她重新回到暖萌身邊，看劇組拍戲。

接下來的一場戲是外景戲，汪可在橋上向男主角提出分手。

雖然她已經三十幾歲了，但或許因為扮演的是當年的自己，即便是比現在的她年輕十幾歲的角色，也並不會讓人覺的有絲毫違和感。而且眼神中流露出的情感非常純粹，很有感染力，完全可以讓人忽略掉演員的真實年齡。

不愧是大佬看上的女人啊，演技和顏值雙雙在線。

身後傳來女孩子喃喃的說話聲，很顯然汪可感染的不僅僅是池渺渺一個人。

雨軒嘆道：「汪可姐可真美啊！這個角度絕了！」

看來她的誇獎總是這麼用力，但這並不會讓所有人都贊同她。

另一個男人的聲音響起：「化了那麼濃的妝都看不出來本來什麼樣了，我覺得還是妳這樣素顏的好看。」

池渺渺和暖萌都不由得朝說話的人看過去，正是剛才找雨軒的那個副導演小劉。

秦亮的團隊人員整體比較年輕，這位副導演也只有二十五、六歲的樣子。

經他這麼一說，池渺渺不由得又多打量了雨軒一眼。

這時候就見雨軒很不高興地瞪了他一眼說：「你別亂說，你以為我不想每天化妝化得美美的？我是忙著熬夜改劇本連睡覺的時間都沒有。」

池渺渺澈底無語了，大家對「素顏」的理解出入這麼大的嗎？如果塗至少兩層的粉底還不算化妝的話，那飛揚跋扈的眼線是天生的嗎？還有陰影和打亮，小劉這種直男看不出來，不代表別的女生也看不出來啊。

池渺渺和暖萌心有靈犀地對視一眼，都從彼此眼中看到了那句話——這小女孩不簡單。

小劉關切道：「妳昨晚又熬夜了？難怪看起來挺沒精神的。喝咖啡嗎？我去買。」

雨軒說：「不用了，我忍一忍好了。」

本來以為事情到此為止了，卻聽剛拍完一幕的秦亮忽然轉向他們那邊說：「要買就快去買，幫大家都買一杯。」

說完，他又頓了頓補充道：「我請客。」

小劉立刻眉開眼笑地領命而去。

雨軒笑著說：「秦導請客我就不客氣啦！」

眾人紛紛感謝秦導，劇組的氣氛也因此輕鬆了不少，但池渺渺回頭看向暖萌時，卻發現她的臉色不太好。

接下來的一場戲依舊是發生在這座橋上，是男主角負氣同意分手後，想了幾天又後悔了，來求女主角回心轉意的戲。然而這一場，汪可的狀態卻不如上一場，有一句臺詞她ＮＧ了兩次，她調整了一陣子，但再次面對男主角後，終究還是一句話也沒有說。

她似乎澈底放棄了，轉身看向鏡頭：「編劇呢？」

被點到名的雨軒連忙跑了過去，秦亮也跟過去瞭解情況。

「這臺詞到底誰寫的？不覺得很過時了嗎？我覺得小說裡的還不錯，怎麼改成這樣了？」汪可聲音不小，連帶著在場其他人也聽得清清楚楚。

原來她並不是忘詞，而是對那幾句臺詞不滿意。

所幸汪可也不是個很難溝通的人，秦亮安撫了幾句，又讓雨軒立刻去改劇本，她也就消了氣。但很明顯今天這場戲是拍不下去了，汪可直接在助理的陪同下回了酒店。

雨軒垂頭喪氣地拿著劇本往回走，池渺渺想上去看看有沒有什麼能幫忙的，卻被暖萌拉住：「妳去幹什麼？」

池渺渺這才回過神來，剛才汪可說了那話，不管是有心還是無意，她這時出現在雨軒面前只能招人煩。

暖萌提醒她：「妳在這待著也沒什麼事，去伺候妳的老闆吧，別等他想回酒店了卻找不到妳。」

「那妳呢？」池渺渺問。

「不知道等一下還拍不拍，我再等等。」

池渺渺點點頭，回過身想找李牧遙，卻發現休息室的門大敞著，但裡面的人已經不在了。

不會是自己一個人走了吧？

轉念一想也是的，他這大忙人跋山涉水跑來這裡就是為了看汪可，汪可都走了他還留在這幹什麼？

不過他要是自己走了，她怎麼回去呀？

她和暖萌打了個招呼就立刻往李牧遙停車的方向找過去，祈禱李牧遙走得沒那麼快。

繞過一排青磚矮牆，池渺渺總算找到了李牧遙。

男人高大的身影正立在屋簷下，像是在跟什麼人通電話。

她鬆了口氣，老老實實隔著幾公尺遠的距離等他打完電話。

片刻後，電話打完了，但他卻沒有立刻離開。

他就那麼站著，望著不遠處的青山綠水，不知在想什麼。

似乎是被柔軟的江南景色所感染，他難得把身上的白襯衫穿得有幾分隨意，領口敞開了兩顆釦子，袖管挽到了手肘上方，少了分凜冽，多了分柔和，讓池渺渺看得有點恍神。

忽然間，他猛地咳嗽起來，這才讓池渺渺回過神來。

池渺渺意識到他還生著病，而且南城昨晚剛下了場暴雨，溫度驟降，他今天穿得著實有點少。

池渺渺正猶豫著要不要這時候過去，他轉身往回走。一抬頭看到她，他腳步頓了頓。而正在這時，一牆之隔的不遠處，傳來了另一個男人的聲音。

「也不是第一次了，怎麼還哭了？」

這聲音很熟悉，池渺渺很快辨認出來，是秦亮的聲音。

可是誰在哭？暖萌嗎？不會的，她那閨密不讓別人哭就不錯了。

李牧遙明顯也聽出對方是誰了，難得他很有默契地安靜站著，什麼也沒說。

「我不是因為被汪可姐說了幾句才難過的……」

這不是雨軒的聲音嗎？他們怎麼會一起出現在這裡？是工作原因，還是其他事情？

池渺渺的心忽然提了起來——雖然在她的印象中秦亮人品還不錯，對暖萌更是死心塌地，但是正因為如此，人設翻車後帶給人的傷害才更大啊！

可是她又不能這麼離開，一方面是她大概辨別的出他們的位置，應該只跟他們隔著一個牆角，她無論是回去，還是去李牧遙停車的地方，都會被對方看到，到時候免不了尷尬。另一方面，萬一真有什麼事，還是要及早面對的好，逃避解決不了任何問題。

於是她只能一動也不動地站在原地聽著兩人的對話，同時祈禱著事情別是她想的那樣。

雨軒抽抽噎噎地說：「要不是你我也沒機會給汪可姐寫劇本，可我沒寫好，讓你為難了。」

好在秦亮的回答還算正常。

秦亮說：「妳說的是什麼話？改劇本是家常便飯的事，別往心裡去，好好改吧，改好了我們接著拍。」

接下來兩人也沒再說什麼，腳步聲漸行漸遠。

直到徹底聽不到他們的聲音，池渺渺才大大鬆了口氣。

李牧遙彷彿剛才的事情完全沒有發生過一樣，淡淡對她說：「走吧。」

29

第二天上午李牧遙自己開車出了門，池渺渺難得有自由活動的時間。她愜意地睡了個懶覺，吃完飯又去附近逛了逛。

再回到酒店時，正好接到了李牧遙的電話，約她五點半在酒店大廳見。怕讓李牧遙等她，她迅速開始洗臉化妝找合適的衣服。

照理說五月的南城應該已經很暖和了，只是因為這兩天一入夜就有暴雨，一天當中除了中午時有點熱，平均氣溫始終徘徊在二十三、四度。

雖然還是有點冷，但為了美美地出現在殺青宴上，冷一點也值得。

於是池渺渺翻出一件自己很喜歡的露肩、露肚臍的短襯衫，再搭配一件牛仔蕾絲拼接的高腰長裙，算不上很隆重，不會壓過女演員們的風頭，但也不會太隨便，最重要的是既可愛又性感，還顯得她的身材比例非常完美。

李牧遙在酒店大廳見到這樣的她時，很明顯愣怔了一下，但那種意外的表情只是一閃而過，很快又被他習慣性地蹙眉所取代。

所幸他沒什麼不滿，說了聲「走吧」便率先走出了酒店。

李牧遙是個很有時間觀念的人，說好了晚上六點半到場，他就會在六點二十五分出現在餐廳。

這時候大部分的人還沒有來，整個宴會廳裡空蕩蕩的。

池渺渺是跟著李牧遙一起來的，但她自覺自己這樣的小人物不配和李牧遙同桌吃飯，再說暖萌還在，比起陪著他這個低氣壓老闆，她自然是想和自己的小姐妹坐一起。

她和李牧遙打了個招呼，李牧遙沒有明確反對，她就坐到了暖萌那桌。

於是在接下來的很長的一段時間裡，最靠近舞臺的主桌旁就只有李牧遙一個人，顯得格外的形單影隻。

池渺渺雖然沒和他坐一桌，但她也怕他真的有事找她，所以一直觀察著他那邊的動靜。

比起國際化大都市北城，南城最多只能算個小城市，所以市裡面太像樣的酒店沒有幾個。秦亮選的這地方，在這裡大概算很上檔次的了，但在李牧遙眼裡怕是和路邊攤沒多大差別。

他從一進門起眼中就交織著懊悔嫌棄甚至不忍直視的複雜神色，當他在檢查完桌布、椅子以及餐具的衛生情況後，他的眉心已經皺成了一個疙瘩。

這時候，劇組的其他人陸陸續續進了宴會廳。

他們本來就對李牧遙又敬又怕，在看到這個狀態的他時，都很自覺地繞道而行，甚至連招呼都不敢打。所以直到開宴，只有秦亮去打了個招呼。但他要忙裡忙外的，不能一直陪著李牧遙。

然而比起李牧遙那一桌的冷清，其他幾桌因為要額外分攤一桌的人數，大家擠得恨不得疊起來坐。然而其他桌人雖多，但考慮到離主桌也不算遠，隨便說點什麼都能讓主桌那位皺皺眉，大家竟然就像小學生上課似的能不說話就不說話，要說也是壓低了聲音就差用氣聲說了。

見此情形，池渺渺都覺得尷尬，但她知道李牧遙是絕對不會尷尬的，相比起被眾星捧月的氣氛，他應該更喜歡這種高處不勝寒的感覺。

秦亮還是第一次見這種局面的殺青宴，只能指著唯一算是能和李牧遙對得上話的汪可來救場。可是大明星嘛，都要遲到的。

終於盼到了汪可來了，她自然而然地坐到了李牧遙那一桌。她並不害怕李牧遙的強大氣場，還很自然地和李牧遙攀談了起來。

眾人見此情形才鬆了口氣，晚宴到這時候才算是真正的開始了。

氣氛隨著時間的推移，以及越來越多的酒被消滅掉而逐漸高漲起來。

池渺渺這一桌除了有暖萌，還有雨軒和那個副導演小劉。

飯吃到一半，池渺渺就見雨軒突然找來服務生問有沒有長壽麵。

她的聲音不小，這桌的人都聽到了。

有人問：「雨軒妳過生日啊？」

她卻搖了搖頭看向小劉：「不是我的生日，是小劉的生日。」

而小劉從她剛才問服務生有沒有長壽麵的時候，看向她的目光就變得格外激動。此時那激動從他期待的眼神和不太自然的聲線中傳了出來：「雨軒，我真的沒想到妳竟然知道我的生日。」

小劉對雨軒有好感池渺渺從昨天就看出來了，想必劇組其他人也知道。現在看來，難不成雨軒對小劉也不是全無感覺的？

這時候卻聽雨軒拍了拍小劉的肩膀說：「小事啦，都是哥們嘛。」

說是「哥們」，可她的聲音依舊嗲嗲的。

池渺渺不由自主地抽了抽嘴角，再看暖萌，也是一臉嘲諷。

以防隔牆有耳，池渺渺拿出手機傳了個訊息給暖萌：『這姑娘不簡單。』

暖萌很快回覆：『妳有看她昨晚的動態嗎？』

池渺渺：『還沒看，等我看一下。』

池渺渺退出聊天介面打開動態，沒翻多久就看到了昨晚半夜雨軒上傳的動態。

『當世事沒有完美，可遠在歲月如歌中找你。』

模棱兩可的一句話，也不知道她口中這個「你」是誰，或者是什麼東西，配圖是南城的幾張夜景，還有一張是她自己的自拍。

池渺渺往前翻了翻，發現她白天發的動態大多都是吃喝玩樂，看起來還算正常，一到晚上就開始傷春悲秋。

暖萌應該也在看她的動態，看了一會兒問池渺渺：『妳們女作者、女編劇都是這樣嗎？』

池渺渺說：『妳太高看我了姐妹，妳看看人家每天晚上的文案，雖然沒有明說，但總覺得是和某個男人有關，我哪有男人可說啊！』

說著她為了證明自己的清白，打開了自己的動態，但她自己都沒注意，她最近的每一則動態似乎也都是圍繞著同個男人，只不過都是在激情辱罵那位而已，而這男人不是別人，正是李牧遙。

暖萌顯然也意識到了這一點，掃了不遠處正襟危坐不動筷子也不喝水的某人一眼：『看來妳心裡也不是完全沒有他。』

『別開玩笑了好嗎？我是真的消受不起。』

『不試試怎麼知道消受不起？』

『妳別詛咒我了。』

池渺渺回完暖萌又隨手翻了翻雨軒的動態，不知道有多少人和她互動，但或許因為她們的共同好友太少，從池渺渺這裡只能看到秦亮會時不時地給她點個讚，或者留個言。

這時候，身後忽然傳來一陣躁動。

她們這桌的人不約而同地順著聲音的方向看過去，原來是劇組的幾個年輕人在給大家敬酒呢。來人池渺渺不認識，但顯然已經和暖萌混熟了，所以對方敬酒池渺渺也不好意思拒絕，連喝了好幾杯。好不容易把人打發走，一回頭正對上李牧遙不太友善的目光。

池渺渺立刻意識到一件事，她喝了酒等一下就沒辦法開車了，所以李牧遙應該就是在這為這事生氣。不過如今他的身邊有汪可，她這燈泡還用得著出現嗎？

又等了片刻，李牧遙站起身來打算離開，秦亮和汪可紛紛跟著起身。

池渺渺也不確定李牧遙還需不需要她陪著，只能先跟著他一起出了酒店。

秦亮還在不停地對李牧遙致歉：「是我考慮不周到，您看您也沒吃什麼就走。」

在不太熟的人面前，李牧遙還是會給對方留幾分面子的，所以沒直接說你確實考慮太不周到了，不然也不會選擇一家衛生標準不達標的店。

他只是淡淡地說：「與你無關，是我沒什麼胃口。」

汪可朝路邊掃了一眼，打斷兩人的對話：「李總的司機還沒到嗎？」

司機小池聽到有人點她名連忙迎過去：「到了到了！」

汪可：「在哪？」

池渺渺這才搞清楚，李牧遙和汪可應該是沒有一起離開的打算。看來這兩人的感情不是一、兩次的敘舊就能修復的。

可是眼下該怎麼辦？只能叫代駕了，但又怕李牧遙嫌棄陌生人開車。

池渺渺正為難，就聽李牧遙說：「我自己開車回去，幾位留步吧。」

說著他便要往停車的方向走去，池渺渺鬆了口氣連忙跟上。

剛走兩步，李牧遙忽然又停下腳步，嫌棄地回頭看向她。

池渺渺不解：「怎麼了？」

李牧遙甚至後退了一步和她拉開了距離：「我沒辦法跟一個醉鬼待在同一個密閉空間裡。」

醉鬼？她現在這狀態離「醉鬼」還差遠了吧？

池渺渺試圖解釋：「我只喝了幾杯……」

但李牧遙不容置喙地說：「我開車回去，妳自己想辦法。」

說完便頭也不回地上了車，然後在眾目睽睽之下丟下了池渺渺。

池渺渺回過頭，正對上秦亮和汪可的目光，尷尬極了。

秦亮摸了摸鼻子說：「正好，等等暖萌他們還有下一場，渺渺一起來吧？」

汪可也說：「人多熱鬧，一起去吧。」

池渺渺晚上確實也沒其他事，於是她便爽快地答應了下來。

池渺渺忽然發現，她這是因禍得福了。

今晚的第二場在距離晚宴酒店不遠處的一家ＫＴＶ，大部分人吃完飯就散了，只有主創團隊留下來參加了第二場。

池渺渺以前全職在家寫文時總失眠，一失眠就會喝點酒，所以她對酒並不抗拒，更何況今天晚上的氣氛特別好。

池渺渺沒想到汪可竟然一點架子都沒有，特別放得開，有人敬酒她二話不說就喝。助理提醒了幾次，她卻只說明天沒工作今天要盡興。

這樣一來所有人都有點喝多了。

快到半夜的時候，暖萌和雨軒莫名其妙地比起了搖骰子，並且約定輸了的喝酒或者接受懲罰。一群看熱鬧不嫌事大的人在旁邊叫好圍觀，秦亮像個老好人一樣勸完女朋友又勸小編劇。

池渺渺則是被汪可拉著聊天。

可能是酒精的緣故，或是因為兩人之前就有過比較深入的交談，汪可對她並沒有什麼防備心。她從工作聊到生活，最後竟然聊到了李牧遙。

30

池渺渺對她和李牧遙之間的事情是真的好奇，要是清醒的時候可能還會克制一下自己的好奇心，但是此刻兩個人都有點醉了，自然不能錯過八卦的好機會。

她問汪可：「妳上次說我老闆才是第一個讓妳真正動心的人，是真的嗎？」

汪可瞇著眼睛看她：「當然是真的。」

此時她的妝有些花了，整個人處於半醉半醒的狀態，和往日高高在上的女神形象很不符，在這曖昧的燈光下，卻有種別樣的美。

有那麼一瞬間，這樣的汪可竟然讓池渺渺有點自卑。她忽然覺得汪可和李牧遙其實很般配，那麼漂亮的兩個人，那麼成功的兩個人，應該才是同一國的吧。

而且汪可的大度灑脫，正好可以包容那男人過分鋒利的稜角。一個柔軟一個剛硬，是最完美的組合了。更何況他們應該對彼此都有感情，只是年少無知或者造化弄人才變成今天這樣。

想到這些，池渺渺忽然熱血沸騰，這樣的兩個人不該對待陌生人一樣對待彼此，哪怕不是為了李牧遙，只是為了汪可，她覺得她應該做點什麼，「汪可姐，妳還喜歡我老闆嗎？喜歡的話為什麼不嘗試讓他知道？」

汪可聞言輕輕一哂，她直接繞過了第一個問題，回答她第二個問題：「我現在也不是一無所有的小姑娘了，自取其辱的事情做不出來。」

池渺渺連忙說：「妳不試試怎麼知道是自取其辱？其實我覺得我老闆對妳還是有舊情的，男人就是口是心非。」

「舊情？」汪可像是很意外，「不可能的，怎麼會有舊情。」

「有什麼不可能的，有的男人就是很長情。」

池渺渺還想說，這大概也是他為數不多的優點之一吧。

汪可看著她忽然笑了，只是那笑聲從最初的爽朗漸漸變得多了點苦澀的味道。

汪可說：「這我就不知道了。」

池渺渺：「怎麼會呢？」

汪可：「因為我們之間從來沒有過情，哪來的舊情啊？」

這著實出乎了池渺渺的意料，因為從一開始她就認定了他們兩人肯定有一段不為人知的過往。

「那妳上次的話究竟是什麼意思？」

汪可想了想：「告訴妳也沒什麼。」

原來汪可在剛入行的時候參加過一個飯局，那時李牧遙的江湖地位雖然不及現在，但也算是商界新貴前途無量。

汪可當時簽約的一家經紀公司口碑不怎麼好，主要是老闆的行事風格實在不太上檯面。

那天請的人除了李牧遙還有其他人，跟她一起出席這種場合的也還有公司裡另外兩個女藝人。

她被安排在了李牧遙身邊。

她心裡知道老闆希望她怎麼做，但那時候還很年輕，初來乍到的她也做不到像同公司的另外兩個女生那樣在這種場合遊刃有餘如魚得水。她甚至連個像樣的話題也找不到，所幸李牧遙也不是個話多的人，而且面對她的木訥無趣，他也沒表現出被怠慢的不快。甚至在同桌其他客人拿她開些不太文雅的玩笑時，他還出言幫她解圍。

這讓她漸漸放鬆下來，真的想要對他多點瞭解，於是也就有了話題。不過她不善言辭，他也還是那麼不愛說話，他們兩個人在那群人中顯得格格不入，又似乎格外有默契。

那天宴請結束，李牧遙是第一個離開的，老闆對她使了個眼色，示意她跟上去。

其實在來之前，她就被暗示過該怎麼做。那時候她非常不情願，想著即將接觸的陌生人，誰又能情願呢？但是不知道為什麼，在那一刻，她發現自己並沒有最初那麼抗拒。

李牧遙的車停得有點遠，他身高腿長走得飛快，她追了好久才追上。

李牧遙對她的出現茫然了片刻。

夜色中，他們那桌的其他人還在酒店門口說說笑笑地道著別，其中伴隨著男人們的調侃和女人柔軟的嬌嗔聲。

兩人收回視線，即將要發生在他們之間的事情被擺上了檯面。

她看不清他的神色，只看到他微微抿起的唇線。

她還是硬著頭皮說：「李總，方便送我一程嗎？」

她還沒來得及問他家在哪個方向，讓她隨便胡謅一個，就聽男人斬釘截鐵地回答說：「不方便。」

她沒想到是這種情況，愣了一下繼續笑著說：「我是說順路的話你方便送我一程嗎？對了，你家在哪個方向？」

李牧遙還是那副冷冷清清的聲口：「哪個方向都不方便。」

汪可澈底想不明白了，明明剛才他們交流得還可以，明明他還冒著得罪其他人的可能替她解圍，他紳士，她善解人意，這一切不都是順理成章的嗎？

此刻又是怎麼回事？

看出了她的無措，他難得大發慈悲地解釋道：「我今天剛洗過車，確實不方便載妳。」

往事敘述到這裡，汪可一改之前悵惘的態度，忽然暴怒了，她問池渺渺：「妳說他是什麼意思？就算看不上我也不用這麼說吧，他完全可以換一種方式拒絕，偏偏要這麼羞辱我！說什麼剛洗過車？就差直接說嫌我髒了！」

池渺渺愣了一下，忍無可忍地發出一陣爆笑，笑得酒都有點醒了。

汪可被她笑得有點茫然：「妳笑什麼？有那麼好笑嗎？」

池渺渺忍著笑說：「姐，妳可能真的想多了。」

汪可帶著醉意的雙眼閃過一絲不自在：「妳不用替妳老闆說好話。」

池渺渺連忙說：「沒有沒有，我說真的，他那麼說應該沒別的意思，就是字面上的意思。」

池渺渺把上次自己開了一下李牧遙的車，結果李牧遙就用酒精棉消毒的事情講給汪可聽，下一秒換汪可狂笑不止了。

汪可笑著問：「妳的意思是，他有潔癖？」

池渺渺點頭：「妳還沒看出來啊？要不然晚宴時他怎麼一口都不吃。」

「是啊，只喝著自己帶來的礦泉水。」汪可皺起眉似乎仔細想了想，「我以前跟他接觸的時候有發現他是有潔癖的，但沒想到嚴重到旁人坐一下他的車他都要重新消毒洗車的程度。」

池渺渺想說還有更嚴重的只是妳不瞭解罷了。

多年來埋在心裡的一根刺被剔除掉，汪可的心情好了起來，也更願意跟池渺渺傾訴了。

不過池渺渺很不解：「妳是那天見面後就對他動心了嗎？」

「也不全是。」汪可說，「他替我解圍的那一刻是真的有點動心。不過他拒絕了讓我搭車後，那點好感也沒剩多少了。」

那就是還有……

「後來呢？」

「後來我被一個富二代盯上了，那人是真的很沒品，但我又不敢得罪對方，只能跟他周旋著，有一次遇到那人喝多了，對我動手動腳，我當時以為自己完了，然後就那麼巧，遇到了他。」

池渺渺：「原來是個英雄救美的故事。」

汪可像是想到了什麼，笑了：「算是吧。」

「算是？」

「因為他發現那個富二代試圖強暴我的時候，他首先不是阻止，而是拍了段影片。」

池渺渺想像了一下，這要是放在言情小說裡，男主角發現女主角被人侵犯，肯定是衝上前去把那大王八蛋就地正法才彰顯男主角魅力啊！她老闆這個操作確實讓人有點迷惑。

「然後呢？」

「那富二代看見他就停手了，他也沒理那富二代，而是對我說，『妳不是想紅嗎？把這段影片傳出去，名字就叫《地產大亨嚴利明未來兒媳竟然是她》，妳的名字會立刻成為最熱門的關鍵字，想不紅都難。』」

池渺渺澈底服了：「還可以這樣？」

而且這個姓嚴的地產大亨她好像在哪聽過，但就是怎麼想都想不起來。

汪可像是想起了當時的情形解氣地哈哈大笑：「是不是很絕？」

「是啊，真夠絕的！」

也就只有她老闆能做出這種事了。

池渺渺：「雖然這英雄救美的套路不太尋常，但本質上還是英雄救美，難怪妳都動凡心了。」

汪可卻搖了搖頭說：「也算不上，不過那次我是真的很感激他，所以之前讓不讓我搭車也不那麼重要了。」

「那你們後來還有聯繫嗎？」

「沒什麼聯繫，直到半年後，我才又在一個晚宴上見到他。那天晚宴在北城的一個五星級酒店的宴會廳舉辦。當時他已經是很有名的商界新貴了，很多人想結識他，我也一直很想去跟他說幾句話，問他是不是還記得我，不過那天我發現他的狀態似乎不怎麼好，對找他說話的人態度也比較冷淡。我就打消了去找他敘舊的念頭，何必自取其辱呢？」

「不過後來在洗手間裡我特別巧又遇到了他。他那天應該是病了，臉色特別難看，洗手間裡也沒有其他人。我見他那樣本來想幫他叫個人的，結果被他拒絕了，他說他想休息一下，不想被別人看到。當時宴會廳裡到處都是人，我只好幫他開了個房間讓他休息一下。因為只是舉手之勞的事情，我也就沒專程和人提起，他後來還特地找到我的電話號碼傳了個簡訊謝我。這次我主動找他合作，他之所以會見我，我猜也是還記得當初那點小恩惠吧。」

池渺渺想起之前有關於汪可的傳聞，說她夜會富商，和富商開房間……原來事實竟然是這麼一回事。

看來傳聞這東西真的很不可靠。

不知道為什麼，她發覺自己好像有點高興，但那種感覺只是一閃而過，讓她無從捕捉。

池渺渺有點好奇地問汪可：「那妳對我老闆現在是種什麼樣的感情呢？」

汪可歪頭想了片刻，酒精的作用讓她整個人看起來柔和了很多。她想了想說：「一開始多少是會有點心動的，他那樣的人嘛……有句話怎麼說來著？所有的一見鍾情都是見色起意，我們女人對男人也不例外。但其實要問我有什麼深刻的感情沒有，我們只接觸過那麼一次能有多少感情。心動是一瞬間的事，那一瞬間過後就是普通的人與人了，原本還因為曾經的感激和不愉快在意著對方，但剛才聽妳那麼說，我現在連在意的理由都沒了，妳說我對他還能有什麼感情？」

池渺渺又問：「那妳覺得我老闆對妳呢？」

汪可笑聲更大了：「他能記得我就不錯了。」

原來池渺渺最初設想過的愛而不得、舊情難忘，都是她一個人的猜測，汪可說的那個最初的心動竟然只是這樣。

這時候旁邊玩骰子的幾個人似乎覺得只有他們玩還不夠，拉著汪可和池渺渺入局，兩人聊夠了，很爽快地加入了大家。

人數多了兩個，更何況還有汪可，氣氛更加熱烈起來。這些人中最活躍的就是雨軒，每次到她受罰的時候她都會撒嬌耍賴，實在躲不過去了才會勉強接受懲罰，反正只要到她這裡，沒有一次是痛快的。

但那幾個男生可能跟她也比較熟悉了，偏偏就喜歡逗她，而且大家都喝了酒，說話就有點不著邊際，有時候還會開幾個尺度略大的玩笑，她又是一臉懵懂，這就更激起了那些人的玩笑心。

漸漸的一桌人幾乎都圍著她轉了，汪可都不如她出風頭。

池渺渺猜這位妹妹平時的人緣肯定很好，但或許是因為對她瞭解不多，對她生不出什麼親切感來。暖萌就更不用說了，跟她完全是兩種風格，兩人也不知道怎麼回事，從一開始就有點針鋒相對的架勢，但周遭的人似乎又什麼都沒察覺，任由兩人這樣。

不知道過了多久，身邊有人推池渺渺，「好像是妳的電話！」

池渺渺輸了幾輪喝得有點多，反應慢半拍地去看手機。

她這才注意到手機似乎已經響了很久了，看到那上面「李牧遙」三個字，她連忙搖搖晃晃起身，避開旁人接通了電話。

周遭太吵了，她沒聽清楚他說了什麼，又或者他根本就沒說話，池渺渺一連「喂」了兩聲後再一看，手機因為沒電竟然已經自動關機了。

她喝得有點多，頭腦昏昏沉沉的，也就沒太把這個電話當回事，重新回到其他人身邊。

接下來的幾輪遊戲中，池渺渺的運氣依舊不怎麼樣，她很快就澈底醉了。汪可也好不到哪去，所幸已經被她經紀人帶走了。

但其他人還沒有就此甘休的意思，暖萌興致來了，甚至又要了兩箱酒。

因為坐飛機吃了藥，李牧遙的身體本來就有點不舒服，再加上南城這兩天的天氣很多變，他一不小心有點感冒了。其實晚宴時他就發現自己在發低燒，本想著回來後洗個熱水澡能有所好轉，但洗過澡回了幾封工作郵件後，他依然覺得不太舒服。他不知道自己明天能不能恢復，如果還是這樣，肯定無法支撐他再在一個密閉的高空空間內待上兩小時。所以保險起見，他想讓池渺渺將他們的機票改到後天。

他本以為這時候池渺渺應該已經回到酒店了，可電話打過去，對面環境很嘈雜，顯然這傢伙還沒回來。

難道他沒帶她一起回來，她自己心裡就沒點數嗎？哪有老闆在生病，助理還在外面花天酒地的？

然而李牧遙還沒來得及發作，電話就經被掛斷了，再打過去竟然是關機。

她的眼裡還有沒有他這老闆？再說這都幾點了？一個女孩子怎麼能在外面待到這麼晚？更何況她還喝了酒！

本來就生著病的李牧遙又被氣到不行。

他索性將手機扔到一邊，努力不去想池渺渺這傢伙，但越是這樣他就越是睡不著。

半小時後，李牧遙重新穿戴整齊出了門，撥通秦亮電話的同時，他反覆告訴自己，他是因為生氣要找某人算帳，並不是因為擔心她。

31

秦亮也喝了一些酒，但比在場其他人清醒一些。

把他們所在的地址傳給李牧遙後，他澈底清醒了過來。

說實話他很意外李牧遙竟然要過來，很明顯他和這樣的氣氛非常格格不入。

難不成是為了汪可？

關於李牧遙和汪可可能有點舊情這一點，他也是聽女朋友暖萌猜的，但其實這一次合作中，他沒看出什麼來。不過，剛才在電話中他也含蓄地表達了一下，汪可剛被經紀人帶走，可李牧遙彷彿沒聽見一樣，還是要來。

秦亮本來想讓大家收拾一下準備迎接李牧遙，可再一看包廂內眾人的狀態，他又放棄了。

大約一刻鐘後，李牧遙出現在了他們的包廂門口，除了事先知情的秦亮外，所有人見到他都很意外，包廂裡一時間靜得只有隔壁傳來的音樂聲。

正當眾人猜測他來的目的時，就見他直接走向了池渺渺。

池渺渺以為自己喝太多眼花了，直到李牧遙走到她面前，居高臨下地皺著眉問她：「妳的手機呢？為什麼關機？」

池渺渺茫然地反應了片刻，意識到李牧遙在問她問題後，正要開口，卻又被他打斷。

「不用解釋了，我沒興趣聽。」

池渺渺更茫然了，周遭其他人也都是一副目瞪口呆的樣子。

李牧遙彷彿根本看不到其他人，繼續說：「就算不考慮到妳是在跟我出差期間，一個女生半夜還不回家，至少應該保持手機暢通吧？」

「我……」

「沒人想聽妳那些拙劣的藉口。」

池渺渺只能委屈地閉上了嘴。

見她這個表情，李牧遙的氣消了一點，他很嫌棄地踢了踢她的腳，問她：「自己能走嗎？」

池渺渺怕一張口又被他罵回來，就只是點了點頭。

李牧遙朝門口揚了揚下巴：「走吧。」

秦亮很意外，這就完了？李牧遙金尊玉貴地跑來一趟竟然真不是來找汪可的，只是過來把自己喝多的助理撿回去的？難不成李牧遙喜歡的人是池渺渺？

然而下一秒，他就意識到，是他想多了。

正往門外走的池渺渺出門時沒留意到地上躺倒的酒瓶，一腳踩上去，酒瓶朝後滾去，而她整個人卻在力的相互作用下朝正前方撲了過去。

她的正前方是走廊的牆壁，而她和牆壁之間還有一個李牧遙。這時候只要李牧遙出手扶她一下，她就用不著「撞牆」了。

可李牧遙不愧是李牧遙，只見光電火石之間，他反應迅敏地朝旁邊讓了一步，精準地躲開了朝他撲過去的池渺渺。

於是在一陣驚呼聲中，池渺渺衝向了對面那堵牆，膝蓋一軟又貼著牆滑跪在地上。

雖然這樣子不太好看，但看上去應該不至於受傷。

眾人見她搖搖晃晃起身，也都跟著鬆了口氣。

然而池渺渺還沒回過神來，就聽身旁傳來一個很欠揍的聲音：「以後腳下看路。」

她清楚記得剛才李牧遙躲開她的那一幕……到底是不是男人？一點風度都沒有！一定又是怕他弄髒他的衣服！可一套衣服算什麼？剛才再猛點，她的門牙都要保不住了！

頭腦還不算清明的池渺渺越想越氣，不禁惡向膽邊生——他不是愛乾淨嗎？不是不喜歡被別人碰嗎？那她偏要跟他對著幹！

確定走出了其他人的視線範圍，她一把扯住了李牧遙的手臂，故意裝瘋賣傻道：「老闆，我頭好暈，走不動了，你扶我一下。」

從來沒有人這麼大膽！李牧遙完全沒想到池渺渺會這麼做，短暫的意外之後頓時感到了一陣心跳加速以及可以預見的窒息感。

「妳鬆手！」

「我不管，我就要你扶我！」

「別給我藉酒裝瘋池渺渺……我讓妳鬆手妳聽到沒有？」

「不行，我是真的走不穩，要不然你揹我。」

李牧遙咬牙切齒：「妳知不知道妳在幹什麼？還敢讓我揹妳？」

「對啊，你揹我。」

李牧遙努力想甩開她，奈何這人似乎賴上了他，怎麼甩也甩不掉。兩人就這樣拉拉扯扯了一路，所幸車子停得不算遠，也沒機會給他們拉扯太久。

李牧遙沒好氣地把池渺渺塞進了副駕駛座，又迅速關上了門，任憑池渺渺在車內又是拍打車門又是叫他的名字，他只顧著扶著車頂深呼吸。

夜色的掩映下看不清楚，其實他的襯衫早被汗水浸濕。

即便是這樣，他還是發現此刻的不適比起以往來說已經減輕了不少，而且他只是稍稍緩了幾口氣，狀態就恢復了，原本預料的窒息感也並沒有出現。

車裡的池渺渺發了半天酒瘋，才注意到車外的李牧遙好半天沒有動過了。此時經過一路的折騰，她酒已經醒了大半。她忽然有點擔心，扒在車窗上努力朝外看，想看看李牧遙到底怎麼樣了。

李牧遙一低頭，就看到車內的池渺渺正隔著車窗睜著一雙大眼睛，一眨也不眨地看著他。可能是酒精的原因，讓她的表情有些許呆滯，倒是顯得更沒心沒肺，甚至有那麼一點點嬌憨。

他不知不覺就維持著一手撐著車頂的姿勢，居高臨下地審視著車內的她。

她似乎說了什麼，可能在問他為什麼不上車，聲音被封閉在車內，聽上去悶悶的。

莫名其妙的，他之前滿腔的怒火在這一瞬間像個泄了氣的皮球一樣，乾癟了下去。

池渺渺是真的擔心了，月色下她也看不清楚他的臉色，見他一動也不動，她有點著急地推開車門。

李牧遙不知道她想要幹什麼，但想到她很有可能再度撲上來就慌了，以至於車門才剛被推開一條縫隙就又被他強勢地推了回去。

下一秒他轉身走向駕駛座，上車前連做兩個深呼吸，上了車也不多看旁邊的人一眼，直接發動車子。

左胸口處傳來「噗通噗通」很有規律的心跳聲，但他總覺得，剛才的慌亂似乎和以往的都不太一樣。

車子平穩駛入車道，車內又靜悄悄的，睏意在短短幾分鐘內席捲了池渺渺。

停在一個紅綠燈路口時，他朝身邊看了一眼，她不知道什麼時候已經靠在椅背上睡著了。他注意到她的安全帶沒有繫，但不知道為什麼，他並不想叫醒她。紅綠燈的倒數計時仍在繼續著，李牧遙糾結了一陣子，最終還是俯下身去以儘量不觸碰到她的姿勢替她繫好了安全帶。

池渺渺不知道自己究竟睡了多久，好像只是短短的一剎那，又好像過了好久好久，但在李牧遙俯身下來的那一刻她就醒了。她反射性地屏住呼吸，明知道他做不出任何曖昧的事，但她的內心裡還是升騰起一種隱密的忐忑來，而她自己都沒察覺到，這忐忑的來源並不是因為抗拒。

最後見他只是小心翼翼替她繫上了安全帶，她鬆了口氣的同時又生出一點別的心緒，有點想笑又有點悵惘。

紅燈變成綠燈，車子繼續前行。

斑駁光影中，她歪過頭看向正開著車的男人。

稀薄的月光下他的皮膚白的耀眼，無論是握在方向盤上的那隻手，還是露在襯衫外的脖頸和臉，但是卻絲毫沒有孱弱的感覺。

他總是這樣，神情專注心無旁騖，卻又能讓別人自亂陣腳，比如汪可，或者說某一刻的她。

以前她覺得這男人像是一把好看又鋒利的刀，讓人忍不住想去多看兩眼，又怕被刀的鋒芒晃到眼。但是今天晚上，或許是月光柔和了他周身鋒利的稜角，讓她覺得此刻的他格外的順眼，甚至產生了一種莫名的信任和安心。

車子平穩行駛在南城空曠的街道上，池渺渺不知不覺又睡著了。

她再次醒來是被安全帶勒醒的，伴隨著一陣輪胎摩擦地面的聲音，池渺渺整個人不由自主地往前一衝，與此同時，她看到一個不知道是貓還是狗的白色影子迅速竄進了路旁的灌木叢裡。

李牧遙也不知道為什麼，今晚總是心不在焉的，或許是因為車上多了個人，或許是因為身體還不舒服，所幸剛才衝出來的野貓，他反應夠迅速才沒有出什麼事。

他緩了片刻，回頭想看下身邊的人醒了沒有，這才發現大事不妙了……

喝了酒的池渺渺頭腦還算清醒，可是胃裡其實一直都不太舒服。之前安全帶就勒得她有點透不過氣，剛才那忽然的緊急剎車讓她胃裡的酒又澈底翻騰了起來。她努力想壓下那種不適的感覺，但還是忍不住乾嘔連連。

李牧遙見此情形可以說是嚇壞了，可惜這是大馬路上，周邊也沒有停車的位置。他只能一邊發動車子，一邊恐嚇身旁的人：「妳給我忍住池渺渺！不然妳這輩子都別想再上我的車！」

李牧遙在商場上叱吒風雲這麼多年，什麼樣的場合沒見過，從來都是泰山崩於前而面不改色的，但是此刻，他是真的慌了，他不得不承認這個世界上能擊垮他的東西除了密閉的空間和髒東西外，又多了一個池渺渺。

他也顧不了許多了，只求趕緊開到酒店。

車子重新開動起來，夜風隨之灌入吹散車內的窒悶，池渺渺胃裡那翻江倒海的感覺總算平息了一些。

耳邊除了風聲，還有某人的碎碎念：「妳敢吐在車上，我就扣妳薪水！」

池渺渺當然知道，這車雖然不是李牧遙的，但萬一她真的吐在車上，租車公司也不會放過她，而且車上還有李牧遙，到時候她還得為他渾身的行頭買單。

所以她一直努力忍耐著，所幸剛才那股感覺過去之後，也沒有再覺得想吐了。

幾分鐘後，車子停在了酒店門前。

「立刻！馬上！下車！」

在李牧遙聲色俱厲的催促下，池渺渺下車腿一軟跪在了外面的水泥地上。

李牧遙低頭解安全帶的工夫再一抬頭就發現車裡車外都沒人了。他頓時又慌了，他不會是沒注意停在了什麼水溝蓋旁邊吧？

他立刻下了車，繞道副駕駛一邊一看，某人正坐在地上抱著膝蓋嘶嘶抽氣。

32

李牧遙無語了：「這車也不高吧？妳是腿短還是小腦發育不全？這也能摔跤？」

池渺渺根本顧不上理會他的揶揄，此時的她心疼極了——裙子上好看的蕾絲哪經得起剛才那麼一摔，已經破了個大洞，還被她膝蓋上滲出的血和地上的沙粒弄髒了。膝蓋也好疼，雖然光線不好看不清楚，但她能感覺到擦傷了好大一片，還是在走路都會活動到的地方，看樣子是沒那麼容易癒合了。

李牧遙見她委屈地低著頭不說話，一肚子火氣無處安放，最後只能自己消化了。

他沒好氣地問：「還能走嗎？」

能是能，就是疼。可池渺渺此刻什麼也不想說。

從來沒有人敢在李牧遙面前任性，如果可以他真想一走了之。但考慮到這種時候把她一個人丟在這還不如今晚乾脆就不去找她，他最終還是一咬牙，彎腰將她打橫抱了起來。

他突如其來的動作讓池渺渺嚇了一跳，一聲驚呼後，她反射性摟上了他的脖子。

卻聽男人咬牙切齒地說：「妳那髒手別到處亂摸。」

池渺渺只好把手收回來，但為了保持平衡，她只好再往他懷裡靠了靠。

又是那種從牙縫裡擠出來的聲音：「別亂蹭。」

這也不行那也不行，要不是他不停地催她下車，她用得著受這份罪嗎？

池渺渺：「反正你洗襯衫的錢也是我出，錢都出了，多蹭一下怎麼了？」

男人沒說話，但池渺渺卻能從他起伏的胸膛處感受到男人的怒氣。

酒店燈光下，池渺渺腿上的傷口一覽無餘，兩個膝蓋都有大片的擦傷，血淋淋的，看起來還挺嚇人。

李牧遙看了一眼，眉頭又皺了起來，他難得放緩了語氣：「要不然，還是去醫院吧？」

池渺渺從小調皮慣了，這種傷小時候幾乎天天都有。所以她很清楚雖然看起來嚇人，其實只是擦破了皮，去醫院不知道又要花多少錢。

她連忙說：「不用了，我有帶醫用急救包，消個毒包一下就行。」

李牧遙也沒再堅持，但很明顯他的視線一直躲避著她的傷口。

是的，這傷口對他來說也是髒的。

她想用旁邊乾淨的裙擺蓋在兩個膝蓋上，但這麼一動難免牽扯到和傷口黏連在一起的裙擺，疼得池渺渺直抽氣。

李牧遙餘光裡瞥見她的動作，頓了頓說：「不用了。」

池渺渺按照他說的不再動，但她很快注意到源源不斷的汗水正順著他的鬢角流向入他的襯衫領口內。

其實從他們停車地方到電梯裡也就幾十公尺的距離，她有那麼重嗎？還是他太虛了？

她這麼想著，也就這麼問了：「老闆你出了這麼多汗，我有那麼重嗎？而且你身體怎麼這麼熱？」

他的回答只有兩個字：「閉嘴。」

那看來就是他太虛了。

其實早在抱起池渺渺的那一刻他的身體就開始有了不好的反應，而且因為抱著池渺渺他還搭乘了電梯，加之他本身又在低燒中，所有的一切都在考驗著他，他努力不去想這些，只當自己還是個正常人，終於在完全脫力前將她送到了房間。

他沒有立刻離開，將她放在床上後，就直奔她房間的洗手間。

緊接著洗手間裡傳出嘩啦啦的水聲。

雖然對他的習慣已經有所瞭解，但一想到只因為抱了她一下就這麼迫不及待的去洗手，池渺渺還是覺得挺無語的。而且這一次他洗手的時間格外長，好像在變相地告訴她，她對他來說格外不乾淨一樣。

這男人似乎總有那種本事，前一秒讓人對他生出好感，下一秒就能讓人對他咬牙切齒。

冰涼的水打在臉上，洗去了臉上的汗水同時也洗去了那種焦慮的感覺。

他在洗手間裡待了好半天，直到狀態稍微恢復後，才從裡面走出來。

池渺渺正背對著他坐在床上，像是在清理傷口。

他說：「把明天的機票改簽到後天。」

她沒有應聲，他又說了一遍，她才回了句：「知道了。」

他覺得她在不高興，可又想不住為什麼，難不成害得他這個帶病出差的老闆大半夜陪著她折騰她還有理了？

這麼想想，他也生氣了，於是打消了關心她傷口如何的念頭，氣鼓鼓地離開了她的房間。

回到自己的房間，李牧遙立刻脫下身上的襯衫進浴室洗澡。

重新出來時，他除了還在發低燒，整個人已經好了很多。

而當他再看到被脫下的那件襯衫時，忽然意識到一件事。

以前就算是和別人間接接觸到，他都會渾身不自在，更別提是直接親密接觸一個實在算不上乾淨的醉漢池渺渺了。而剛才他的反應也遠不如以往那麼劇烈，最近接二連三的遇到這種情況，但好像最後都沒什麼大事。

難道他的病真的開始好轉了嗎？還是——他摸了一下自己明顯還在發低燒的額頭——症狀轉移了？

第二天，池渺渺醒來時覺得頭痛欲裂。

她的第一個反應是趕不上飛機了、李牧遙又要發飆了，但很快她想起來他們已經改簽到明天再走了。

可是他為什麼要改簽，難不成是為了她？

還有他昨晚為什麼會出現在ＫＴＶ？她原本以為他是去找汪可的，但昨晚他隻字未提，而且如果他想見汪可也用不著那時候跑過去。難不成就是因為她那通接通了卻沒來得及說什麼的電話？所以他是擔心了，才會出現在那裡？

雖然明知道李牧遙只是出於人道主義關懷怕她出什麼事，但還是有那麼一點點感動。

可是她昨晚還借機耍酒瘋，故意做些他不喜歡的事情挑釁他……

清醒的時候再去想昨晚的事情，一切就不一樣了。

她忽然覺得很愧疚，而且還有那麼點害怕——他會不會秋後算帳？她的飯碗還能不能保住？

池渺渺一邊懊悔著，一邊想著等一下要怎麼跟李牧遙賠罪。

重新洗漱穿戴整齊後，池渺渺忍痛自掏腰包點了份酒店裡的茶點，打算親自送去給李牧遙。

她推著餐車，滿心忐忑地敲響了李牧遙的房門。

房門隔了很久才被人打開，李牧遙穿著一身居家睡衣出現在她面前。她還是第一次見李牧遙穿得這麼隨意，少了點精英的模樣，多了點煙火氣息。

他冷著一張臉，站在門內問她：「有事？」

他今天的聲音聽這似乎有點暗啞。

她堆起一個笑臉，指了指面前的餐車：「我能進來嗎？」

李牧遙猶豫了一下，最終還是將她讓進門。

李牧遙的房間是套房，客廳很寬敞，和一般人住酒店不同，他的房間過分的乾淨整潔了——桌上沒有任何他的物品，沙發上甚至連個褶皺都沒有。要不是餐桌上敞開的筆電和喝了一半的咖啡，沒人會覺得這是間有人住過的房間。

池渺渺把幾份甜點擺在了茶几上：「聽說這家酒店的下午茶特別好，我專門點了一份給你。」

李牧遙依舊沒什麼表情：「才剛中午，妳讓我吃這個？」

池渺渺剛才只想著吃點甜的能心情變好，他的心情好了，她就少挨幾句罵，也就沒想太多。

她尷尬地愣了愣，然後說：「沒事沒事，這個放到下午吃也行，老闆你中午想吃什麼？我請客。」

李牧遙重新坐回餐桌前，拿起面前的咖啡杯，似乎是冷了，在咖啡杯觸到唇邊時，他微微皺了皺眉又將咖啡杯放回原處。

池渺渺觀察著他，注意到今天的李牧遙精神狀態不怎麼好。

看他身上的居家服，她猜他早上應該沒出過門，但房間裡也沒有其他食物的痕跡。她不確定地問：「老闆你不會一個早上什麼都沒吃只喝咖啡吧？」

李牧遙的沉默證實了她的猜測。

池渺渺說：「這樣對腸胃很不好啊，要不然你先吃點點心墊墊肚子？」

李牧遙的目光始終停留在面前的筆電螢幕上：「沒什麼事妳可以離開了。」

正事還沒說，她怎麼能立刻就走呢？

她直接忽略了他那句逐客令，一臉諂媚地說：「反正也到中午了，一起出去吃個午飯吧？我早就考察過了，隔壁街有好幾家不錯的餐廳，老闆你喜歡吃什麼，我請你呀。」

隔壁街的那幾家她確實都考察過了，沒有很貴的，都是平民消費。

李牧遙終於抬起眼來看向她，即便他是坐著，但因為兩人的身高差，他坐著的視線也幾乎與站著的她平齊。

「怎麼？想為昨晚的事情向我賠罪？確實，要不是妳我根本不會出現在那種烏煙瘴氣的地方，也不會……」他似乎想到了什麼不堪忍受的事情，好看的眉又皺了起來，他頓了頓接著說：「妳確實有罪，但用不著太著急，妳的表現都會體現在妳這個月的薪水中。」

池渺渺一聽心頓時涼了一半，但她面上依舊強作鎮定地笑著說：「是我錯了，老闆你扣我多少薪水我都認了！不過……」

池渺渺話鋒一轉，擺出一副義正言辭的架勢道：「出門在外我就是你助理，要對你負責。你現在就跟我去吃飯，工作可以等吃完飯回來再做。」

都說人在饑餓的時候脾氣最差，她就當他說的是氣話，等這位吃飽了，她再認個錯求個饒，說不定他會大發慈悲放她一馬。

說著她甚至大著膽子伸手就將他的筆電闔上了。

李牧遙很不高興，但是並沒有發作，只是重新打開了筆電，話語裡依舊滿是嘲諷：「這時候知道自己是我的助理了？」

池渺渺知道他還在生氣，順著他的話說：「所以我有責任監督你吃飯……」

她再度伸手去闔他的電腦，李牧遙忽然很煩躁，想伸手擋開她，但這樣一來，她的手正好結結實實地從他的手心擦過。

毫不意外地，他像是被燙了一下似的迅速收回了手，而池渺渺也被「燙」了一下，不過她是真的被燙到了——他的手心怎麼那麼熱？

她立刻猜到一種可能性，「老闆你在發燒？」

李牧遙沒什麼精神應付池渺渺，他不耐煩道：「沒事妳就出去吧，我休息一下就好了。」

池渺渺驚呆了：「你都發燒了還在工作，而且還空腹喝咖啡？不行，我們去醫院吧？」

李牧遙平生最抗拒的地方就是醫院，他斬釘截鐵地回了兩個字：「不去。」

池渺渺看出他的抗拒，故意說：「你是不是不敢去呀？想不到還有讓你怕的地方。」

「我只是說用不著去。」

「你現在也有三十八度了吧，怎麼就用不著了？」

「我說用不著就是用不著。」

池渺渺見這樣說不通，只好換一個方式，「我們明天一早就要去新城，你這樣會影響後面工作的。萬一在新城更嚴重了怎麼辦？搞不好吃藥吊點滴都不管用了，還要住院。」

聽到「住院」兩字，李牧遙的態度似乎沒那麼堅決了。

但他還是皺眉說：「我已經吃過退燒藥了。」

池渺渺再次幫他闔上電腦：「吃過藥就要好好休息，這些工作都可以先放放，你想吃什麼我去買回來，吃完飯你先睡一覺。」

李牧遙對她的自作主張有點不悅：「妳在安排我？」

池渺渺內心一萬頭神獸奔過，這人還真是不識好歹啊！

她皮笑肉不笑地回覆說：「我在關心你，我是你的助理嘛！」

李牧遙似乎掙扎了片刻，然後妥協地說：「出去吃吧。」

說著起身走向裡面臥室

也不知道李牧遙在裡面幹什麼，一個大男人出門花的時間竟然比她還要長。

池渺渺百無聊賴地等了一會兒，正好暖萌傳了個視訊電話邀請過來，她沒注意，只當是語音邀請就接通了。

接通後看到暖萌挽著一個男人的手臂走在戶外時不由得愣了愣，但既然已經接通了，她也沒再掛斷。

暖萌看到她身後的房間有點意外：『妳不是今天走嗎？怎麼還在酒店？』

池渺渺說：「改簽到明天了。」

這話說完，池渺渺忽然意識到一個問題，李牧遙改簽真的是為了她嗎？可能是因為他自己生病了吧？

暖萌「嘖嘖」兩聲，八卦兮兮地說：『昨晚你們回去就沒發生點什麼？』

池渺渺不解：「該發生點什麼嗎？」

暖萌眉飛色舞地問：『妳今天早上在誰的房間醒來的？昨晚的衣服誰幫妳換的？』

池渺渺如實回答說：「在我自己房間啊，還能在哪！衣服還是昨晚的那一身，欸早上一聞自己都快吐了。不過妳的腦子明顯比我那件衣服還髒，真應該好好洗洗了，」

暖萌很失望：『不應該啊！老秦說昨晚李總怒氣沖沖打電話給他問我們在哪，之前妳不是說他和汪可有點過往嗎？老秦就以為他是去找汪可的，還暗示他汪可已經走了，誰知道他根本不關心汪可，到了之後直奔妳，眼裡都沒有其他人。』

『最後一句話我可沒說。』這是一個男人的聲音，聽得出插話的是暖萌旁邊的秦亮。

其實對於暖萌說的這些，池渺渺是有點印象的，但很顯然她和暖萌的想法不太一樣。

「妳別瞎想了，是我手機沒電了，他聯繫不上，出於人道主義關懷怕我被人拐了才去找我的。」

『誰信呀？他只是想叫妳回去有的是辦法，他不是都聯絡老秦了嗎？用得著自己親自去嗎？』

好像說的也是……

「他當時大概也沒想那麼多吧？」

『那你們昨晚就真什麼都沒發生？』

正說著話，池渺渺忽然注意到對面穿衣鏡裡的自己貼了紗布的腿，她今天穿了件裙子，站著的時候恰巧能遮住膝蓋上的傷，可坐下後那兩塊礙眼的紗布就露出來了。

她嘆了口氣：「要是真什麼都沒發生就好了，可惜苦了我這雙腿。」

暖萌電話另一端好奇道：『什麼怎麼了？我看看。』

池渺渺就將鏡頭對準自己的膝蓋給暖萌看了一眼。

暖萌突然「哇哦」一聲，因為情緒激動，聲音也跟著高了八度：『還說你們昨晚沒發生什麼，這麼一看昨晚戰況很激烈啊！』

池渺渺被她陡然提升的音量嚇了一跳，生怕被身後房間裡的李牧遙聽到。她手忙腳亂去調整音量，再看向視訊通話畫面時，發現暖萌的表情像見了鬼似的。

也是到了這一刻，她才注意到鏡頭裡，她的身後不知道什麼時候多了一個男人。

角度原因，鏡頭裡沒有男人的正臉，只看得到他的半身以及他那稜角分明的下巴。此時李牧遙已經換上了襯衫、西裝褲，襯衫上沒再打領帶，領口微微敞開兩顆釦子，剛好露出一段好看的脖頸曲線和喉結。他正好整以暇地系著襯衫袖口，一雙手修長靈活。

也不知道李牧遙是什麼時候出來的，聽到了多少，但那一瞬間池渺渺只覺得後背已經出了一層冷汗。

這時候，電話裡的暖萌小聲嘀咕了一句：『還說沒什麼！』

說完也不給池渺渺解釋的機會，丟下一個深藏功與名的神祕眼神，直接掛斷了視訊電話。

池渺渺深吸一口氣，但也只能假裝什麼事情都沒發生似地對他說：「老闆你這麼快就好了？」

李牧遙微微挑了挑眉，朝玄關處走去，他似乎想說什麼，但又有點猶豫，出門前他還是停下腳步轉過身來看向池渺渺。

「妳說的對，我昨天去找妳完全是出於人道主義關懷，除此之外我們之間一切都是出於工作。」

池渺渺連忙賠笑：「那當然、那當然！我明白的！」

你看不上我我也未必就看得上你吶！長得再養眼，看時間久了也會審美疲勞，找男朋友最重要的當然還是相處時的感受。試問誰願意時時刻刻供著這麼一尊佛，還要時不時的承受他言語上和行動上的挑釁甚至侮辱。

李牧遙卻不為所動：「妳的微表情告訴我，妳真正的想法和妳說的並不一致。」

「啊？」池渺渺不自覺地摸了摸臉，「我什麼表情？」

李牧遙有點無語：「那我就把話說清楚。」

「嗯嗯，你說。」池渺渺再不敢瞎想，禮貌问道。

「我的擇偶標準呢，在這裡。」

李牧遙抬起手比了一下，池渺渺抬頭看過去，那是比他的身高略高一點的高度。

李牧遙接著說：「而妳呢，在這裡。」

說著他的手在池渺渺肩膀處比了一下。

雖然池渺渺也承認，她和李牧遙的確是不同世界的人，但是他這麼說也未免太侮辱人了吧。

如果可以，她真想爆句粗口。

但她還是勉強點了點頭：「應該的應該的，我怎麼配呢？我不配！我和韓夏姐她們有時候也會討論要多優秀的人才配得上李總你，最後討論討論的結果就是，沒有人。」

你老人家還是適合孤獨終老。

李牧遙難得有點不自在地錯開了目光：「走吧，早點吃完，我還有工作要做。」

可是此刻的池渺渺完全沒有食欲了。

掛斷了視訊電話，暖萌連忙去翻手機相簿檢查自己的成果：「我的媽，李牧遙這男人真的是人間極品，還好我剛才反應夠快及時截圖了，剛才那一段放在網路上，肯定能爆紅！你說渺渺這是什麼運氣？」

秦亮佯作生氣道：「怎麼？妳羡慕她？」

暖萌這才聽出來男朋友是吃醋了，故意往男朋友懷裡鑽了鑽，壓低聲音說：「我用得著羡慕她嗎？別人都羡慕我倒是真的。」

此時一座佛寺已經近在咫尺了，兩人買了票領了香入內，再也沒說別的。

大部分劇組的人都買了今天返程的機票，但暖萌想在這裡多玩兩天，秦亮就留下來陪她。

每一個旅遊城市似乎都有一、兩處香火很好的廟宇。

暖萌受家裡長輩的影響，很相信舉頭三尺有神明，所以聽說城郊這裡有座求事業特別靈驗的寺廟，就提議來拜拜。

雖然劇組每次的開機儀式都會燒香拜四方求個開機大吉收視長虹，但其實秦亮本身對這些並不太信。所以他只是個陪客，在女朋友虔誠拜佛的時候安靜地幫她拎包拿水。

秦亮百無聊賴地點了根菸，看著殿內熟悉的背影，不由得覺得有點好笑。他和暖萌在一起快三年了，他印象中的她似乎對什麼事情都毫不在乎，所以不熟悉的人總覺得她很傲，而事實上也確實如此，只是也不知道她今天求了什麼願望，拜佛時倒是虔誠的很。

一根菸還沒抽完，手機忽然震動了兩下。他拿出來看，是雨軒的訊息。

雨軒：『航班延誤了，我好無聊。』

他不自覺勾了勾嘴角，回覆她說：『拜佛也沒什麼意思。』

雨軒：『你今天去拜佛了？和誰呀？』

他懶得打字，所幸直接回了個語音：『還能有誰。』

對方正在輸入的提示閃了又閃，他卻半天沒有收到任何回覆。

就在他正要收起手機的時候，雨軒總算回過來了，也是語音雨軒：『好羨慕你女朋友哦。』

她的語氣中沒有絲毫的調笑，也完全不像客氣的恭維，他所能感受到的是真的羨慕的語氣，外加一點點似有若無的悵然。

有那麼一瞬間，秦亮意識到自己的心跳有點快，其實這已經不是第一次了——在他和雨軒的相處過程中他時不時就能感受到這種心跳加速的感覺。

半天沒等到他的回覆，雨軒很快又傳了則文字資訊過來：『不過你女朋友也很優秀啦，長得漂亮性格也很颯爽，你們很般配呢，羨煞我這隻單身狗了，也不知道我什麼時候可以脫單。』

聽不到她的聲音，單從這些文字根本看不出雨軒的情緒，但秦亮彷彿能從這裡每一個字感覺到她的委屈。

忽然，肩膀被人猛地拍了一下。他不動聲色收起手機，回頭看，是暖萌。

「許了什麼願望啊？這麼久。」

暖萌從他手裡拿過礦泉水擰開喝了一口：「你猜。」

他笑了笑：「這我哪能猜到。」

這裡和其他寺廟一樣，每個殿宇前都立著塊牌子，上面有關於殿裡供奉神像的介紹。

暖萌對這些很感興趣，不會錯過任何一個，哪怕是一些大家都很熟悉的神佛。

趁著她在又一處殿門前駐足的時候，他拿出手機回覆雨軒：『小姑娘怎麼這麼悲觀，妳不好小劉為什麼總圍著妳轉？』

副導演小劉喜歡雨軒的事全劇組都知道，他自然也知道，但他也看得出來雨軒對小劉沒什麼意思，或者說意思不大。

雨軒很快回覆：『原來你不傻啊。』

他心裡隱隱有些忐忑，總覺得這個話題繼續下去有一些事情就會被暴露在大太陽下，但他又有一絲的不確定，而就是因為這絲的不確定，對於曝光這些事竟然有點期待。

猶豫再三，他還是問她：『我什麼時候傻了？』

雨軒：『自己想。』

簡簡單單三個字，消除了他心中的那絲不確定。他說不上自己此刻是什麼心情，好像有點興奮……

第二天一早，池渺渺和李牧遙退了房趕往機場。

一大早李牧遙就有個電話會議，他戴著藍牙耳機，全程沒怎麼發言，幾次開口都是拍板做出決定。

池渺渺也很配合地不跟他說話，生怕打擾到其他與會的人。

但可能是認真工作的男人都比較賞心悅目，她總是忍不住偷偷觀察他。

昨天他不肯去醫院，中午喝了半碗粥後就把自己關在房間再沒出去過。

她不知道他的病情怎麼樣了，但看他今天的精神狀態，明顯還是不如平常的。

他這樣的人，這種情況下，還要堅持工作，不由得她不佩服。

李牧遙的工作狀態一直持續到登機。

或許是因為還在生病，他的狀態並不好，艙門剛剛關閉，他就感到了一種無形的壓迫感。

「機艙內冷氣開得好低啊，還好有毯子。」池渺渺今天穿著連衣裙，從上飛機後就不停地搓手臂。

李牧遙沒理她，照舊向空服員要了水，然後拿出藥盒打算吃藥。

不過他發現這次帶出來的藥只夠這一次的劑量了。他把盒子裡最後一粒藥倒出來，正打算就著清水喝下去的時候，感覺到身邊一陣陰風襲來，下一秒，原本躺在他手掌中心的那粒藥不翼而飛了。

33

池渺渺立刻意識到自己闖禍了，連忙道歉：「抱歉啊李總，我沒注意弄掉了你的藥，你還有多餘的嗎？」

說話間她掃到被他放在小桌上的藥盒，便拿了過來想再倒一粒藥出來給他，這才發現藥盒裡面已經空了。

她尷尬地抬頭，果然就對上李牧遙冷若冰霜的目光。

她勉強笑笑：「你這藥少吃一頓沒事吧？」

「妳說呢？」李牧遙強迫自己深呼吸幾次，儘量把心中的火氣壓了下去。

聽李牧遙這麼說，她又看向地板：「要不然我把那藥找出來，幫你洗洗？」

李牧遙煩躁地揮揮手：「不用了，妳別老是動來動去的就行。」

這時候機艙內廣播響起，提醒飛機即將起飛。

李牧遙看向窗外，感受著身體裡的每一處變化，有點緊張，但似乎還在可控範圍內。

這段時間，自己的身體狀況一直還不錯，想到醫生說的那些話，他應該主動嘗試挑戰自己的極限，他想，這或許就是一次機會。

他閉上眼，讓自己不去想太多，或許是心態還算放鬆，又或許是因為這些天總是工作到深夜，不等飛機起飛他竟然就有了些睏意。

池渺渺見他這樣猜測他的病還沒好，可她又好奇，到底是什麼病呢？好像和單純的感冒不一樣。

餘光裡瞥見那個小藥盒，她悄悄拿起來看了一眼，可惜上面什麼資訊都沒有，只是個簡單的分裝盒。總覺得他似乎在掩飾什麼，是她的錯覺嗎？

從南城到新城並不遠，只需一個半小時的飛行時間。

池渺渺本以為這一趟也會像他們來時一樣，李牧遙會一覺睡到飛機落地。

她心情放鬆地看了一集電視劇，也覺得有點睏倦想睡一會兒，然而正在這時，飛機陡然顛簸了兩下，機艙內的廣播隨之響起，原來是飛行途中遇到了亂流。這種情況並不罕見，只是這一次顛簸的著實有點厲害，池渺渺甚至聽到有小嬰兒的啼哭聲從後面傳來，機艙裡有點混亂。

饒是明知道不會有什麼大事，池渺渺還是有點害怕，這時候李牧遙要是醒著就好了，雖然他要麼不說話，要麼說出話來氣死人，但她潛意識裡總覺得，只要有他在，就能安心。

她不由得回頭去看身邊的男人，這一看嚇了一跳。

李牧遙可能是被機艙裡的響動吵醒了，但他依舊閉著眼睛，只是表情格外痛苦扭曲，額角還在不停冒著汗。

「老闆你怎麼了？」

池渺渺從來沒有見過這樣的李牧遙，他似乎連呼吸都很困難，那麼在意形象的人很費力地解開了一顆襯衫紐扣，然後朝池渺渺無力地擺了擺手。

他想說他沒事嗎？可是他這樣分明不像是沒事啊。

池渺渺看了一眼時間，距離飛機落地還有半小時。

怎麼辦？

她想到電視劇裡經常演到那種有人在飛機上突發不明疾病時，會有機組工作人員向乘客求助，看有沒有醫生能幫上忙，也或者，讓飛機直接迫降在最近的機場……

她的腦子裡很亂，有點慌張地說：「老闆你忍忍，我去找工作人員。」

她說著就要起身離開，卻被李牧遙一把拉住了手腕。

他冰涼潮濕的手握在她的手腕上，讓她更覺得害怕。她沒想到他竟然出了這麼多汗，而且身體的溫度非常低。

這一定不是簡單的感冒！

這時候有空服員注意到他們這裡的異樣，過來詢問情況。

池渺渺正要開口，李牧遙卻勉強抬起頭對空服員說：「我沒事。」

很顯然，空姐也不覺得李牧遙的樣子像是沒事，她猶猶豫豫地問李牧遙：「您確定嗎？」

李牧遙深呼吸：「真的沒事，我的情況我清楚。」

「這怎麼是沒事呢？」池渺渺有點急了。

李牧遙卻沒有回應，像是打定了主意不想把事情鬧大。

正在這時，飛機再度遇到氣流，要求所有人回到座位。空姐看了李牧遙一眼，猶豫了一下對池渺渺說：「那有什麼需要幫忙的您再叫我。」

空姐離開後，池渺渺立刻問李牧遙：「老闆你到底是生了什麼病？究竟哪裡不舒服？你可別自己亂診斷白白耽誤了病情……是哪裡疼嗎？你指一指。」

她一著急就問了一連串的問題。

而此時的李牧遙依舊死死閉著眼睛，身上的襯衫已經完全被他的汗水打濕，正黏在他的身上，他彷彿被人扼住脖子，呼吸困難，肺裡的氧氣在一點點消耗殆盡……他聽說有人說這種感覺叫瀕死感，雖然已經體會過很多次了，但還是會令他恐懼。

他的腦海裡閃過很多畫面，和很多人說過的話，有多年前那個暗無天日的房間，還有不小心被他打翻的隔夜泡麵，以及第一次躺在救護車裡的情形……他努力睜開眼，池渺渺的樣子已經開始扭曲。

她似乎一直在提問，問他是不是肚子疼，有沒有胸悶、有沒有其他哪裡痛……看來是真的著急了。

此時，他的腦子裡又冒出了主治醫生威爾森的那句話，他說：「不管你多麼難受，多麼痛苦，往好的方面想，至少你不會死。」

他用僅剩不多的力氣扯了扯她的手腕。

池渺渺感受到他在拉自己的手，又見他看著自己，她立刻會意，這是要跟她說什麼嗎？她連忙把耳朵貼過去：「你要跟我說什麼？」

入眼的是飽滿圓潤的耳垂，上面還掛著貝殼質地的耳環，離遠了看看不清圖案，離近了才看出那是一隻小貓的形狀。

她的膚色本來就白皙，在耳環的襯托下更是相得益彰。而隨著她的靠近而來的，還有一種淡淡的混合著草木香的果香，這個味道他不是第一次聞到了，上一次讓他稍有不適，這一次也不知道是不是熟悉了，他竟然並不討厭。

他艱難張了張嘴：「我沒事……」

一陣熱氣噴灑在池渺渺的耳廓周圍，讓她耳朵癢癢的，心裡卻莫名其妙毛毛的。

她正想稍微離遠一點，卻又聽李牧遙有氣無力地繼續道：「我只是不喜歡這麼狹小的空間。」

池渺渺習慣性地在心裡吐槽他，都頭等艙了還嫌空間狹小，那下次只能包機了……然而很快，她就明白過來他的意思——他害怕這樣密閉的空間。

腦子裡立刻閃過了很多畫面——他們第一次去見汪可時，他在電梯裡表現出的忐忑或許不是因為對汪可的，只是因為他不喜歡電梯內的空間；還有上飛機前吃的那個藥，什麼樣的藥能讓一個事事警醒的人在公眾場合睡得那麼沉？難道那藥有鎮靜作用？

這樣一來，所有的一切都說得通了……

難怪他不讓她聲張，因為他一直知道自己的情況，確實死不了人，可是她也知道，他此時承受的痛苦卻一點也不少。

對了，藥！

池渺渺回過神來，連忙俯身去看機艙內的地板，她記得那粒藥應該是掉在李牧遙那一側了。

李牧遙的記憶忽然拉回到了很多年以前，他獨自一人坐在去美國的飛機上，昏暗的機艙內所有人都在休息，唯一的光線來自前面乘客的閱讀燈。

飛機輕輕顛簸了一下，讓他忽然從夢中驚醒。

迷迷糊糊的他一時間不知道自己身處何處，入眼的是一片昏暗，身下是窄小的座椅，身邊是觸手可及的機艙壁……這讓他忽然想到那間封閉的寢室，還有那碗不知道被放了多久結果被一手打翻的泡麵。他忽然覺得胃裡翻江倒海，作嘔的感覺讓他澈底清醒過來，這才意識到自己是在去往美國的飛機上，然而反胃的感覺還沒有平復，又覺得胸口悶悶的，煩躁地拿掉身上的毛毯，但似乎於事無補。

封閉昏暗的機艙內，像是有一隻大手死死扣住了他的喉嚨，肺裡的氧氣在一點點的抽空，汗水不受控制地從他的毛孔中滲出，他像是即將溺死在翻湧海浪中的人。

他想到那件封閉的寢室，因閃電乍然亮起的天光奮力穿透厚重的窗簾射向屋內，室友文遠吊在半空中的身體就像是剪影畫一樣只剩下一個模糊的輪廓。

他聽說，哪怕是主動想要結束自己生命的人，在生命彌留之際都還在想著自救。

他對趕來的空服員艱難的張了張嘴：「救救我，求求你救救我……」

他尚且如此，那文遠呢？他有沒有後悔過？

當時飛機上的所有人都不知道他得了什麼病，包括他自己在內。飛機因他而迫降，而艙門打開的那一刻，他就覺得自己漸漸的活了過來。

從那以後，他害怕身處任何窄小封閉的空間。他原本只是比別人更有秩序感更愛乾淨，尚且算正常人，但經過那件事後，他發現自己在這方面的情況也越來越不樂觀，他漸漸意識到，自己大概患上了某種心理疾病。

醫生給出的結論是，因為長期的精神緊張，他同時患上了強迫症和幽閉恐懼症。

他因此需要接受長期的治療，後來為了幫助自己儘快擺脫病痛折磨，甚至專門學了心理學，雖然對治癒他的病幫助不是特別大，但除此之外，也沒有其他能做的了。

因為他的積極配合，病情總算有所好轉。回國這段時間，他幾乎沒有再感到過太強烈的不適，他一次次地嘗試突破自我，像搭乘電梯，或者這樣短途的飛行，對他來說已經不是完全無法克服的困難。

所以眼下這種瀕死的感覺，對李牧遙而言算得上久違了。

儘管很痛苦，他還是努力想讓自己鎮定下來。腦子裡不斷重複著主治醫生威爾森說過的那句話：「再難受都要咬牙忍下來，你記著，哪怕它真的快要要了你的命，那也只是『快要』，不管多麼痛苦，至少你不會死。」

是的，他不會死。

他正默念著這句話，忽然感覺到有人將手搭在了他的大腿上。費力地睜開眼，就見池渺渺正跪在他的腿邊埋頭下去，一隻纖細白皙的手正無意識地搭在他的腿上借力。

頓時，他的心跳得更快了……

「妳在幹什麼？」他費盡力氣擠出這麼幾個字。

池渺渺找了半天，終於在一個角落裡看到了那粒紅色的膠囊。她頓時鬆了口氣，連忙撿起來。

「找藥啊！」

她抬起頭來時，他也看到了她手上那粒藥。

聽到那撿到寶一樣的語氣，他頓時有了種不好的預感。

果然就見她拿著那藥胡亂在身上蹭了蹭，就要餵他。

她竟然把從地上撿來的東西餵他吃？

他想躲，奈何此時此刻的他一點力氣都沒有，只能眼睜睜地看著她一點點靠近。

池渺渺見他一臉寧死不從，心裡瘋狂吐槽——這時候了還矯情什麼，肯定是保命要緊啊！

可惜李牧遙似乎是打定了主意不想吃下去，閉著眼睛也不張嘴。

池渺渺耐著性子說：「我剛才擦過了，一點都不髒，再說這可是頭等艙啊，地板都比路邊攤的盤子乾淨，吃吧吃吧。」

李牧遙喘著粗氣勉強回了句：「我從來不吃路邊攤。」

好好好，你高貴你不吃路邊攤，但生死面前還計較這些嗎？

「看來軟的不行，只能來硬的了。」

李牧遙狠狠瞪向她，然而他剛一開口，還沒來得及說什麼，她就眼疾手快地捏住他的下巴把那粒藥送了進去。

李牧遙毫不設防，一不小心就將膠囊吞了下去。

胃裡又是一陣不舒服，他連連乾嘔，終於把罪魁禍首也嚇到了。

藥只有那麼一粒，他可別就這麼吐出來！

池渺渺情急之下也沒管太多，只擔心他真的吐，不管不顧地伸手去捂住他的嘴。

要是平時池渺渺這點力氣哪制服得了李牧遙，可惜李牧遙此刻是個奄奄一息的病人，根本敵不過池渺渺。

池渺渺就像個欺淩弱小的惡霸一樣狠狠捂著李牧遙的嘴恐嚇道：「你別吐啊，你要是敢把藥吐出來，信不信我再找出來給你餵進去。」

「嘔……」

池渺渺也快吐了。

周圍陸續有人被吵醒，但看到李牧遙的狀態都擔心地問需不需要幫忙，空姐再次趕了過來問有什麼需要幫助的，池渺渺只是請空姐倒了一杯水。

喝了點水，李牧遙不乾嘔了，但是他的症狀並沒有立刻好轉。

原本以為他吃了藥就能好的，見他還是這樣，池渺渺更慌了。

這飛機什麼時候才能落地啊？李牧遙真的不會死嗎？

李牧遙艱難的睜開眼，難得見到她眼眶紅了。

池渺渺有點著急：「那藥是治這個病的嗎？怎麼你還沒有好轉？」

李牧遙整個人已經脫了力，有氣無力地回答她：「哪有這麼立竿見影的藥。」

池渺渺一想也是，但見他這麼痛苦她還是很著急。

她努力回想著電視劇和小說裡的一些關於幽閉恐懼症的片段，連忙從包裡翻出藍牙耳機，怕李牧遙聽不到自己說話，只將其中一隻耳機戴在李牧遙耳朵上，另外一隻則戴在自己耳朵上。

她寫文到深夜後就很難入睡，經常失眠，所以下載了很多自然界的雜訊片段，諸如風聲、雨聲、海浪聲這種，聽著這樣的聲音，想像著自己身處叢林或者海邊，很快就能入睡。

她想，這或許也能幫助到李牧遙。

聽著耳邊浪濤翻滾的聲音，池渺渺對李牧遙說：「來，深呼吸！想像你站在空無一人的海灘上，海面遼闊，海水碧藍，海浪翻滾著向你湧來，海水打濕了你的褲管，今天的風很大，有點濕有點涼……」

一開始李牧遙還沒搞明白池渺渺想幹什麼，漸漸的，聽到她的話，他的腦中還真的出現了一副海邊黃昏的景象，他面朝著大海，身後是一個海邊圖書館，黃昏將至，圖書館裡亮起了燈，有人坐在落地窗邊看著書，不遠處的海灘上還有孩子在追逐海浪，但他什麼也看不見，除了海浪翻滾的聲音，就只有她喃喃的碎碎念。

漸漸的，呼吸似乎也沒那麼難了，所有的黑暗離他遠去，他有了點睏意，緩緩地閉上眼。

池渺渺絞盡腦汁，把她這輩子用過的形容詞全用來描述一副海邊落日的景象，如果寫出來，這篇文絕對是只懂辭藻堆砌，生硬秀詞彙量的小學生水準，好在也不是完全沒有效果，李牧遙的呼吸逐漸平穩下來，又過了一會兒，也不知道是不是那藥的作用，他似乎睡著了。

池渺渺看了一眼時間，還有大約四十分鐘的飛行時間。

她不由得鬆了口氣，一抬頭見是剛才那位空姐，她想必也急壞了，只是也沒別的辦法，一直在旁邊觀察著他們這裡的情況。看到李牧遙總算被安撫好了，她和池渺渺不由得相識一笑。

折騰了這麼半天，再加上驚嚇，池渺渺也覺得筋疲力盡了，當耳機裡的聲音變成叢林鳥鳴聲時，她也歪著腦袋睡了過去。

再次醒來池渺渺是被飛機著陸時的動靜震醒的，廣播開始播報南城當地溫度，安靜了一路的乘客開始交談，收拾行李等著下飛機，即便是頭等艙裡此時也亂糟糟的。

池渺渺伸了個懶腰，看向身邊的男人，他閉著眼，對周遭的一切渾然未覺。

此時他額頭上的汗已經乾了，但是面色依舊慘白，身上的衣服也皺了，完全失去了平時的威風凜凜。

這還是池渺渺第一次見這樣的李牧遙，她覺得自己一定是被虐久了，患上了斯德哥爾摩症候群，竟然有點同情現在的他。

她輕輕推了推他的手臂：「李總，我們到了。」

對方完全沒反應。池渺渺也不著急，乾脆在一旁等其他人都下了飛機，才叫醒他。

李牧遙的狀態比上飛機時更差了，池渺渺猜測他吃的那種藥多半有鎮靜作用，難怪他們剛到南城時，他也是一副精神不濟的樣子，八成還有點副作用，但發燒應該就是感冒而已。想到這種狀態下，他還堅持工作，堅持去KTV撈她，她心裡莫名就生出一點奇怪的感覺。

這次池渺渺汲取了幾天前的教訓，直接在叫車平臺上叫了輛七人座商務車，空間夠大，車也夠乾淨，他應該沒什麼不滿意的。

或許是因為車內還算舒適，又或許是因為藥物作用還沒有過去，李牧遙一上車就疲憊地靠在椅背上閉上了眼。

車內很安靜，只有導航播報，在這種靜謐空間中更具有催眠的效果。池渺渺也不知道他只是在閉目養神還是已經睡著了。

正在這時耳邊傳來手機鈴聲，池渺渺嚇了一跳，手忙腳亂拿出手機，是暖萌，剛想直接掛斷，又想起來自己戴著耳機，別人應該聽不見。

她看了旁邊的男人一眼，表情都沒變化一下，應該是已經睡著了。

她接通電話，小聲地「喂」了一聲。

暖萌聽到她刻意壓低的聲音，也很配合地壓低聲音問：『身邊有人啊？』

「我老闆。」她說話的聲音很小，比起偶爾響起的導航提示音，簡直可以當做白色雜訊。

暖萌不懷好意地笑了：『在哪？酒店房間嗎？』

雖然知道暖萌看不見，但她還是忍不住對著車頂翻了個白眼，不過她又慶幸自己戴著耳機，暖萌就算再大聲，車裡另外兩個人也聽不見。

「還沒到酒店，在路上。」

暖萌繼續嘻嘻哈哈：『一個房間還是兩個房間啊？』

池渺渺無語：「想什麼呢？」

『跟我還有什麼不好意思啊！你們的關係不都是既成事實了嗎？』

池渺渺：「妳真的想多了，我腿上的傷只是喝多了摔了一跤。」

暖萌有點遺憾地說：『那太可惜了，不過妳從現在加把勁也還來得及，正好你們一起在外出差，在陌生的城市、陌生的酒店，很容易就發生點什麼。』

暖萌的戀愛腦池渺渺早就習慣了，反正到酒店還得有一陣子，她也就跟她閒聊起來。

「那麼容易妳怎麼不去？」

『我倒是想呢，但人家對我沒意思啊！』

「對我也沒有。」

暖萌恨鐵不成鋼道：『所以妳才要努力！色誘會不會？你們總有工作要談吧？妳去找他時把頭髮弄濕一點，就像剛洗過澡那種。對了，千萬別穿內衣，舉手投足間用妳寬廣的胸襟征服他還不是分分鐘的事嗎？或者吃完晚飯約他出去走走，找個酒吧喝點小酒，酒勁一上來，妳說「今晚月色真美」，只要是個正常男人就不會感受不到那種暗流湧動的氣氛，當晚讓妳的膝蓋再傷一次還有什麼難的！』

池渺渺聽得面紅耳赤，不由自主地回頭去看旁邊的男人，這一看差點嚇得她心臟停止。

不知什麼時候他竟然已經醒了，此時完全看不出一點疲態，一雙漆黑的眼睛正神色清明地看著她。更驚悚的是，他的左耳上還塞著一個有點眼熟的藍牙耳機……

池渺渺心如死灰地摸了摸自己的左耳，不出所料，那上面空空的。

暖萌還不知道發生了什麼事，繼續道：『李牧遙是什麼人？約等於人間尤物啊！高顏值、高智商還有錢，幾乎妳能想到的對男人來說算是優勢的點他都占全了。老天爺也太不公平了吧，怎麼就把所有優點都集合在了一個人身上？不對，他一定有什麼不為人知的毛病！』

池渺渺回過神來時，想阻止暖萌，但顯然已經來不及了。

就聽暖萌不怕死地說：『我見他別的都好，就是身體不太好的樣子，妳說他會不會那方面有問題？』

生怕她再說出點什麼，池渺渺連忙掛斷了電話。

耳機裡幾聲「嘟嘟」聲後澈底沒了聲音，一時間車裡靜到落針可聞。

池渺渺心說完了完了，這下更「坐實」了她對他圖謀不軌的事情了。

我不是！我沒有！池渺渺在內心咆哮著。

「老闆，那個……」她指了指自己的左耳，抱著最後一絲希望想確認一下他到底有沒有聽到什麼。

李牧遙卻只是摘下耳機還給她，最後丟下一個「妳太令我失望」的眼神，看向了窗外。

可能是李牧遙覺得自己被褻瀆了，接下來全程都冷著臉，能不跟她說話就不跟她說話，甚至去看新址也沒帶她去，倒是變相讓她放了個假。

不過這種像情侶冷戰一樣的氣氛太尷尬了，而讓她更擔心的是，李牧遙會因此開除她。

所以雖然她整天沒什麼事，但也沒自己出去玩，就盼著能早點返回北城。

李牧遙在新城的事情終於全部辦好了，他們訂了晚上八點的航班回北城。

也就是說接下來只需要熬過和李牧遙一起在候機室裡的一段時間就可以了，因為一登機他肯定又是倒頭就睡。

可是天不從人願，新城從下午就開始下雨，原本雨勢不大，還不像是能影響航班行程的樣子，但七點過後雨越下越大，他們最終還是等來了航班延誤的通知。

這間休息室有一面很大的落地窗能看到外面的機場跑道，天澈底黑了下來，雨幕遮擋了視線，只能看得到窗外零星幾點燈光。

貴賓休息室裡本就沒什麼人，此時只能聽到窗外傾盆而下的大雨，顯得周遭格外空曠寂寥。

池渺渺其實是有點害怕這種天氣的，天像漏了一樣，雨又大又猛，也不知道會下多久，更不知道後面會發生什麼事，所以以前遇到這種天氣前她都會去暖萌那住一晚，或者回父母那裡。

還好今天她也不是一個人。

她看向身邊人，發現他的視線不知道什麼時候已經從手上那本書上移開了，看向了窗外。

他似乎想起了什麼，平靜的表情中帶著一絲不仔細觀察就會被忽略掉的悵然。

有那麼一刻，池渺渺忽然有種他們是天涯淪落人的感覺。

休息室裡冷氣很強，隔一下子池渺渺就會忍不住搓搓手臂。

她想去拿杯熱飲，起身時，也問了一下李牧遙：「老闆，你想喝點什麼嗎？我去拿。」

李牧遙收回視線看向她，很意外的，他的目光格外柔和。

他說：「不用了。」

熱飲的種類並不多，池渺渺倒了杯熱咖啡，想了想還是幫李牧遙準備了一杯熱水。
李牧遙見到熱水並沒有推拒，說了聲「謝謝」接了過去。
他喝了口熱水，又繼續看向了窗外。

34

池渺渺猜測他或許是因為等一下要登機，有點緊張。
她問李牧遙：「老闆你的藥有帶夠嗎？」
李牧遙掃她一眼「嗯」了一聲。
池渺渺點點頭，隔了一下子又問：「這種病除了吃藥預防，還需要注意什麼？我想問問萬一還發生上次那種情況，我該怎麼做？」
李牧遙沉默了片刻說：「妳上次那樣就做得很好。」
池渺渺是真的擔心等一下上了飛機李牧遙又發病，這天氣會不會讓他病情更嚴重？
所以才想問問怎麼做算是對的，沒想到竟然能聽到李牧遙誇她。
池渺渺入職這麼久，這還是李牧遙第一次誇她。而且以她對老闆這張嘴的瞭解，想必他平時應該很少誇人。
「我只是電視劇小說看多了，看來編劇和作者們也不都是瞎編的哈。對了，下雨天會加重你的病情嗎？」

李牧遙沒有立刻回答她，她才意識到自己可能有點超過了，連忙解釋說：「我是說如果會的話，反正已經延誤了，不如我們改簽到明天一早。」

李牧遙沉默了片刻說：「現在已經不會了。」

「哦。」

這話的資訊量有點大，她想問問他的病到底怎麼回事，但不敢。

就這麼沉默了好一陣子，李牧遙忽然說：「前兩天……謝了。」

他的聲音不大，說得又突然，池渺渺差點沒聽清楚，反應過來他竟然在向自己道謝時，池渺渺決定原諒他之前侮辱她的事。

氣氛不錯，她所幸小心翼翼地問：「那老闆你的病是怎麼回事呀？是不是也像電視劇裡演的那樣是因為小時候曾經被關在密閉的空間裡，有過生命危險，所以長大了就有心理陰影了？」

「不是，但確實不是什麼美好的回憶。」

看樣子是不想說，池渺渺略感失望地「哦」了一聲。

本以為這個話題就到此為止了，沒想到過了一下子，卻聽李牧遙自顧自地說了起來。

其實這樣的天氣已經不會再讓他難以忍受了，但還是會讓他想起那一天的事情。哪怕過去很多年了，文遠的樣子在他腦中已經變得模糊，但他依舊記得文遠的離開帶給自己的痛苦，除去已經被醫生診斷出的病痛，還有一種痛苦是屬於普通人的，屬於文遠的朋友、同學、室友的。那痛像是一個傷口，癒合得很慢，但也終究癒合了，最後留下一個叫做「遺憾」的傷疤。

漸漸的這樣的天氣會給他帶來另一種折磨。

如果是平常，他會吃點助睡眠的藥早早上床，但是今天不可以。

不過他有一絲慶幸，在這個空曠到有一絲寂寥的休息室裡，還有人陪在他身邊。

他說：「我讀大學時，有個室友，叫文遠。」

眼見著前一秒還一臉失望的人，下一秒又滿眼期待地看向他時，他自己都沒察覺，在某一刻，他的唇角不自覺地彎了彎。

喝了口水，熱水順著食道彷彿流向了他的四肢百骸，讓整個人也跟著暖和了起來。

「我們的關係不錯，但因為平時忙著學習忙著做研究，真正的交流也很少。有一段時間，我發現他的意志很消沉，可是並沒有太在意。就覺得大家都有低谷期，熬過低谷也就好了。我以為他也是，我沒注意到，他的低谷期好像有點長。後來有一次我們系有個籃球比賽，我和他都上場了，他的狀態很差，導致我們輸了比賽。休息的時候，他忽然對我說有時候覺得活著沒意思，不如早登極樂。我聽得出來他話裡的消極情緒，也只是開了個玩笑說誰知道到時候去的是極樂世界還是陰曹地府。後來回想起來，那大概是他第一次給我警示，但是我卻沒有當一回事。」

到了這一刻，池渺渺已經可以預見這故事的結局了，但還是忍不住求證道：「你是說你的同學他不在了嗎？」

李牧遙用聽上去很平靜的口吻給了她答案：「後來他自殺了。」

雖然還沒想明白他室友的自殺和他的幽閉恐懼症有著什麼樣的關聯，但她忽然就想到了之前她強行開著他的車載他去醫院看林婉的情形。

她記得他一開始很抗拒，後來就在她說林婉可能自殺了之後，便沒那麼抗拒了。她當時只當他的反應是人們對生命天然的敬畏，可是以他平時的行事作風推斷，如果林婉只是出了意外，他也未必願意多花一點心思去關注一下，哪怕對方是朋友的前女友。

那天的事好像就像被銳化了一樣，在池渺渺的腦海中突然變得清晰起來。

她記得他說「如果沒有僥倖心態，生活中大部分的意外都不會發生」時神情中的自責和悵然，但那時候卻還在安慰她，大概沒有人比他更瞭解那種感受了吧。

心裡是滿滿漲漲的感覺。

「這不是你的錯。」她說，「真的，誰也想不到。」

李牧遙卻並沒有得到任何安慰，他看向她說：「可是他做這一切時甚至就在我面前、在我身邊。」

這是池渺渺第一次在這個男人的眼中讀到了脆弱。

在今天之前，她怎麼也無法將李牧遙和「脆弱」這兩個字聯繫在一起，但是此刻，她好像忽然就有了和他共情的能力，能感受到他在某一刻的茫然和無助。

他向她描述著當時的場景……

那天晚上下著和今天一樣大的雨，他在實驗室裡待到了深夜，後來想到有些資料還在宿舍的電腦裡，即便已經是半夜，他還是決定回去一趟，第二天一早再來實驗室。

外面的雨很大，雨傘已經起不到什麼作用，他衝回宿舍，迫切地想洗個澡，一進門還來不及開燈，就在走廊燈光和窗外閃電的交織下，看清了房間裡的情形。

窗簾被拉得嚴嚴實實，潮濕的空氣中有一股許久不通風的黴味，那個早上出門前還和他打過招呼的男生雙腳離地地掛在窗前，任憑外面狂風驟雨，一動也不動，早已失去了生機。

他完全沒有心理準備自己有生之年會看見這樣的一幕，他惶恐害怕，覺得不是真的。他甚至不敢開燈，不敢再多看一眼，只想逃離。而就在他急著逃離那個房間時，不小心碰翻了桌上一碗被吃了一半的泡麵。胃裡不受控制地翻騰起來，攪得五臟六腑都難受極了。

那之後他原本不算太嚴重的潔癖好像變得越來越嚴重了，他幾乎沒辦法像正常人一樣生活，別人的碰觸會讓他精神緊張呼吸困難，但可怕的是，這還不是全部。

所幸很快他就被MIT錄取，要遠赴異國他鄉，這對當時的他來說無疑是最好的解脫。

他以為那個曾經和他同吃同住共同奮鬥過的少年對他的影響就此畫上了句號，直到他在趕赴美國的飛機上幾近窒息……

「所以，那件事讓你同時患上了幽閉恐懼症和潔癖？」池渺渺問。

「準確的說是強迫症和幽閉恐懼症，潔癖只是強迫症的表現之一。」李牧遙接著說，「我一開始覺得不可思議，後來發現它對我的影響非常的大，我不僅害怕乘坐飛機，我也害怕電梯和火車以及任何我無法掌控的密閉場所。我開始急於治好這種病，但心理疾病往往是最難治癒的，所以每一次失敗都讓我很絕望。」

池渺渺簡直不敢想像，看似一帆風順永遠被上天眷顧的李牧遙竟然會有這樣一番經歷，「所以你後來才讀了心理學？」

「所有可能幫助我恢復健康的機會，我都不想錯過。」

是了，這才是李牧遙，茫然和無助總是暫時的，他這樣的人總會抓住所有機會來成功。

有那麼一刻，池渺渺對眼前這個男人生出了一點她自己都說不清道不明的感情，像是欽佩中夾雜著些許同情……又或者說是心疼。

「我覺得你可以的。」她認真地點了點頭。

他有點意外地看向她，繼而露出她所見過的第一個，他在工作場合以外的笑容。

她的腦子裡只有一個念頭——這人發自內心笑起來時可真要命啊。

這在這時，廣播提示他們要搭乘的那班飛機可以登機了。池渺渺茫然看向窗外，雨還在下，但似乎比剛才小了。

李牧遙起身習慣性地整了整襯衫袖口，好像在一瞬間又恢復成了那個不近人情的他。

35

回到北城後，一切彷彿又重新回到原有的軌跡上。池渺渺重新忙碌了起來，也就沒意識到自從回了北城後暖萌好像有一段時間沒有約她了。

直到注意到快要到秦暖出正片的時間，提前打電話給秦亮，詢問了一下後製進度。池渺渺覺得電話裡的秦亮態度有點奇怪，但她只當是對方後製進度太慢，被突然這麼一催，有點不好意思。

後來聊完公事，她想順便問問暖萌的時候，對方卻已經掛斷了電話。

雖然她和暖萌關係很好，秦亮和暖萌在一起也三年多了，但其實她和秦亮的關係一直也算不上太熟悉，偶爾三個人一起吃個飯，頂多算是普通朋友關係。

所以這次她也沒多想，然而幾天後，她終於明白那天秦亮的表現為什麼有點奇怪了——他和暖萌分手了，而且已經分手一段時間了。

暖萌這樣的人，很少在別人面前表現自己的脆弱，即便是在最好的朋友面前都不會。像分手這種事，她大概要等到自己再提起來時已經完全能夠控制住情緒時，才會告訴其他人吧。

隔了這麼久才來找她，想必這次是真的傷心了。

「為什麼分手？」池渺渺問，「上次在南城的時候你們不是還好好的嗎？」

暖萌自嘲地笑了笑：「他說性格不太合適，說我強勢冷酷，以前並不是沒有察覺，只是剛在一起時比較有新鮮感，對一些小摩擦的包容度也更高，但時間長了，激情退去，性格問題就越來越明顯。」

「那妳覺得呢？你們真的性格不合適嗎？」

「我並不覺得，要不是他說，我還以為我們就是彼此生命中的另一個半圓呢，契合得不能再契合了！」

池渺渺忽然想到在南城拍戲時，秦亮和雨軒的那段對話，雖然沒什麼實質性的問題，但當時的氣氛總讓她覺得怪怪的。

她有點猶豫要不要提，生怕在閨密的傷口上撒鹽，但不說又意難平，「妳說他是不是喜歡上別人了？」

誰知暖萌絲毫不意外地說：「妳是不是想說雨軒？」

池渺渺低頭喝茶算是默認。

暖萌哂笑一聲：「原來妳也看出來了。他們不是第一次合作了，之前我總聽他提起那個雨軒，但也沒太當回事，直到我跟去南城才發現了不對勁。男人或許看不出來，但我們女人幾乎一眼就能看出，那個雨軒就是個妥妥的綠茶沒錯了。其實我當時就想讓老秦離她遠點，但又覺得這麼說挺沒面子的，而且我覺得也有可能是自己太敏感了，等這個案子結束，他們未必還會經常聯絡……現在看來，大家都看出來他們之間不對勁了，只有我還當秦亮是個好人。」

池渺渺怕暖萌太難受，解釋說：「其實也沒真的發現什麼，就是有那種感覺，可能真的就是我們自己神經過敏。」

「妳不用安慰我了，難道真的要我捉姦在床，把這頂綠帽子戴實了才算他們之間有問題嗎？」

「他們還真的有什麼啊？」池渺渺意外道

暖萌像是想到了什麼冷哼一聲說：「從南城回來，雨軒傳訊息給他時正好被我看到。他在這方面倒是一直不防著我，一是我本身沒那習慣，二是他大概真的覺的自己沒做過什麼對不起我的事，足夠坦誠吧。他當時在洗澡，雨軒也沒說什麼太過分的話，但是因為我已經對她起疑了，就順手翻了翻他們以前的聊天記錄。都說第六感永遠是真相，那個雨軒在我們面前表現出的那一點點只是冰山一角，她跟老秦說話別提有多曖昧了，老秦的態度也很曖昧不清，有什麼有意思的東西甚至還主動分享給她。而且他們這樣已經很久了。還有妳知道嗎？我聽說南城城郊的佛寺求事業特別靈，我們離開南城的前一天，特地去拜了拜，妳也知道我這人沒什麼事業心，但這幾年過來，我覺得老秦挺不容易的……」

說到這裡，暖萌的嗓音不自覺地有點哽咽，但也只是那麼一瞬間。

那一瞬間過後，她恨恨地說：「虧老娘還覺得他不容易，又跪又拜地替他求個一帆風順。妳知道人家趁我跪得腿軟的時候在幹什麼嗎？背著我跟那個雨軒聊騷！我覺得佛祖看到他這樣也會送他個一敗塗地吧？」

池渺渺連忙遞上一杯水：「消消氣消消氣！雖然這事是挺讓人不爽的，但往好了想，他們也沒聊什麼實質性的東西吧？會不會就是關係比較好，比較投緣？」

池渺渺說這話時恨不得咬掉自己的舌頭，反正她是不相信這種情況下，老秦和雨軒能有什麼純粹的友誼？但考慮到閨密的心情，只能昧著良心說了。

暖萌像是知道她的想法似的說：「妳說這話妳自己信嗎？但我也是腦子被狗吃了，還真的打算給他個機會，看看他接下來的表現——如果繼續這樣，我或許會找他談談，如果專案結束兩人就斷了聯繫那再好不過。結果妳猜怎麼了？」

都已經分手了，想必後面發生的事情更加讓人無法接受吧。

暖萌自顧自地說：「幾天之後，又是很晚，那女人傳了訊息給他，只有兩個字『晚安』。」

池渺渺問：「那他們之前聊什麼了？」

「什麼也沒有，而且我覺得老秦沒想過刻意去刪掉某則聊天記錄，他要是知道這個，早就把前面那些對話刪掉了。」

池渺渺很快想到一種可能性：「那他們是剛見完面？」

暖萌說：「那天老秦確實出去了，而且回來很晚，但他說是中學同學聚會，中學同學跟我們都不是同個圈子的，他如果真的去參加了同學聚會又怎麼會見到那女人？」

「但是也沒證據啊。」

「我一開始也這麼想的，可是我後來注意到，那天他和那女人的聊天軟體運動記錄的步數都是兩萬多，這是巧合嗎？」

少一點還可能說是巧合，兩萬多步，這是壓了多少條馬路啊……

有些事情真的不能聯想，因為想像出的每一種可能性都會化作一把利刃直插自己的心臟。

池渺渺不知道該說什麼，一件事或許是巧合，但這麼多事擺在一起就很難再說是巧合了。

暖萌自嘲地笑了笑：「然後沒多久他就跟我提分手了。」

「他沒提雨軒的事情嗎？」

「這才是最讓我噁心的地方，以前我覺得他不是我交往過的人中最帥的，也不是最有錢的，但至少正直坦蕩有責任感，但這件事到最後他也沒覺得是自己有什麼不對。他沒提雨軒，大概覺得兩人還沒上床，就不算對不起我吧。」

「那妳呢，妳找他問清楚了嗎？」

「我也沒提！」暖萌氣鼓鼓地喝了口水，「怕髒了我的嘴，所以到目前為止，他大概還覺得我們是和平分手的。」

「這不就順了他們的意了？難怪上次我打電話給老秦，他的態度有點怪，不會已經和雨軒在一起了吧？」

「那倒是沒有，說到底他還是愛惜羽毛的，剛跟我分手立刻就和別人在一起，不符合他正人君子的人設！但我想那也是早晚的事。」

池渺渺氣鼓鼓地喝了口水：「好氣啊！」

「所以他們既然不急著在一起，就是給了我機會，我不能白白錯過了。」

池渺渺意外：「妳還有什麼打算？」

「我要挽回老秦。」

池渺渺差點被自己的口水嗆到，她正想勸說閨密放過自己，雖然這事很讓人不爽，但自己的時間和青春也很寶貴，渣男和綠茶最配，何必再和他們攪合到一起呢？不如看看其他帥哥。

誰知暖萌下半句就是：「然後再狠狠甩了他！」

也是，被綠了還安安靜靜的就不是天蠍女了。

可是問題來了，怎麼挽回老秦？這似乎比追一個陌生男人更難。

暖萌似乎也想到了這一點，嘆了口氣說：「我前兩天打了個電話給那傢伙，讓他把放在我那的東西拿走，順便說了點以前的事，想試探一下他是什麼反應，結果狗男人也不知道是沒聽明白還是一點舊情都不念，完全沒接我的話。」

池渺渺試圖安慰閨密：「可能是妳說的太含蓄了，他沒聽明白吧？」

暖萌哂笑：「算了，妳不用安慰我了。」

兩人相繼沉默了片刻。

忽然暖萌說：「要不然請妳老闆指導一下？他上次幫那個策劃自殺的女大學生走出失戀不是做得很好嗎？這事應該也難不倒他吧？」

是難不倒李牧遙，但這可能要難倒池渺渺了。

36

不久之後，他們的系列短片被陸續投放在各大平臺，關於失戀博物館的行銷鋪天蓋地，主角汪可的人氣也空前火爆，失戀博物館一夜之間成了名副其實的網紅打卡聖地。與此同時失戀博物館的第一家、第二家分館分別在南城和新城正式開業。

隨著失戀博物館越做越大，原本的組織架構需要調整，人員也需要擴充，公司一下子又招了好幾位新同事。與此同時，李牧遙的私人助理劉煥也完成了之前在國外的工作，回到了國內。

提到這位劉助理，大家興致勃勃——一百八十多公分的身高，外加不錯的五官，有點像韓國電影裡走出來的明星，難免會備受關注。

有人調侃池渺渺：「我現在最羨慕的就是渺渺了。」

池渺渺莫名其妙：「羨慕我什麼？」

女同事打趣道：「妳原來負責的一些工作不是要交接給他嗎？我看你們這段時間沒少打交道，而且劉助理那麼年輕，八成還是單身，你們正好很配。」

說實話池渺渺對新來這位帥哥總助一點也不感冒，平心而論他的確算長得好看的男生，想必在生活中也是很受歡迎的，但可能是前有李牧遙的那神級顏值，這位劉助理就顯得太清淡了，而且她現在也沒什麼心思考慮這些，所以也就不太上心地隨口回了句：「別鬧了，人家A大畢業的高材生，哪看得上我這種學渣。」

其他人見她這個態度也都適可而止，只有財務部那個叫程寶寶的女同事說了句：「女孩子長得好看就行了，其他不重要。」

雖然池渺渺是個不折不扣的學渣，但聽到這話還是會覺得刺耳。

所以她笑著說：「不是每個人都這麼想。」

一般人這時候就會停住了，但是程寶寶也不知道是情商太低還是故意的，竟然較起真來：「不是啊，我以前有個女同學，正經高中都考不上的，到北城來打工，一開始只是個前臺，後來因為長得好看，被年輕有為的老闆看上了，現在是我們同學中混得最好的。還有我的大學室友，性格很孤僻，我們都擔心她以後找不到男朋友，最後人家嫁給個美籍華人，據說那男的當時還是有老婆的，但對她一見鍾情，也不在意她不會和人打交道，跟老婆離了婚也非要娶到她，現在兒女雙全，定居美國了……」

眼見著程寶寶越說越不像話，韓夏及時叫停，「聊半天了，大家快去工作吧，新同事剛搬過來，我們的狀態也不能比人家差太多。」

這個話題這才停住。

池渺渺感激地看了韓夏一眼，片刻後她的手機震動了幾下，正是韓夏的訊息。

夏夏子：『其實寶寶人不壞，就是在某些方面的想法有點一言難盡，可能是一直相親失敗被打擊到吧。』

池渺渺知道韓夏是在安慰她，但韓夏說的也是事實。

程寶寶今年正好三十歲，其實她長得不難看，當然也不是什麼美女，就是個普通人，不知道為什麼一直找不到合適的男朋友。不過在北城三十歲還單身的女孩子多得是，這個年齡在如今的很多人看來還很年輕，但是程寶寶卻好像很著急，從池渺渺認識她以來，她每個週末都會安排相親。池渺渺之所以會知道，是因為他們館裡的所有人不管隔著幾層關係幾乎都幫她介紹過相親對象，好像也只有池渺渺這個交際圈子實在有限自己還是單身狗一枚的實習生還沒來得及施以援手了。

無論如何，經韓夏這麼一勸，池渺渺本來不大的火氣也澈底被熄滅了，每個人的觀念不同，沒必要要求別人和自己一樣。

『對了，林婉以後應該不會再來館裡做兼職了。』韓夏說。

池渺渺有點意外：『為什麼？蕭總要回來了？』

『那都是哪輩子的老黃曆了，而且我聽說蕭總暫時應該回不來。』

『那是為什麼？』

『她跟我說的是，她學校裡的課多了，剩下的業餘時間還要忙著談戀愛，雖然很喜歡我們館的工作氣氛，但是沒時間過來了。』

『談戀愛？』池渺渺有點意外，『這也太快了吧？』

『妳猜她新男朋友是誰？』韓夏神神祕祕地問。

『難道是我們認識的？』

韓夏揭祕道：『就是那個許魏啊！妳說這緣分是不是很有意思？』

池渺渺想起上次兩人在一樓說話的情形……原來從那時起，一切就都不一樣了。

當然這還要多虧了李牧遙。

想起李牧遙，池渺渺又想到暖萌的囑託，原本之前還覺得很難開這個口的，但是李牧遙既然能幫林婉，或許也不會拒絕她。

想到這裡，池渺渺終於下定了決心，反正最差的情況就是被拒絕，頂多再挨兩句罵，沒什麼大不了！

打聽好李牧遙明天不外出，池渺渺連夜做了一個她最拿手的紅絲絨蛋糕。

池渺渺這人別的不行，因為嘴饞，做飯還算拿手，做甜品就更是她的長項了。

只不過以李牧遙對食物的挑剔程度而言，她的蛋糕未必能進那位大佬的胃，搞不好他會直接退回來，或者更過分的在她離開後扔進垃圾桶……

想想就心疼，但是求人辦事還是得有個樣子。

於是第二天中午，趁著大家都出去吃飯的時候，池渺渺拎著她的蛋糕敲開了李牧遙辦公室的門。

之前池渺渺就發現她這位工作狂老闆經常不按時吃午飯，今天還真的被她堵著了，他果然還在忙工作，而且看樣子短時間沒有出去吃飯的打算。

李牧遙見到她只是淡淡掃了一眼，目光就又重新移回到面前的文件上。

其實自從他們從南城出差回來以後，因為公司的架構調整，她有了直屬上司，大部分工作向她的新上司彙報即可，李牧遙的私人助理劉煥已經順利接替了她原來的助理工作，她需要直接向他彙報工作的情況幾乎不存在了。

兩人都心知肚明，她現在找他不太可能是工作上的事情。

李牧遙忽然想到前幾天韓夏跟他提過，池渺渺的試用期快要結束了，有意無意地在打聽他的態度。雖然他和池渺渺認識之初有些不太愉快，尤其是她的大大咧咧、冒冒失失、想像力過於豐富等問題簡直讓他頭痛不已。但是她的工作表現是毋庸置疑的，她完全有能力勝任她現在的工作，甚至有點大材小用。

而且或許是接觸多了，身體裡已經產生了某種抗體，他發現自己竟然沒有最初那麼排斥她了，反而還覺得她有些時候格外真實。

照理說對這樣的員工的去留，他應該毫不遲疑的，但是韓夏問起來的時候，他卻鬼使神差的沒有立刻表態。

此時見她忽然出現在他的辦公室，手上還拎著個蛋糕盒，他幾乎可以篤定，池渺渺應該是為這事來的。

到了這一刻，他終於明白自己上一次為什麼沒有立刻表態了。

「什麼事？」他若無其事地問。

池渺渺感覺李牧遙今天的心情不錯，不由得替暖萌慶幸。

「老闆，你還沒吃午飯吧？」池渺渺邊說邊小心翼翼把自己帶來的蛋糕放在李牧遙的辦公桌上，「這是我親手做的紅絲絨蛋糕，你要不要嚐嚐這個墊墊肚子？中午什麼都不吃可不行。」

李牧遙看了蛋糕盒一眼，不置可否。

竟然沒有直接退回來，池渺渺見狀連忙說：「你放心，因為是給你的，我特地選了最好的雞蛋、麵粉和奶油，而且製作過程絕對乾淨衛生，你完全不用有什麼顧慮。」

李牧遙好像很忙的樣子，只是淡淡回了句：「放著吧。」

這就完了？也不問問她還有什麼事？

池渺渺尷尬地等了幾秒鐘，然後猶猶豫豫地又說：「老闆，我們那幾集短片被很多人分享，大家都在討論故事好看呢。」

「所以呢？」李牧遙依舊頭也不抬地說。

這麼直白的來邀功，哪怕臉皮厚如她，還是會覺得尷尬，但是為了姐妹，只能拼了。

「我是想說，我在這個案子裡，是不是也有那麼一滴滴的功勞呢？」她為了顯得自己並不是真的那麼貪功的人，說「一滴滴」的時候用拇指、食指比出一個幾乎看不到的縫隙，真的卑微到不能再卑微了。

李牧遙微微挑眉瞥了她一眼，又看向她比出的那個「一滴滴」，不置可否地再度低下頭看文件。

氣氛簡直尷尬得讓人想用腳趾摳地。

就在池渺渺絞盡腦汁想著怎麼讓李牧遙幫忙才不會太快被拒絕的時候，他忽然說：「是想說妳轉正的事嗎？」

池渺渺愣了愣，怎麼忽然又說到她轉正的事情上了？不過她差點忘了，她的試用期馬上就要過了，也不知道能不能順利留下來。

他等了半天沒等到池渺渺的任何反應，一抬頭發現她正一臉糾結地看著自己。

他放下筆，靠向椅背：「妳不是為了轉正的事情來找我的？」

池渺渺猶豫道：「是……又不是……」

李牧遙的神色冷了幾分，他以為她應該很在意能不能轉正這件事的，沒想到他都主動提起來，她還支支吾吾的，難到是不想轉正不想幹了？

他直接打斷她的支支吾吾：「說吧，什麼事？」

「其實是……」

算了，還是先說答應暖萌的事情吧。

池渺渺硬著頭皮說：「有一點私人的小事想請你幫忙。可能不太合適，但我覺得能幫得上忙的只有老闆你了。」

莫名的，李牧遙剛剛還在變壞的情緒好像忽然轉了個彎。

他狀似隨意道：「私人的？」

「對。」話已經說到這分上了，池渺渺便大大方方說了，「上次你幫林婉走出失戀的過程我都參與了，我覺得老闆你太厲害了！你的心理學果然不是白讀的！」

「所以呢？」

「所以想問問你能不能像幫助林婉一樣，從專業的角度指導指導我？」

「妳談戀愛了？」李牧遙皺眉問道。

「那倒是沒有。」

聽到這話，他重新舒展眉頭，低下頭繼續工作：「我沒那種時間。」

池渺渺就知道這事沒那麼容易，總要付出一點代價。

她連忙說：「我保證不會耽誤你很多時間的，就是想請你指導我一下，如何挽回一個人。」

李牧遙倏地抬眼：「妳要挽回誰？」

池渺渺連忙解釋：「不是幫我挽回，我那個好朋友暖萌你也認識吧？她和秦亮分手了……」

原來是這件事。

李牧遙放下筆，端著手臂看她：「妳是不是覺得知道我一些事，我們的關係就和別人不一樣了？還是妳覺得我很閒，會去管這些陌生人的閒事？」

其實池渺渺也覺得自己有點過分，他這樣一個把時間當命看的人，確實沒理由替她解決這種雞毛蒜皮的小事。他之前幫林婉那是因為蕭易的面子，而她跟他也確實沒有那麼好的交情，甚至談不上什麼交情。

不過他剛才的話還是刺痛了她。

池渺渺點點頭，勉強笑笑：「是我考慮的不周全，沒事，那我就先出去了。」

而正當她要離開的時候，卻聽身後的男人忽然問：「秦亮是因為那小編劇跟妳朋友分手的嗎？」

池渺渺意外道：「老闆你怎麼知道？」

她很快想起來在南城時，他們一起偷聽到了秦亮和雨軒的對話。

她笑了笑說：「哦我差點忘了當時你也在，不過他們那時候也沒說什麼，我還以為是我自己想多了呢。」

李牧遙：「他們在那之前應該就很熟悉了。」

池渺渺挺意外的：「老闆你怎麼知道的？」

李牧遙是那種不會錯過任何細節的人，他想到秦亮第一次來館裡簽合約時用的那枝筆是粉紅色的。他當時猜應該是秦亮身邊有位關係比較親近的女性喜歡這種風格，但後來在南城見到暖萌時，就意識到暖萌不是那個人。

不過這事與他無關，他不關心也沒必要向任何人提起，而現在木已成舟，更沒必要多說了。

他說：「我有眼睛，也有判斷力。」

聽李牧遙這麼說，池渺渺不禁替暖萌感到不值，原來連李牧遙這樣的外人都早就看出來了，暖萌卻一直被蒙在鼓裡，還在為男朋友的事業謀劃著。

想到這些，池渺渺有點難過。

李牧遙掃她一眼說：「現在這樣不是挺好的嗎？對妳朋友和秦亮都好。變了心的感情和變了質的食物一樣，最好的處理方式就是扔掉。」

「話是這麼說，但就是不甘心啊！」池渺渺不小心說出了實話，連忙改口，「我是說她放不下。」

李牧遙似乎笑了一下：「都走到這一步了，妳朋友真的還打算和秦亮白頭到老嗎？」

當然不是，但實話她不敢說。可是她不敢說不代表李牧遙猜不到。

李牧遙只是看了她片刻，便點點頭說：「我明白了。」

「啊？明白什麼了？」

李牧遙答非所問：「只要妳朋友不覺得這是在浪費時間就好。」

「這完全不用操心，她最多的就是時間……」

池渺渺話說一半忽然意識到李牧遙這麼說，莫非是答應了？

「老闆你答應了？」池渺渺驚喜道。

李牧遙說：「我不喜歡和陌生人打交道，妳朋友想諮詢什麼就透過妳來諮詢吧，我確實也沒有太多時間，但在工作之餘跟妳說幾句話的工夫還是有的。」

池渺渺興奮道：「這就夠了！謝謝老闆！」

李牧遙點點頭，然後抬起手腕看了一眼時間：「還有二十分鐘午休時間就結束了，妳的時間不多了，趁我現在有心情，妳可以說說他們現在的情況。」

難得大佬這麼爽快，池渺渺連忙挑重點把暖萌和秦亮現在的情況說明了一下，然後問李牧遙：「老闆你看，這種情況我朋友接下來該怎麼做呢？我看網路上很多人說要『斷聯』，但我怎麼覺得不太行啊，長時間不聯繫兩人的感情不就更淡了嗎？再說秦亮那還有個備胎等著，萬一備胎轉正了，我朋友想挽回就更難了吧？」

「這個世界上最難操控的就是人心，大部分的人像林婉那種，連自己都控制不了別說控制別人了。所以想讓別人改變心意，這當然不簡單，但也不是沒有可能。」

池渺渺連忙拿出自己的小本本，一副虛心求教的姿態：「還好有老闆你，接下來你怎麼說我們就怎麼做！」

李牧遙沒理會她的馬屁，而是又抬手看了一眼時間。

池渺渺連忙很識相的比了個嘴巴拉上拉鍊的動作。

李牧遙接著說：「不管做什麼事，心態都很重要。有一個心理學定律叫做『動機適度定律』，意思是說一個人做事的動機太強，事情反而容易辦不好，動機適度，事情才容易做好。所以不管妳這朋友是出於什麼目的想挽回秦亮，這個心態要控制好。」

雖然李牧遙的工作性質和池渺渺的完全不同，甚至因為兩人的社會地位、資源積累相差太遠，即便他們每天都會見面，但工作內容上幾乎沒有什麼實質性的交集。他負責頂層的運籌帷幄，她只負責他手下這部精密儀器的一個細微的環節，可是池渺渺還是很幸運地從他身上學到了很多，大到他對待工作的態度、他的時間管理，再到眼下這些心理學的知識。

她第一次真正體會到，身邊有一個勤奮聰明又博學的人是一件多麼幸運的事情。

李牧遙接著說：「妳之前說過妳朋友已經暗示過秦亮想要復合的事，但對方沒有接招。這一點很好，我認為她可以繼續嘗試幾次，而且不要模稜兩可，最好態度足夠明確。」

池渺渺記筆記的手忽然停了下來，她不確定地問李牧遙：「這樣會不會顯得我朋友有點掉價，反而適得其反呢？」

李牧遙不緊不慢地說：「秦亮不是覺得妳朋友強勢冷酷嗎？說明他潛意識裡覺得妳朋友沒那麼在乎他，一個不在乎自己的戀人無論如何都算不上是一個好的戀人。但這個時候妳朋友表現得反常一點，他就會認為妳朋友之前只是沒有表現出來，其實內心裡還是很在乎他的。」

「然後呢？」

「然後就是妳說的那個『斷聯』。」

池渺渺一字不落地把李牧遙的話都記在了本子上，不過她還是不理解，直接斷掉聯繫，和表明了捨不得的態度再斷掉聯繫，這兩者有什麼不同。

但李牧遙又抬手看了一眼時間，示意她該出去工作了。

好吧，反正聽大佬的總是沒錯，暖萌後續實踐中有什麼問題再請教他也不遲。

池渺渺臨走前忽然又想起一件事，吞吞吐吐地問：「那我轉正的事……」

李牧遙停下正給某份文件簽名的手，看來她還沒忘了正經事，他淡淡掃了她一眼說：「以後好好幹吧。」

池渺渺用了零點五秒的時間消化了這句話，旋即高興起來，情不自禁地朝李牧遙鞠了一躬：

「謝謝老闆！我會好好幹的！」

見她反應這麼大，李牧遙在短暫的錯愕過後不自覺地勾了下唇角。

37

因為失戀博物館有了分館，負責人力資源的韓夏時不時要出差，館裡的事情偶爾會麻煩池渺渺幫她去做。

這天池渺渺又接到韓夏的電話，說有幾份很重要的文件李牧遙著急要看，文件就裝在她桌上的兩個資料夾內，但她現在已經在去機場的路上，讓池渺渺代為把那兩個資料夾轉交給李牧遙。

池渺渺爽快地答應了下來。

她很快在韓夏的桌子上找到了那兩個資料夾，裡面不知道裝了什麼，滿滿的還挺重。

她捧著這些檔案夾敲開了李牧遙的辦公室門，但此時李牧遙並不在房間內，想著他著急要看她打算先把文件放在他桌上，再傳個訊息說明說明一下。

因為李牧遙的最新要求，池渺渺最近上班時都穿了正裝。今天也是，米色雪紡襯衫搭配駝色包臀半裙，再搭配上一雙同色系的小高跟鞋，整個人看起來幹練又淑女。

可是將資料夾放下時她沒注意到自己襯衫上的一顆釦子正好卡在了兩個資料夾之間，這麼一拉扯，縫得不太牢固的釦子便掉了下來，還順著辦公桌滾到了地上。

池渺渺低頭看了一眼，好不尷尬，掉的剛好是襯衫第二顆鈕子，這枚鈕子有沒有完全決定了她這一身的風格——有鈕子的時候是都市職場劇，沒鈕子的時候就是島國小電影。

什麼也別說了，趕緊找鈕子吧。

李牧遙怎麼也想不到，自己進門時看到的竟然是這麼勁爆的一幕——池渺渺背對著門雙膝跪在地上，上身和手臂向前伸展幾乎貼在地板上，像是瑜珈裡的某個姿勢。因為這個動作，半身裙緊緊包裹著她，勾勒出纖細又不失挺翹豐滿的曲線。

聽到了開門的聲音，她匆忙回頭，因為這個回頭的動作，幾縷髮絲被什麼東西勾到，凌亂地散在了額前。

看到來人是他，她只是說了句「馬上好」，與此同時，她又費力往前探了探身，最後終於像是拿到了什麼東西後才站起身來。

「妳在這幹什麼？」李牧遙沒看她，逕自走向自己的辦公桌。

「韓夏姐讓我把這幾份文件送過來給您……」池渺渺朝李牧遙晃了晃手裡那枚鈕子，「剛才鈕子不小心掉了。」

她給他看手裡的鈕子，他不自覺地掃了一眼，這一眼正好掃到她敞開的領口下若隱若現的峰巒丘壑。

許多深埋在潛意識中的記憶忽然就浮現在了腦海中——她把咖啡潑到他身上，然後手忙腳亂上來幫他擦的那一次，還有前些天在南城她膝蓋受傷被他抱回酒店的那一次……

關於她身體某一處的零星畫面、甚至手感，不自覺地在他腦中完成了一次複雜的資料處理，最後給出了一個幾乎百分之百還原的模型。

他不動聲色錯開眼，低頭拿起一份文件：「知道了，妳出去吧。」

池渺渺覺得他今天好像有點冷淡，但也沒察覺出哪裡有什麼不對，應了聲好就打算離開。

李牧遙卻又突然想到什麼，將她叫住。

池渺渺轉過身，他冷不防又看到她微敞開的領口，莫名就有點生氣——門外那麼多男同事，她就打算這麼出去了？

他沒好氣道：「裡面房間床頭櫃裡有針線，縫好了再走。」

池渺渺愣了愣，後知後覺地「哦」了一聲，她想說她自己也有針線，但見他已經開始埋頭工作了，只好按他說的去做。

李牧遙這間辦公室和酒店差不多，所有日常可能用到的東西這裡都有，每天來打掃衛生的人還會順便補充一下消耗品。

她打開床頭櫃，很快就找到了針線包，但是穿針引線後，對著鏡子比了比，她發現襯衫穿在身上不方便縫。

她看了緊閉的房門一眼，想了一下，反正最多只需要幾分鐘，李牧遙應該不會在這段時間進來，於是她不再猶豫，連忙脫掉襯衫。

聽到身後休息室的門「啪嗒」一聲被關上後，李牧遙才放鬆下來，他不自覺地深深呼出一口氣，再看面前的文件——剛才盯著看了半天，實則一個字都沒看進去，而此時還是如此。

他發覺自己的注意力會不自覺地跟著她走，他想一定是因為有個外人在他附近，讓自己沒辦法安心工作。

他略感煩躁地抬手看了看時間，距離她進去，至少已經過去三分二十八秒了，怎麼一點動靜也沒有，難道沒找到針線？

這麼想著的時候，他已經推開了休息室的門。

然而門裡的情形讓他懷疑自己又發病了，心跳驟然加速，手腳麻木不聽使喚……不知過了多久，可能只是短短兩、三秒，也可能是很長很長的時間，他才回過神來，迅速重新關好門。

池渺渺正飛速縫著釦子，冷不防門被人從外打開，她嚇了一跳，驚呼了一聲，捂著胸口回頭看來人，與李牧遙四目相對的一剎那，她的心都快跳出嗓子眼了。

但李牧遙倒像是個見過大場面的，面無表情地和她對視一眼，又關上了門。

池渺渺連續深呼吸兩次，過速的心跳才平緩了下來。她低頭審視自己，身上還穿著內衣和裙子，他剛才其實也只看到她的後背而已，外面很多女孩子的日常著裝的暴露程度也差不多是這樣，難怪他毫無反應。

最重要的是他剛才應該就是無心的，可她那反應卻好像很不信任他似的，他對她怎麼可能有什麼想法。

池渺渺忽然又覺得自己剛才自作多情的樣子有點丟臉。

但無論如何她是不敢再耽擱了，迅速縫好釦子，穿上襯衫，對著鏡子把自己整理好，確保沒有不對稱、沒有褶皺、沒有能讓李牧遙看了不順心的地方，這才出了門。

然而從休息室出來後，她發現李牧遙已經不在辦公室了。

池渺渺和暖萌都對李牧遙提出的方法深信不疑，所以接下來的幾天，暖萌接二連三向秦亮表露了幾次「心跡」。

一開始池渺渺還設想過，萬一秦亮迷途知返了，暖萌會不會心軟，畢竟秦亮是她談了最久，並且唯一一個想過和他天長地久的男朋友。但很快，池渺渺就知道是自己想多了，在池渺渺印象中那個可靠老實沒太多主意的男人，在這件事上卻異常堅決，不瞭解情況的人還以為他和暖萌過去的感情有多糟糕呢。

暖萌雖然表面上沒顯露什麼，但池渺渺可以感受到她其實還是有點遺憾和難過的。

這讓池渺渺更堅定了幫閨密追回秦亮的想法，雖說綠茶配狗天長地久，但渣男、小三都雙宿雙棲幸福美滿了，以後怎麼讓人相信愛情？

不過值得慶幸的是，池渺渺打著合作方的名義從他們團隊其他人那得來的消息是，也不知道什麼原因，雖然雨軒有事沒事就會跑去秦亮公司，兩人也會一起吃個晚飯之類的，但兩人確實沒有確立過關係。

看來是真的很在意別人的看法。既然如此就別怪她們正義的一方伺機反擊了。表達了想要挽回感情的態度，按照李牧遙的說法接下來就要開始斷聯了。暖萌之前被秦亮那狗男人堅決的態度氣到不行，要不是憋著一口氣，早讓渣男滾了，現在不用聯繫對方，簡直趁了她的意。

不過池渺渺總覺得好像有什麼不對勁。

很快她的感覺就得到了驗證，秦亮根本沒有反應，從池渺渺打探來的消息看來，他和雨軒還在繼續約會，而且比之前更頻繁了，這樣下去可不是辦法。

池渺渺只好再求助李牧遙。

她想問問題究竟出在哪，但又覺得這種事情上班時間問不合適，顯得她工作不夠認真。

終於等到晚上，她洗完澡躺在床上，想著李牧遙這時候應該閒下來了，才斗膽傳了個訊息過去，簡單說明她們的挽回前任之路遇到瓶頸了。

訊息傳過去後，她躺在床上忐忑地等待著，片刻後來電鈴聲突兀地響了起來。

他竟然直接回了個電話過來。

池渺渺誠惶誠恐地接通電話：「老闆，你還沒睡啊？」

『所以妳傳訊息給我其實是想試探我有沒有睡？』李牧遙的語氣很冷淡。

池渺渺也搞不清楚哪裡出了狀況，明明在經歷了李牧遙飛機上發病的事情後，兩人的關係好像拉近了不少，剛回來的時候，他對她的態度確實比之前柔和許多，不敢說兩人已經算是朋友了，但至少比普通老闆和員工的關係要親近一些。

可是最近不知道她哪裡做得不好，他對她的態度忽然又冷了下來，好像恢復到了他們剛認識時那樣。

「不不不，當然不是，我怕白天打擾你工作，晚上又怕打擾你休息。」池渺渺賠笑道。

『是挺打擾的。』

這男人說話永遠這麼欠扁，至今還毫髮無傷地活著也算是奇跡了。

「那我下次早一點。」

李牧遙有點煩躁，但又說不上來為什麼煩躁，他索性直接切入正題：『妳剛才說的情況，我覺得是妳們對「斷聯」的理解有問題，不是讓他們澈底不用來往了，而是讓妳朋友在不去主動聯繫秦亮的同時，展現出自己與以往不同的一面，當然這對秦亮而言應該是更有吸引力的一面。』

「這個我看網路上也有人提到過，分手之後有人會刻意在社群上發一些健身或者讀書旅行的照片，是不是這種？」

電話另一端的李牧遙沒有立刻回答她，聽筒裡傳來關車門的聲音，然後是開密碼鎖的聲音，聽起來像是剛剛回家。

『這要因人而異。』李牧遙換了鞋直奔臥室，邊走邊繼續道，『但總之要展現女性美好的一面，比如賢慧，做飯或者烘焙都可以……』

說到這裡，他突然想到了池渺渺做的蛋糕——蛋糕做得不錯，想必做飯的手藝也不差。

池渺渺追問道：「還有呢？」

李牧遙接著說：『比如可愛，表現出對某些事情的不擅長，或者在某方面的弱勢，以激起男人的保護欲。』

話畢，他驀然發現，自從他們認識以來，池渺渺大部分時間都在表現她的「不擅長」和「弱勢」，所以這是他對她一再縱容的理由嗎？不可能、不應該，這太不專業了。一定是為了挖掘她身上潛在的能力，才對她格外有耐心。

事實證明他的忍耐沒有白費，她幹別的不行，編故事確實是把好手。縱然《一枚鈕釦》是行銷的產物，但是如果它不符合市場口味，也很難紅到現在這個程度。

「那性感算不算？」她忽然問。

一聽到這個詞，李牧遙的腦海中就出現了前些天他在辦公室連續撞見的兩個場景。

心跳已經開始加速，但他的聲音中並沒有顯露出來，甚至肯定了池渺渺：『妳已經學會舉一反三了，應該不用我再多說。』

「謝謝老闆誇獎，不過我還是有一點不明白。」

『說。』

「為什麼不能在剛分手的時候就用這招，還要先去厚著臉皮求復合再這麼做啊？」

『有一種心理學原理叫「損失厭惡」。』說到專業自己的領域，李牧遙感覺到狀態總算漸漸恢復了正常，他扯掉領帶說道，『這是指人們面對同樣數量的收益和損失時，認為損失更加令他們難以忍受。』

極細微的「刺啦」一聲，像是解領帶的聲音，不仔細聽都聽不到，但池渺渺耳力超群。

『同量的損失帶來的負效用為同量收益的正效用的二點五倍……』

窸窸窣窣的脫衣服聲，除下手錶隨手擱置在桌子上的聲音……池渺渺腦中不自覺的出現了畫面。

接下來是不是該洗澡了？

正這麼想著，電話裡就傳來了嘩啦啦的水聲……不過聲音近了又遠，很快就停了下來，她才想起來，他有個一進門就洗手的習慣。

『明白了嗎？』

池渺渺立刻回神，想了想說：「也就是說讓暖萌去挽回秦亮，給秦亮一種心理暗示，暖萌對他的感情並沒有因為兩人分手而消失，秦亮漸漸就會覺得暖萌愛他是理所當然的，一旦有一天她突然決定放棄了，他會覺得自己虧了，所以更不甘心？」

『雖然不太聰明，但還不至於笨到無藥可救。』

這男人說出的話無比欠揍，可是在這間寂靜的房間中，他的聲音格外清晰，有些微的黯啞，彷彿就在耳邊，讓她忍不住恍神。

她覺得再這樣下去，今晚該睡不著了，於是打算結束這通電話。

「那老闆你先忙吧，我自己再消化消化今晚的重點。」

『嗯。』

就當池渺渺以為李牧遙要掛電話的時候，卻聽他突然說：『蛋糕不錯。』

她愣了愣，是在跟她說嗎？這話題是不是有點太跳躍了？

直到掛上電話好半天，池渺渺才明白他怎麼突然提起蛋糕，難不成他真的吃了她的紅絲絨蛋糕？更誇張的是，挑剔吝嗇如李牧遙，不但吃了她做的蛋糕，竟然還誇蛋糕不錯。

這也太不可思議了！

所以本打算打完這通電話就睡覺的池渺渺又從床上爬了起來，備受鼓舞地走進了廚房。

38

李牧遙的眼前一片漆黑，因為看不見，其他感觀變得格外靈敏。

鼻尖縈繞著一股似曾相識似有若無的淡淡香氣，不仔細聞很難分辨。他正努力回想著曾在哪裡聞過這香氣，忽然發現嘴裡好像含著什麼東西，指甲大小，光滑堅硬的質感，像是一枚……鈕釦？

緊接著，終於有光線透入，視線逐漸清晰起來，他第一眼看到的是一個女人的身體，準確的說是鎖骨的部位，一半露在外面，一半隱在米色襯衫下，而他嘴裡含著的正是那件襯衫上的鈕釦。

他稍稍往後仰頭，鈕釦便被剝離了下來。這個過程遠比想像中的還要輕鬆，彷彿那紐釦原本就只是個擺設，隨時等他來取。

沒有了鈕釦的束縛，襯衫領口敞開露出裡面若影若現胸前的輪廓。

寂靜的夜中，他聽到自己的心跳聲，是澎湃的，也是矛盾的。他明明想遠離，但偏偏被吸引，他很想看看對方的臉、對方的眼神，是不是也如他一般被欲望掌控，然而抬起頭來，入眼的竟然是一張熟悉到不能再熟悉的臉，而那張臉上的表情卻是他從來沒有見過的，沉淪的、充滿魅惑的……

李牧遙倏地睜開了眼，此時天已經大亮，陽光穿過窗外樹梢，在他的床上印下斑駁光點。

他看了床頭櫃上的鬧鐘一眼，不出所料的，他再次睡過頭了。

自從那天過後，他已經不是第一次做這樣的夢了。

為什麼會這樣？難道是他的病情又反覆了？

他知道強迫症患者最常見的表現就是潔癖，有超強的秩序感。當然他也知道有一些強迫症患者的強迫主題卻是與暴力、宗教以及性經驗有關的。比如強迫性性行為在強迫症患者當中就非常普遍。

難道他的強迫症非但沒有好轉，反而變得更加複雜了？

他立刻如臨大敵，起床後的第一件事就是寫郵件給遠在美國的醫生威爾森說明情況，如果可以希望對方來一趟。

心情複雜地點了發送，他才開始洗漱收拾，準備去公司上班。

然而蓮蓬頭中流出的冰冷的水也沒能洗去停留在他腦中的夢境，那些片段反反覆覆的出現，他甚至能清晰的感受到，只要他稍不留神，就能被那些東西拉進深淵。還好他的意志還算堅定。

所以在驅車前往失戀博物館的路上，他開始思考一個很嚴重的問題。

很明顯，池渺渺是導致他病情異常的罪魁禍首，正常來說，他應該儘量避免和她的碰面。但是在一起工作很難避免，因為自己的原因開除掉她很顯然對她並不公平。

李牧遙腦中不由得又浮現出池渺渺那張愛笑的臉……

雖然這人有時候莽莽撞撞的，有點迷糊，有時候還愛耍小心眼，但確實不算太笨，工作上的進步有目共睹，對朋友也算講義氣，在飛機上那種關鍵時候也還靠得住，而且蛋糕做得也不錯……

不去細想李牧遙都沒發現，原來不知不覺中池渺渺在他心裡已經是個有這麼多優點的人了。

一定是失戀博物館的員工大大降低了他的期待，使得他不知不覺中對下屬的要求越來越低了。

這種糾結的情緒一直持續到李牧遙走進辦公室，直到他打開冰箱門的那一刻，所有的糾結情緒便悉數消失了。

和前一天相比冰箱裡多了一個蛋糕盒，不用問也知道是誰放在這裡的。

想到那個人，他發覺自己竟然有點高興，或許只是因為紅絲絨蛋糕的味道確實不錯吧。

「您是覺得這一次的策劃案不合適嗎？」見他忽然不說話，一早就來彙報工作的助理劉煥有點擔心地問，畢竟老闆一句不合適，策劃部那邊近期所有的工作就都白做了。

誰知李牧遙打開冰箱，似乎什麼也沒拿就又關上了冰箱門，然後心情還不錯地回了句「可以」，好像剛才他的突然沉默只是一時恍神。

劉煥鬆了口氣，又領了一些李牧遙安排給他的工作才離開。

他總覺得這幾個月沒在老闆身邊，他的老闆好像有點變化，但具體哪裡變了，又說不上來。

劉煥離開後，李牧遙翻開被他握在手心裡的小卡片，這是剛才放在蛋糕盒旁邊的，很明顯是放下蛋糕的人留下來的。

幼稚又熟悉的字跡，寫的是蛋糕的「製作方法」，讓他有點意外的是，這一次口味換成了黑巧克力焦糖。

他喜歡甜的，除了從小就喜歡外，還有一個原因是因為甜食能讓人心情愉悅。或許就是因為這個原因，哪怕他還沒真正嚐到蛋糕的味道，卻已能清晰的感覺到，此刻自己的心情的確不錯。

至於那些讓他頭疼的夢，畢竟不是她的錯，而且威爾森也說過，他要試著突破自我，害怕坐電梯就要多嘗試幾次，既然如此，也不該因為害怕那些奇奇怪怪的夢就讓她消失。

按照李牧遙說的，暖萌開始改變了社群動態的風格。

她的確開始做飯了，可是自己是什麼水準老秦最清楚不過，一下子廚藝太精湛顯得假，就只能實事求是。

好在，在做飯這方面如果暖萌是個菜鳥選手，那池渺渺能算是廚神了。

可是有的人就是可以菜到帶不動。

池渺渺一邊寫稿一邊透過視訊遙控暖萌做菜，結果做出來的菜一道比一道還慘不忍睹。弄了一個晚上竟然都沒一個能看得，更別提能吃了，重新做還得再去一趟超市買食材。

最後兩人合計，努力了一個晚上不能白費，乾脆把這幾盤子看不出食材的發出去算了，菜雖然做的不好，但至少說明她的生活態度開始轉變了。

結果就是她這幾盤獨創的黑暗料理把社群上的萬年潛水黨都炸出來了。

大家對猜測這幾道菜的菜名非常感興趣，這絕對是她社群創立以來最熱鬧的一天。而且和暖萌互動的這些人裡，有很多也是她和秦亮的共同好友，秦亮只要滑到她的動態，就能看到他們說了什麼。

面對大家的調侃，暖萌也不生氣，還配合著幽默地自嘲幾句，而且一點也看不出她剛剛失戀的樣子。

生怕秦亮看不見，正好池渺渺和秦亮也是好友，池渺渺特地截圖了暖萌的動態，分享到了自己的社群上。

於是不出所料的，當天深夜，暖萌都快睡下時，收到了一個說好了還能做普通朋友的前男友的點讚。

她立即把這個訊息告訴了池渺渺。

池渺渺也替閨密開心，一個晚上總算沒白忙。

她想了想，決定跟他們的軍師也彙報一下這個可人的進展。

池渺渺：『老闆你那招太好用了，我朋友晚上在社群上上傳了幾張她做的菜的照片，消失這麼久的秦亮真的給我朋友點了個讚。』

李牧遙剛從浴室出來，正好收到池渺渺的訊息。他一邊擦著頭髮一邊隨手點開，看到內容，他覺得池渺渺有點大驚小怪。雖然他沒有多餘的精力放在這些無聊的事情上，自然也沒親身實踐過，但這個情況確實跟預想的一樣，所以他完全沒有在意。

退出對話，他也隨手點開動態，最上面的一則就是池渺渺的。

他擦頭髮的動作忽然停了下來……

那大便一樣的東西是什麼？比鍋底還黑的又是什麼？

好吧，理論和實踐還是有出入的，這真的跟他想的不太一樣。

39

或許自嘲也算是一種柔和的態度吧，自那以後，暖萌時不時地更新一次她的「黑暗料理食譜大全」，而秦亮也從一開始的點個讚，漸漸會留幾句言，有時候甚至會和其他朋友一起調侃她。

雖然共同朋友都知道他們已經分手了，但見當事人分手還能做朋友的架勢，完全不尷尬，大家也就還會像以前一樣一起玩，組什麼局也不會再刻意將他們分開。

所以兩人分手後的第一次見面就是在朋友約的局上。

為了等這一天，暖萌和池渺渺已經籌劃已久了，嘗試做飯只是一個訊號，池渺渺很會舉一反三，認為暖萌在形象上也應該有所改變。

在池渺渺的建議下，暖萌換了個髮型，新買了幾套衣服，雖然也都是酷酷的，但和以往的那種酷不同，是酷中還帶著一點可愛。

秦亮應該是喜歡這種改變的，或者說並不排斥。因為自從那次之後，他們正式恢復了聯繫。不過讓人頭疼的是，兩人聯繫了一段時間，秦亮卻完全沒有要復合的意思。

『他不會是真打算和前女友當朋友吧？』

池渺渺第一時間請教軍師李牧遙。

這段時間，為了幫暖萌追回秦亮，池渺渺時不時的會向李牧遙彙報一下進展情況，順便再請教一下接下來該怎麼辦。

考慮到李牧遙白天很忙，晚上偶爾也有工作或者應酬，她一般選在晚上睡覺之前傳訊息給他。

起初那段時間，她還挺忐忑的，畢竟拿這種小事去麻煩人佬多少有點拿不出手的感覺。好在後來她發現，李牧遙雖然有時候會不回訊息，就算回覆了內容也顯得很冷淡，但是至少還是在指導她們，所以池渺渺也就沒有太客氣。

池渺渺：『不過我聽說他也沒和那個女編劇在一起，他是不是因為重新和我朋友聯繫上了，並且發現還有感覺，所以才沒有和別人在一起？』

李牧遙：『妳們小說作者的想像力都這麼豐富嗎？』

池渺渺：『？』

李牧遙：『妳這個前後順序可能搞錯了。很有可能是他和女編劇之間出現了什麼問題，而這時候又遇到了前女友，反正閒著也是閒著，就分出點心思來應付一下。』

池渺渺：『這麼渣？這麼說我朋友其實只是個用來消磨時間的備胎？等他們之間的小矛盾解決了，那還有我朋友什麼事？』

李牧遙今天心情正好不錯，也就不吝嗇多說幾句。

李牧遙：『那倒不會，秦亮這個水準的男人要找個各方面條件都能讓他滿意的長期伴侶也不是件容易的事。以前他大概覺得那個編劇不錯，但接觸多了未必還會那麼想。當然也有可能只是因為得不到的都是好的，得到了又覺得沒什麼稀奇。所以他們也未必就會在一起。』

這簡直是重大好消息，池渺渺立刻傳了個呲牙笑的貼圖過去。

與此同時，李牧遙又補充了一句：『當然秦亮和她在一起的可能性還是比和妳朋友復合大得多。』

池渺渺：『……』

池渺渺：『？？？』

池渺渺：『！！！』

隔著螢幕，李牧遙都能想像的到池渺渺臉上的表情變化——從幸災樂禍到錯愕，再到憤怒，最後是委屈……

這和夢裡的她完全不一樣。

李牧遙突然意識到自己又在回想那些亂七八糟的夢，而且身體並沒有一點不適，還隱隱有沉浸其中的趨勢，看來是病得不輕了。

他立刻將手機丟到一旁，起身走向浴室。

池渺渺見李牧遙一直沒有回自己，也不敢再多問。不過李牧遙說的話澈底把她氣到了，她都不敢相信，男人竟然會這麼渣。

當務之急必須把李牧遙說的這些話轉達給暖萌，讓她千萬不能掉以輕心，別又掉進渣男的坑裡。

雖然暖萌最初是抱著報復渣男的念頭去的，但是這段時間，因為和秦亮相處的還算不錯，秦亮也並沒有和雨軒在一起，她不自覺的就有些心軟，甚至發現對方沒有復合的意願後，她還一度懷疑是自己過去給他留下了什麼陰影，讓他即便還會對她動心，但也會因為那些陰影裹足不前。

結果聽了李牧遙的分析，暖萌幾乎氣炸，當即決定對狗男人果然是不能心軟的。兩人一起把狗男人罵了個狗血淋頭，痛快是痛快了，但提到解決問題的辦法，兩人又相繼無言。

池渺渺打著哈欠對著視訊裡的閨密說：「算了，先睡覺吧，明天我再去問問我老闆。」

第二天一早，池渺渺頂著雙黑眼圈出了門，剛到失戀博物館樓下，就看到那輛熟悉的黑色 Land Rover 也正好駛入它的專屬停車位。

池渺渺故意等了等，等李牧遙走過來，她連忙小跑著跟上，「老闆早啊。」

李牧遙掃她一眼微微挑了挑眉：「昨晚偷雞摸狗去了？」

池渺渺也知道自己現在是什麼模樣，尷尬笑笑說：「昨天安慰我朋友安慰到大半夜，就沒睡好。對了，還是我朋友那事，有沒有什麼辦法能測試出秦亮對她到底是什麼想法？總不能直接問吧？這好像顯得我們很趕著倒貼似的。」

李牧遙一邊往樓上走，一邊說：「也不是沒有。有一種測試叫『不自覺服從測試』。」

「什麼意思？」

正在這時，他的手機忽然震了震，他拿出手機看了一眼，習慣性地把手裡的車鑰匙遞出去。

池渺渺見狀很自覺地接了過來，李牧遙便低頭回訊息。

回完訊息，李牧遙接著說：「簡單說就是透過話語或者舉動請求或者要求對方做一些事情……」

他邊說邊伸出手，池渺渺很自然地拿出紙巾擦了擦他的車鑰匙，然後重新遞還給他。

「……從而判斷對方對妳的好感度。」

這話一出口，兩人都不自覺地愣了愣。

池渺渺腦中瘋狂思索著，難不成在不知不覺中她對老闆已經產生了什麼不該有的非分之想嗎？

李牧遙拿過車鑰匙，別過頭清了清嗓子說：「當然這種測試在上下級之間並不適用。」

「哦哦。」池渺渺不自覺地鬆了口氣。

她也說嘛，自己不會那麼自不量力，她對他的服從一定是礙於老闆的淫威，和什麼男女之間的好感絕對沒什麼關係。她這種凡人還是適合和另一個凡人來共度餘生，至於能和李牧遙共度餘生的人……汪可那麼美都不配的話，那池渺渺一時間還想不出應該是個什麼樣的仙女。

在進辦公室前，李牧遙突然叫住她：「我記得妳那個朋友是編輯？」

「對。」

「妳那本小說的出版，她感興趣嗎？」

池渺渺反應了一下子才弄清楚他的意思，當即開心起來。

其實早在池渺渺那篇文剛發表的時候，暖萌就問過她是否考慮出版，奈何故事的版權事宜她自己做不了主，所以只好拒絕。

眼下老闆都發話了，她立刻說：「當然感興趣了。」

李牧遙好像沒有看到她的情緒變化，面無表情地想了一下說：「那就明天上午，她方便的話約她過來談一下。」

反正暖萌公司離這裡不遠，過來也方便，池渺渺也就沒多想，替她答應了下來。

上午的時候劉煥照例來彙報工作。

討論完其他事，李牧遙說：「約一下秦暖的秦導，最好是明天上午來公司談一下後續合作的相關事宜。」

劉煥提醒李牧遙：「可是明天上午您還有其他的會議要參加，要不要跟秦導商量，換個時間？」

李牧遙頭也不抬地說：「我就不參加了，業務部的人在就行。至於和秦導見面的時間，可以問一下池渺渺。」

劉煥知道最初和秦亮的合作是池渺渺負責對接的，但是現在分工有所調整，這事就和池渺渺無關了，見面的時間為什麼要問她呢？

李牧遙抬起頭掃了他一眼：「還有別的事嗎？沒事就去忙吧。」

劉煥當李牧遙助理的時間不短了，深諳在他身邊工作的原則，想不明白也不會多問。

出了李牧遙的辦公室，他第一時間通知業務部，接著就直奔池渺渺的座位。

池渺渺聽說他的來意也有點摸不著頭緒，不過很快，她想通了，她讓劉助理稍等片刻，立刻撥通暖萌的電話跟她確認時間，才答覆劉煥。

確定好了這一切，她依舊覺得有點不可思議，甚至還有一點點感動，難為李牧遙每天日理萬機，竟然還會在這種小事上為她考慮。

她想了想，拿出手機傳了個感謝的訊息給李牧遙。

蕭易人在國外暫時回不來，但國內公司的情況他還是時刻關注著，公司重要的視訊會議他會參加，時不時還會跟李牧遙通個電話連個視訊。

牆上的巨幅顯示螢幕上一半是蕭易在波士頓的家，另一半是李牧遙的辦公室。那邊的天已經黑透，算算時間應該是晚上九點多了，但蕭易正在吃晚飯。

李牧遙像往常一樣忙著自己的事，順便跟他聊幾句。兩人聊了聊蕭易父親的身體狀況，又聊到公司的事情。

正在這時，李牧遙放在桌上的手機忽然震了震，是一則訊息，他隨手打開。

池渺渺：『謝謝老闆的良苦用心，無以為報只能加倍努力工作了！』

無論是要出版《一枚鈕釦》還是和秦亮的後續合作，這都是已經定好的事情，安排他們在同一時間來館裡談合作這對李牧遙來說只是舉手之勞，但如果不是考慮到答應幫她的事，他完全不用過問這些瑣事，好在她還不算太笨，沒辜負他的用心。

蕭易和李牧遙認識太多年了，深知這位朋友在表情管理方面的能力和他的創業嗅覺一樣讓人望塵莫及。別說剛接觸的人很難從他臉上看到什麼明顯的情緒，就連他這個和他認識多年的老朋友也很少見到他的臉上出現皺眉和面無表情以外的其他神情。

是今天網路不好讓畫面卡頓錯位了還是他眼花了？也不知道李牧遙的手機上有什麼有意思的東西，他竟然對著手機螢幕勾了勾嘴角，做出一個類似於笑的表情，雖然只是一閃而過，但蕭易可以斷定他絕對不會看錯。

蕭易忽然想到一種可能性。

他知道李牧遙在出差的過程中發過一次病，也知道當時多虧了池渺渺在身邊才能讓他安然無恙。難不成兩個人因此發展出了感情？

『你出差時多虧了那個小美女實習生，怎麼樣？現在看人家順眼多了吧？』

李牧遙頓了一下，依舊是面無表情地說：「如果不是她我也不會突然發病。」

蕭易立刻捕捉到那短短一霎間的停頓，故意調侃道：『既然這人總這麼沒眼力不如直接開除掉算了。你不用管，就讓我這個從來沒露過面的老闆來。』

李牧遙低頭沉默了片刻，抬眼看向蕭易：「如果我和她真的沒辦法一起工作，我會考慮讓一個人離開。」

一個是實習生，一個是老闆，如果真的要離開一個，不用說也是讓實習生走人，但他卻說得這麼模稜兩可，這滿滿的維護意味當誰聽不出來呢！

蕭易笑了：『看來你們這段時間相處的不錯啊，其實人都是這樣，剛開始的時候彼此不熟悉難免看對方不順眼，熟悉了之後就不一樣了。你最近是不是發覺她順眼多了？』

李牧遙不置可否。

蕭易打了個響指：『我就知道，漂亮姑娘越看越順眼嘛！那你見不到她的時候，有沒有時不時地想起她、想見她，甚至晚上做夢夢到她？』

李牧遙對著鏡頭另一邊眉飛色舞的好友回了句：「工作了。」

說著他便毫不留情地結束了視訊通話。

但某人還不肯作罷，緊接著連傳幾則訊息過來。

蕭易：『不敢承認了是不是？那就是有！作為過來人，哥們跟你說，你就是看上人家了！』

蕭易：『你不是很會揣摩人的心理嗎？怎麼不好好揣摩一下自己的？』

蕭易：『我說你怎麼對別人的事一看就清楚，輪到自己的就這麼遲鈍，還是你在逃避什麼？』

李牧遙淡淡掃了一眼，就將手機丟到一旁。

恰巧此時，郵箱進來一封新郵件，是來自他的主治醫生威爾森的回信。

他立刻打開來。

比起他對於自己身體心態變化而產生的那種焦慮，威爾森就淡定多了。他的回信也是嘻嘻哈哈的，只有一句：『放輕鬆朋友，或許只是那位女孩太可愛了，你也該談個戀愛了。』

怎麼一個兩個都是這樣？

李牧遙無奈地按了按太陽穴，關掉了郵件。

40

暖萌早就得到了池渺渺的一手消息，知道去談合作是其次，要和舊情人「偶遇」才是正事。

她早早起床，化妝弄頭髮足足花了兩個多小時，總算提前一刻鐘到了失戀博物館。

她來得巧，剛要跨進失戀博物館的大門，就從玻璃門上看到身後停車場駛入一輛牧馬人（Jeep Wrangler），那輛車暖萌再熟悉不過，正是秦亮的車。

她佯裝不知，只是刻意放慢了動作，同時拿出手機打給池渺渺，告知自己和秦亮都已經到了。

片刻後，秦亮進門也看到了暖萌。

這是兩人分手後的第二次見面，距離上一次又已經過去很久了。

暖萌打扮了一個早上，自然比平時更光彩照人。

而秦亮只當這是個尋常的商務談判，雖然也像模像樣地穿了正裝，但看他的表情很顯然沒想到會在這裡遇到暖萌。

暖萌沒有錯過他眼中的意外和一閃而過的驚豔。

她也做出一個恰到好處的吃驚表情，然後落落大方地回以微笑。

秦亮好半天才回過神來，有點不自在地說：「好久不見。」

暖萌：「好久不見。來工作嗎？」

秦亮乾笑著應了聲是，又問她：「妳是來找渺渺，還是……」

說著他環顧了一下周遭的環境，暖萌暗道不好，在這裡見到她，他該不會誤以為她對他還餘情未了，來失戀博物館緬懷祭奠他們那段感情吧？

正要開口解釋，身後傳來一個清爽的男聲，「請問您是新陽文化公司的編輯暖萌嗎？」

來人不僅聲音好聽，長相也是各處都出挑。暖萌立刻想到，這大概就是池渺渺說的那位帥哥助理。

他這麼問，也不知道是不是池渺渺提前交代好的，倒是不用她再費口舌解釋了。

她朝對方笑笑：「是我。」

劉煥：「那我們上樓吧。」

說著他看了暖萌身邊的秦亮一眼，不確定地問：「您二位是一起的嗎？」

暖萌淡定回答：「不是。」

正說著話樓上下來一人，聽到他們的對話，小跑著跑向秦亮：「衛總在二樓等您呢。」

秦亮應了聲「好」，臨走前又回頭看了暖萌一眼，有點彆扭地說：「改天一起吃個飯。」

暖萌微笑點點頭，自始至終既不過分疏離冷淡，也談不上多熱情，好像秦亮只是個無關緊要的人。

等他們離開，劉煥這才開口：「我們也在二樓。」

沒有其他人在，暖萌也就不端著了，「渺渺呢？怎麼麻煩你來接我？」

劉煥：「她剛才說肚子疼，讓我幫個忙。」

劉煥顯然沒多想，但暖萌心裡已經了然，什麼肚子疼，肯定是故意的，一是讓秦亮知道她是來談出版合作的，遇上純屬偶然，二是安排這麼個帥哥來接她，就算他們沒什麼，難保秦亮不會聯想。

果然她一上樓就見到了池渺渺，哪有不舒服的樣子？

合作的事情很簡單，不到半小時兩人就敲定好了所有的細節。

暖萌今天的使命已經全部完成，見池渺渺似乎還挺忙的，她也沒再耽誤，早早回公司去了。

而這天之後，據暖萌說秦亮開始聯繫她了，而且越來越頻繁，有時候說話也比較曖昧，簡直和兩人談戀愛的時候沒什麼差別，隔幾天就約她一起吃個飯，甚至還約她月底去海邊過個週末，所有人都以為這就是要復合的前奏。

池渺渺把這個好消息告訴了李牧遙。

李牧遙卻沒她們那麼樂觀，『妳瞭解秦亮和那女編劇現在是什麼情況嗎？』

池渺渺茫然搖搖頭，很快意識到電話另一端的李牧遙看不到，連忙說：「不清楚。」

這段時間暖萌和秦亮打得火熱，她們也就沒再去關注其他人。

李牧遙：「所以誰是備胎妳們也不清楚？」

池渺渺瞬間就被這句話點醒了，如果秦亮早就想好要復合，在暖萌第一次同意赴約時就應該提出，可他卻拖拖拉拉了一個多月了，就是不提這件事。

李牧遙：『我以為，妳朋友是希望秦亮求著復合，而不是她求著秦亮複合。』

池渺渺也有點急了：「是啊，她是希望秦亮求她的。」

李牧遙：『那她為什麼還這麼做？』

暖萌做錯什麼了？池渺渺一頭霧水。

池渺渺：「她不是不懂嗎？老闆你那麼忙，也不好一點點小事就來麻煩你……你看接下來要怎麼做才能扭轉局面呢？」

李牧遙：『訊息一定要每一則都回覆嗎？妳朋友也不至於那麼閒吧，別人一約就約得到？海邊過週末就更不合適了，至於為什麼不合適，腦子不太笨的都應該清楚要拒絕。秦亮如果再不挑明，以後都不用聯繫了，如果對方問為什麼，妳朋友可以表明態度，要麼復合要麼別再聯繫。』

池渺渺有點擔心地問：「萬一對方就是不挑明，或者乾脆說不願意復合怎麼辦？」

李牧遙無所謂地說：『那也有別的辦法。』

聽李牧遙這麼篤定的口吻，池渺渺沒有懷疑，感覺這一次任秦亮化身孫悟空，也逃不出李牧遙的手掌心了。

她心悅誠服，佩服得五體投地，一激動說話也沒過腦子：「老闆你這麼厲害肯定沒有追不到的女生吧？」

李牧遙頓了頓說：『沒有女人需要我花這種精力。』

池渺渺快速分析了一下他話中的這個「需要」是什麼意思，一種是他看上的女人勾勾手指對方就從了，所以用不著他花費多餘的力氣。這個「需要」的另一種含義或許等於「值得」，也就是說沒有人值得他這麼做，或者值得他這麼下功夫的女人還沒有出現。

想到這些，池渺渺也說不上為什麼，心裡竟然有一點悵惘。

就在這時李牧遙突然說：『黑巧克力焦糖這個口味更適合我。』

池渺渺剛才那一絲莫名其妙的悵惘一瞬間消失不見了。這是李牧遙第二次誇她做的蛋糕好吃，她立刻說：「我最近還學了一種新口味，我把它取名叫『紅糖愛枸杞』，味道偏甜，老闆你一定喜歡，而且紅糖枸杞還可以健脾暖胃滋陰補腎，感覺你最近精神不太好，是不是晚上睡不好，身體乏力，記憶力下降，注意力不集中？那吃這款蛋糕正好對症……」

李牧遙冷漠打斷她：『妳自己留著吃吧，謝謝。』

說完便掛斷了電話。

池渺渺對著手機一陣茫然，她說錯什麼了嗎？不喜歡這個口味可以換別的啊！怎麼感覺他好像生氣了？

掛上電話李牧遙難得多看了鏡子裡的自己幾眼。

睡得不好有那麼明顯嗎？她還好意思說，怪誰呢？

但很明顯，她理解的和實際情況偏差不小。

想到這一天，他難得無力地扶了扶額。

第二天一早，李牧遙又在辦公室的冰箱裡看到了熟悉的蛋糕盒。

這一次他並沒有太多意外，取而代之竟然是莫名的忐忑。他將盒子拿出，打開看了一眼，才鬆了口氣，是黑巧克力焦糖，還好不是什麼紅糖枸杞，不然他真不知道自己會做出什麼事來。

正巧劉煥來彙報他今天的行程安排，聽完之後，想了一下，額外交代了兩件事去做。

從李牧遙辦公室出來，劉煥覺得自己不在的這半年，老闆一定變了很多，不然他不會總是對老闆的指示感到茫然。

想到老闆剛才安排他做的兩件事，一件是讓他通知業務部那約秦亮明天中午在隔壁泰式餐館吃個飯，最好帶上編劇，詳細聊一下方案細節。一般來說這麼細節的事情完全不用他過問的，更別提連吃飯地點都指定了，但如果秦亮是他特別看重的合作方，他考慮得這麼仔細也說得過去。

但另外一件事就讓他澈底傻了——老闆讓他明天中午單獨請上次那個女編輯吃個飯，聊一下後續的長期合作計畫，最好地點也在隔壁的泰式餐館，理由是，方便隨時找他。

他是李牧遙的助理，按理來說只有輔助老闆這一件事，就算那女編輯和他們有業務往來，又和他有什麼關係呢？

難不成……他忽然想到一種可能性——他老闆一定是因為他單身太久看不下去了，這是變相介紹女朋友給他呢！

可是李牧遙自己又比他好到哪去啊？

但無論如何，想到這一點的劉助理還是挺感動的，果然老闆只是面冷而已，心還是熱的很。

41

池渺渺也是第二天才知道劉煥要請暖萌吃飯這件事，聽說是談後續的長期合作，池渺渺覺得無論於公還是於私，中午的飯局自己都不能缺席。

因為年齡差不多，還有過工作交接的過程，所以比起館裡的其他老員工，劉煥和池渺渺最熟。熟了之後，池渺渺也不把劉煥當外人，暖萌沒來之前就明示暗示劉煥中午能不能把她也帶過去。

這讓劉煥有點拿不定主意，因為李牧遙吩咐給他的時候，分明說了讓他單獨請暖萌吃個飯，很顯然帶上池渺渺就不是「單獨」了。但另一方面，如果李牧遙的意思只是撮合他和暖萌，那多一個熟人在場氣氛會更自然，更有利於他和暖萌互相瞭解，這也不算辜負了老闆的一番好意。

正猶豫著，劉煥只覺得頭頂上光線一暗，不知道什麼時候李牧遙竟然出現在他的辦公室裡。

還沒等他反應過來，對李牧遙的出現渾然不覺的池渺渺繼續央求道：「還差我那份嗎？反正都是公司報銷，沒關係，沒關係吧？」

「誰說沒關係？」男人清冷的聲音從身後傳來，嚇得池渺渺一個哆嗦。

池渺渺心裡叫苦，她這運氣也真是厲害了。明明蹭飯是其次的，關心暖萌和公司的合作才是重點，怎麼偏偏只有這句被李牧遙聽到了？

池渺渺乾笑著看向李牧遙：「老闆，我不是那個意思，我是說我和暖萌更熟悉，有我在場的話合作談得更順暢。」

李牧遙卻好像沒聽到她說什麼似的，冷冰冰回了一句：「妳不許去。」

「為什麼啊？」

她才不相信李牧遙只是不想讓她蹭飯。

李牧遙：「中午劉煥不在，我的午飯誰負責？」

這是什麼意思？難道以前劉煥沒來的時候李牧遙都不吃午飯？仔細想想，好像大部分時間真的是這樣。

劉煥見狀連忙附和李牧遙，一著急就沒注意措辭，「對對對，中午我不在，李總就交給妳了。」

說完才覺得有點不對，他又立刻弱弱地補充道：「李總的午飯……」

李牧遙似乎沒有察覺到小助理的口誤，留下一句「中午等我叫妳」便離開了劉煥的辦公室。

李牧遙走後，池渺渺和劉煥面面相覷。

池渺渺：「他來就是為了說這件事？」

劉煥聳聳肩，拿出便利貼寫了幾家店名，以及一些注意事項給池渺渺：「中午妳問問老闆想吃什麼，一般都是這幾家店之一，妳千萬不要叫外送，時間保證不了，口感更不行，拿回來他也不會吃的。」

看到劉煥對李牧遙的這份細心，想到他來之前的日子，難怪那時候他時常不吃午飯，原來是沒人投餵啊，想到這裡，她不知道是該同情李牧遙沒人照顧連口飯都吃不上，還是該同情劉煥小小年紀就成了老媽子。

這一次暖萌沒有得到提前的暗示，但她也希望能和李牧遙的公司建立長期的合作關係。

中午跟著帥哥助理走進了一家泰式餐廳，泰式餐廳占地並不大，她本來以為等在裡面的會是池渺渺，一進門卻看到角落一桌裡熟悉的男人。

那一桌四、五個人，其他人她不認識，但坐在他旁邊的雨軒她卻看得清清楚楚。

明明對秦亮已經沒什麼感情了，但是看到他和雨軒在一起，暖萌還是覺得心口悶悶的，不由得想起他們剛剛分手的那段時間。

這種時候她可沒什麼心思在她面前演什麼大度寬厚，目光冷冷掃過那兩人便跟著劉煥往提前預定好的位子走。

秦亮和雨軒明顯也都看到她了，雖然很生氣，但兩人的表情她都沒有錯過。雨軒顯然沒想到會在這裡遇到她，不過很顯然她更在意此時秦亮的感受，所以雨軒在認出她以後的第一個反應，就是看向秦亮。

至於秦亮，見到她時，他臉上閃過一絲錯愕，但當他看到她身邊的劉煥時，那絲錯愕不見了，取而代之的則是不滿。

想到這一點，暖萌忍不住在心裡冷笑，他有什麼立場不滿，難道只許他州官放火不許她百姓點燈了？

到了這一刻，暖萌忽然想到一種可能性，難不成這又是李牧遙安排的？再看面前有點不自在的小男生，暖萌恍然大悟，同時又覺得心情好了不少。

正在這時，池渺渺的訊息傳了過來：『妳到了嗎？我今天本來想去的，結果被我老闆扣住了。不過我覺得我們老闆還算大方，應該不會坑人，你們好好聊聊看。』

池渺渺的訊息傳出去沒多久，手機就震了震，她以為是暖萌，打開一看是李牧遙的訊息。

簡簡單單兩個字：『吃飯。』

此時辦公室裡的同事們都三五成群地出去吃午飯了，池渺渺也早就餓了，但李牧遙還沒吃午飯，她不敢隨便離開。

等了好半天，總算等到這大忙人要吃飯，池渺渺連忙拿起劉煥留給她的便條紙起身走向李牧遙的辦公室。

她以為李牧遙會像往常一樣，從那幾家餐廳裡選一家讓她去買，誰知他卻是要帶著她一起出去吃。

李牧遙選的地方在失戀博物館附近，走路就能到，但是七拐八繞的也不是很好找。

這是一家西餐廳，門面不大，但名氣很響亮，是附近少有的米其林二星餐廳。

池渺渺突然有點腿軟，等一下這位大佬不會提出要平分吧？

池渺渺：「老闆你怎麼突然想起出來吃飯了，想吃什麼讓我來買回去就好呀！」

「想出來走走。」

「哦，那既然用不著我，我就先回去了，我突然想到還有點工作沒做完。」

李牧遙像是看穿了她的想法，淡淡丟下一句：「妳不是想蹭飯嗎？蹭我的不比蹭劉煥的強？」

池渺渺聽他這麼說總算放下心來，但嘴上還是說：「我是真的想起還有點工作沒做完……」

李牧遙掃了她一眼，也沒有揭穿她的意思：「吃妳兩個蛋糕，請妳吃頓飯，沒什麼。」

「老闆你太客氣了。都走到這了，我就吃完飯再回去工作吧。」說著兩人已經走到店門前，池渺渺眼疾手快先李牧遙一步推開店門。

李牧遙不自覺地彎了一下嘴角，在池渺渺看過來時又面無表情地走進了店內。

有服務生迅速迎了上來，將兩人引至一個僻靜的角落。

池渺渺拿著菜單又開始犯難。

李牧遙問她有沒有什麼忌口或者特別想吃的，池渺渺搖了搖頭：「其實我也不是很餓，隨便吃一點就行。」

李牧遙點點頭，乾脆俐落地點起了菜。

菜一道道端上來，一開始池渺渺還有點侷促，但她發現李牧遙做任何事的時候都很專注，包括吃飯。從始至終他都沒有看她一眼，安靜地吃自己那一份，而且他得並不快，姿態閒適優雅，很賞心悅目，倒是讓池渺渺漸漸放鬆下來。

所以遇到自己不知道該從何下嘴的菜，池渺渺學著李牧遙的樣子也沒露什麼怯。

這一頓飯吃得池渺渺心情很舒暢，直到兩人即將走出餐廳的那一刻。

他們出門時，李牧遙正好接到一個電話，李牧遙邊打著電話邊往門外走去。而此時一個年輕女人正領著一個五、六歲的男孩子進門。那男孩子手上還拿著一個舔了幾口，融化到流下湯來的冰淇淋甜筒。

不知從什麼時候起，但凡和李牧遙走在一起的時候，她對周遭這些「危險分子」就會格外的警覺。

所以女人和男孩子一進餐廳，她就注意到了他們。

還真是越怕什麼就來什麼，她正警惕地盯著男孩子手上甜筒看得時候，那男孩子也不知道看到了什麼，猛然掙脫媽媽的手，朝他們跑了過來。男孩的媽媽在他身後叫他的名字，男孩一邊回頭看著，一邊扔未放緩腳步，眼見著就要撞到李牧遙身上了，池渺渺眼疾手快上前擋住了衝過來的男孩。

這個年紀的男孩子已經長得很結實了，撞得池渺渺一個踉蹌，與此同時，她感覺到身上某一處涼涼的，不用低頭看也知道那是什麼。

小男孩媽媽見自己的孩子撞了人，還弄髒了人家的衣服，連忙過來道歉。店裡的服務生見狀也連忙拿著紙巾跑了過來。

池渺渺一邊擺手示意自己沒事，一邊飛快扯了幾張紙巾擦掉沾到襯衫上的冰淇淋，生怕李牧遙看到又有什麼不適的反應，到時候她還要處理他。

服務生提醒池渺渺可以去洗手間清理一下，池渺渺想著馬上就要到上班時間了，也不好讓李牧遙等她，擺擺手說：「沒關係，我回去自己清理吧。」

小男孩媽媽見池渺渺好說話，明顯鬆了口氣，但看到他身後面色不虞的男人時，剛放下的心又提了起來。

她連忙從包裡拿出自己的名片遞上去：「抱歉弄髒您女朋友的衣服，我可以賠償洗衣費或者陪您女朋友一套新的都可以。」

男人低頭掃了一眼，顯然沒有伸手去接的意思，但卻說了句「拿著」，才往門外走去。

剛把衣服上的冰淇淋擦掉的池渺渺愣了一下，才反應過來李牧遙是在跟她說話。她想說不用了，她的襯衫網購一八八一件，丟洗衣機裡隨便洗洗就可以，但回想起李牧遙的臉色，她又把要說的話咽了下去，乖乖接過那張名片，跟上了他的腳步。

這人可是看到別人衣領沒翻出來都會渾身不舒服的人，看到她身上這片冰淇淋留下的痕跡還不知道要怎麼難受呢。

所以回去的路上池渺渺都刻意落後半步，讓李牧遙不至於看到自己衣服上的污漬。

兩人就這麼一路無話的走回公司，快到他辦公室門前時，他才再度開口：「進來。」

池渺渺有點猶豫：「那個……要不我先去洗手間清理一下？」

李牧遙已經走進了辦公室：「別清理了，直接換件乾淨的。」

難道他休息室裡有女生的衣服？怎麼會有女生的衣服？那女生跟他是什麼關係？

池渺渺的腦中立刻冒出一連串的問題，直到李牧遙當著她的面打開了衣櫃。

池渺渺頓時被眼前的場景震撼到了。

李牧遙的衣櫃中所有的衣服、褲子、襯衫，全部按照顏色由淺到深像色票一樣呈現出一個漸層的效果，粗略看過去沒有上百件，也有幾十件，其中以白襯衫最多。

這才只是他在辦公室的衣櫃就這麼壯觀，也不知道他家裡會壯觀到什麼程度。

不過很顯然，裡面沒有女裝。

李牧遙似乎也意識到了這個問題，回頭上下掃了她一眼，然後有點嫌棄地皺了皺眉：「妳怎麼這麼矮？」

她矮？他到底對女性的身高有什麼樣的誤解啊！

這話怎麼似曾相識？

半年多以前，兩人在便利商店裡狹路相逢的記憶再度清晰起來。想到那天的李牧遙，池渺渺差點沒忍住笑出來。

李牧遙似乎也想到了什麼，沒好氣道：「妳自己挑吧！」

說著就要轉身離開休息室。

其實男士襯衫也不是不可以，最近正好很流行男友風，她自己還特地買了兩件搭配短褲、短裙穿，她今天穿得正好是件短裙，搭配一件寬大的白色襯衫應該也挺好看的。

讓她意外的是，他竟然打算讓她穿他的衣服？

池渺渺連忙叫住他：「我可以穿這裡的衣服？」

李牧遙：「不然妳自己有備用的嗎？還是妳想藉著回家換衣服的藉口曠工？」

池渺渺連忙說：「沒沒沒。」

她還是有點猶豫：「老闆，你的衣服看起來都挺貴的，洗護都有特別的講究吧？」

不要她回頭洗好還回來時他又有諸多不滿，到時候再訛她一筆，如果真讓她穿完送去什麼高檔洗衣店洗，她寧可穿著身上這件。

誰知李牧遙竟然很寬宏大量地說：「洗不洗隨意。」

池渺渺有點不敢相信自己的耳朵，一定是剛才替他擋下那孩子感動到他了，所以澈底不把她當外人了。

就聽李牧遙說道：「妳以為妳穿過的衣服我還會穿？」

好吧好吧，反正又不虧，就當她自作多情吧。

那就挑件便宜的算了，省得他心疼。

她含蓄地問：「那我就選件襯衫吧，不過任何一件都可以嗎？」

李牧遙聽著她的問題一臉莫名其妙：「有什麼不同嗎？」

好吧，算她多此一問了。

42

李牧遙離開後，池渺渺走向那有整面牆大的衣櫃，走近了，衣櫃裡的味道就變得格外清晰，那是獨屬於李牧遙的味道，像他的人一樣，清冽得如寒冬臘月裡的晨風，是最自然的，毫不做作的，也是最讓人難以拒絕的味道。

池渺渺有一股想要一頭栽進衣櫃的衝動，但理智還是將她控制住了，讓她沒有做出什麼自掘墳墓的舉動。她強行按捺下莫名激蕩的心神，開始為自己挑一件能穿的衣服。

李牧遙不太穿休閒款式的衣服，但不代表他沒有。最後池渺渺在一大堆白襯衫中挑中了一件休閒款的棉布短袖襯衫。

她拿下來在身前比了比，對她來說的確很大，但想像了一下，把下擺塞進短裙裡，再將袖子挽起一些，應該也可以。

有了上次的經驗，池渺渺特地在洗手間裡換好了衣服才出來，對著鏡子照了照，跟她想的差不多，雖然襯衫很大，但是這麼搭配也不顯得違和。

李牧遙見到她時也有點意外，想不到他的衣服她真的能穿。而意外之餘，他眼中還有種說不清道不明的情緒。但那只是一閃而過，他很快又低下頭，一副很忙的樣子。

「出去工作吧。」

暖萌心情好了，話也就跟著多了，外加劉煥也不是木訥的人，一頓飯吃下來兩人很快就彼此熟悉了。

快結束的時候，暖萌去洗手間補了個妝，誰知一出門就看到了老熟人。

秦亮明顯是來興師問罪的，暖萌內心得意，面上假裝沒看出來。

「這麼巧。」她不冷不熱地問了句。

可能是個男人都有占有欲吧，哪怕是自己不要了的感情，看到別人拿走也會不滿不忿。

秦亮：「我記得妳前兩天還暗示我要復合，妳是這樣一邊打算跟我復合又一邊和別人約會的？」

他自己和雨軒出雙入對竟然還好意思來指責她？

暖萌簡直懷疑過去的自己是不是瞎了，竟然還想著跟眼前這男人天長地久。

她很想甩對方一巴掌，然後兩人各自安好互不相見，但一想到他做的那些事，如果不是李牧遙和池渺渺，對方甚至還有可能繼續消費著她的感情，當她是個備胎，就覺得不給渣男點教訓，看渣男吃點苦頭，她以後怕是都無法相信世間還有真愛了。

暖萌說：「我說那話時確實是那麼想的。」

秦亮追問：「那現在呢？」

暖萌沒說話，對著旁邊的鏡子用拇指擦了擦唇角多餘出來的一點口紅，再一抬眼，她發現鏡子中，秦亮的目光也隨著她的動作落在了她的唇上。

她大大方方對著鏡子裡的男人展顏一笑。

秦亮回過神來，沒好氣道：「反正我是當真了。」

「哦，然後呢？」暖萌漫不經心地問。

秦亮忽然有點不自然地說：「還『然後』什麼？當然就是同意了啊，妳不會又變心了吧？」

就在秦亮說話時，他身後走來一人，大概是看他久久沒回座位按捺不住了。

那人不是別人，正是雨軒。

雨軒聽到了秦亮的話，也明白他們在聊什麼，頓時怒不可遏地盯著暖萌。

暖萌的視線從二人臉上掃過，有那麼一刻，她發自內心地覺得這兩人真般配，可惜被她攪局了，也不知道以後還要去禍害誰。

暖萌笑吟吟的：「你這時候說這話好像不合適吧？」

秦亮完全沒察覺身後多了個人，他的注意力只停留在暖萌身上。見暖萌的話曖昧不清，秦亮又生氣，同時心裡也多了幾分把握，至少對方對他不是一點意思都沒有，可能還在權衡什麼，也可能只是想要他更主動一點。

想到這些，秦亮笑了笑上前了一步：「老夫老妻了，還有什麼不合適的？」

暖萌被迫後退一步，靠在身後的牆上，下一秒，不等她回應，秦亮忽然低頭吻上了她。

短暫的錯愕之後，暖萌忍著推開秦亮的衝動去看他身後的人。

許是礙於面子，或是礙於她和秦亮之間的合作關係，又或是礙於其他什麼原因，雨軒並沒有當場發難，咬牙跺了跺腳便轉身離開了。

秦亮這才意識到身後有人，停下來回頭看，但空落落的走廊已經空無一人。

暖萌笑盈盈地看著他：「你好像闖禍了。」

秦亮的錯愕只是一閃而過：「闖什麼禍？」

見暖萌笑而不語，他笑問：「妳不會誤會什麼了吧？」

暖萌看著他的眼睛反問：「我誤會什麼了？」

被她這麼一看，秦亮又不自在起來。

見暖萌一直那麼看著他，像是非要一個答案似的，他只好說：「好吧，我承認，我們分手後，我是嘗試著開始新生活過。但那都是在我們分手後的事了，而且我和她只是出去吃過幾頓飯而已，根本沒下文。」

「真的？」

秦亮無奈道：「要是能那麼隨隨便便就找到個合適的人，我在妳之前早就不知道找過多少任女朋友了。」

這話聽起來好像有幾分真，而且李牧遙也分析過，這或許就是秦亮和雨軒遲遲沒有在一起的原因之一。

但暖萌並不打算就此放過他：「就只是吃吃飯？」

「當然了！就只是吃飯，手都沒牽過。」

比起那些被女朋友或者妻子捉姦在床的男人，秦亮的確算好的了，但這又能說明什麼呢？或許他只是還沒想好要不要和雨軒開展一段長期穩定的關係，又或者他只是愛惜羽毛怕被人說三道四，但不管任何原因，暖萌絕對不會自戀地以為這和自己有什麼關係，這一切的一切都不能掩蓋這個男人對她三心二意的事實。

暖萌點點頭：「那在我們分手之前呢？」

秦亮像是聽到了什麼好笑的笑話，無奈道：「我們分手之後我都只是跟她吃吃飯而已，我和妳還沒分手之前就更不能跟她怎麼樣了。」

暖萌「哦」了一聲說：「但她好像不是這麼想的。」

秦亮：「別人怎麼想我哪能管得過來，我只關心妳怎麼想。」

如果暖萌沒看過他們的聊天記錄，如果她對秦亮沒有澈底心灰意冷，今天這番話或許會讓她乖乖回到他身邊了。但經過了這些事以後，她覺得她比他自己還要瞭解秦亮。

他或許還覺得自己有情有義，即便是面對所有男人都會犯的錯誤，也懂得克制自己，只在「河邊」濕了個鞋邊。但她卻知道他「有情有義」的面具下，自私又涼薄的嘴臉並不比那些男人好多少，反而還多了一絲偽善。

暖萌看著他笑了笑：「我覺得我們的事不急，你還是先和她說清楚吧。」

秦亮聽到這話不由得有點急了：「沒必要吧？我和她本來就什麼都沒有，說多了反而越描越黑……」

話說到一半，他似乎是想到了什麼，問暖萌：「對了，跟妳一起吃飯的到底是誰？」

暖萌故意模棱兩可地說：「工作上的朋友。」

「所以你們是出來談工作的？」

暖萌不答反問：「你不會以為剛才親那麼一下，你就能對我的事問東問西了吧？你自己的事處理不好，我就當剛才只是被狗啃了一口。」

說完她不再理會秦亮，轉身朝餐廳的方向走去。

下午的時候，池渺渺接到暖萌的電話，暖萌把中午的事情繪聲繪色地跟池渺渺講了一遍。池渺渺也越聽越興奮，避開辦公室眾人，去茶水間泡咖啡。

她壓低聲音問暖萌：「妳是說，今天中午其實是我老闆特地安排的？」

『如果不是的話那也太巧了！想不到妳老闆這種幹大事的人居然在這種小事上也這麼細緻，從大局到細節，從識別商機到揣摩人心樣樣精通啊！現在我們澈底占據主動權了！我看秦亮那渣男別的都不行，只有選偶像的眼光還可以，可是粉了人家半天，他怎麼沒跟人家學到一星半點呢？』

難怪她要跟著去李牧遙會不同意呢，原來是為了讓暖萌和劉煥單獨出現，給秦亮製造危機感。雖然知道李牧遙答應了要幫忙就絕對不會不幫，但在她看來拿這些小事去麻煩他簡直是殺雞用了牛刀，可是即便是這樣對他來說無關緊要的事情，他也不會敷衍，今天這樣幫了她們大忙，他卻隻字不提。

茶水間門再度被推開，韓夏剛從外面回來，進來拿她的冰鎮氣泡水，看到池渺渺，驚嘆一聲：「換風格了？不過『男友風』很適合妳啊，又帥又撩，欸哪買的？什麼牌子？」

她和池渺渺向來不會客氣，說著就要在她身上找襯衫的品牌商標。

池渺渺嚇了一跳，連忙躲開，然後指了指耳朵裡的耳機。

韓夏停下動作恍然大悟，壓低聲音抱歉道：「打電話？抱歉抱歉，那我不打擾妳了。」

韓夏離開後，池渺渺才鬆了口氣，還好剛才她反應夠快沒讓韓夏發現這就是件貨真價實的男士襯衫，還是那種她絕對買不起的牌子。

『什麼「男友風」？』電話裡的暖萌顯然聽到了剛才她和韓夏的對話。

「沒什麼，只是穿了件新衣服。」她一邊隨口敷衍著，一邊低頭在身上找著能辨別品牌的商標。

最後只是在左手袖口處，發現一個低調到不能再低調的「L」刺繡。

那一刻，她自己都沒察覺到，她的心跳悄悄漏了一拍。

她不由得低頭嗅了嗅，明知道他每穿一次後必然會清洗乾淨，但也許是在他的櫃子裡待久了，她總覺得那上面滿是他的味道。想像著他也曾穿著這件襯衫，聞著那淡淡的、獨屬於他的味道，有那麼一刻她覺得他正從身後擁抱住她。

『我問妳話呢，妳說我接下來該怎麼辦？』暖萌的聲音讓池渺渺回過神來。

她這才意識到自己剛才在想什麼，還好暖萌不在身邊，不然知道她做這種白日夢肯定會笑死。

池渺渺掩飾性地喝了口咖啡，緩了緩說：「妳話都說到那分上了，就看他怎麼處理雨軒的事情吧，處理得不滿意妳就不答應復合。」

暖萌贊同道：『我也這麼想的，反正有妳老闆在我也不怕一不小心搞砸了。』

或許是秦亮對暖萌還有感情，也或許是他發現雨軒確實沒有自己想的那麼適合自己，總之他和暖萌的拉鋸戰沒有持續太久。

不久後秦亮再來失戀博物館簽合約時，身邊帶著的編劇已經換了。

後來和暖萌聊起來，池渺渺才知道，秦亮切斷了所有和雨軒的合作。

池渺渺聽了之後不禁唏噓：「看老秦平時對誰都客客氣氣的，狠起來也是夠狠的，好歹也曖昧了那麼久，還差點在一起，怎麼一下子說斷就斷，連人家的飯碗都砸了。」

暖萌說：「砸了飯碗還不至於，沒了老秦，那個雨軒還能接別的公司的工作，只是待遇方面沒有和秦亮合作這麼舒服了。不過我對這局面一點也不意外，男人都是利己主義的混蛋，當時圖小編劇的新鮮，跟我說分手就分手，我難得把姿態放那麼低，他卻無動於衷。後來沒有在跟我分手後立刻和那小編劇在一起，別人說他是為了我，我卻知道他一方面是怕被人說三道四，另一方面十有八九是覺得那小編劇沒他之前想的那麼好了。畢竟男人的心裡就是妻不如妾妾不如偷，之前心心念念偷偷摸摸的事終於可以光明正大的做了，他又覺得索然無味。」

池渺渺突然有點好奇：「那雨軒現在怎麼樣了？」

暖萌冷笑道：「大概也是沒想到吧，當初我們分手時她肯定胸有成竹自己能上位的，誰知一拖再拖直接拖沒了。我聽認識她的其他人說，她前段時間連發幾則社群動態說什麼男人沒有好東西哈哈……她也不想想，如果自己不是好東西，又能遇到什麼好東西……」

池渺渺：「那妳和老秦現在怎麼樣？」

暖萌當初追回老秦的目的只是為了狠狠甩掉他，可是經歷了這麼多，兩人再重新在一起，池渺渺已經有點不確定，暖萌的想法是不是還和最初一樣了。

誰知暖萌只是說：「先讓他爽兩天，然後再跟他了斷。」

好吧，天蠍還是天蠍，是池渺渺自己想多了。

不過想到他們也曾相愛過三年，池渺渺不免有點好奇：「可是妳想到以前，會不會有點捨不得，畢竟他現在心裡只有妳了。」

暖萌似乎也有點唏噓：「在他動了放棄我們三年感情的念頭的那一刻，我就不該有任何捨不得了。他辜負了我的一心一意，我們註定不會再有未來。要不是我氣不過，此時我們早就沒什麼關聯了。」

雖然知道秦亮確實不算暖萌的良人，但聽到這話，池渺渺還是有點難過。

池渺渺：「到底有沒有從一而終一心一意的兩個人呢？」

暖萌像是聽到了什麼笑話：「別傻了，所有的兩情相悅其實都是彼此條件權衡後達成的共識，那些從一而終的背後只不過是有人多了份超乎常人的容忍和灑脫罷了。」

池渺渺不知道為什麼，莫名就想到了李牧遙，如果真的照暖萌說的，那她永遠也不可能和李牧遙達成那種共識了。

「妳太悲觀了親愛的。」

暖萌卻不願意再多討論，笑了笑說：「對了，老秦說這週六要請妳和妳老闆吃飯。」

這倒是讓池渺渺有點意外：「為什麼？」

暖萌：「他是想藉著討論方案感謝一下妳老闆，而且吃飯時的環境比辦公室裡更能拉近彼此距離，但是又覺得妳老闆那人不愛說話，只有他們兩個人有點怪怪的，於是想多叫幾個人一起，現在妳算他『自己人』了，最後就想著我們四個一起。」

池渺渺：「別忙了，我老闆不會同意的。」

李牧遙這麼挑剔的人，除非必要，一般不會出去應酬，暖萌說的這種對李牧遙來說就是沒有必要的應酬。

誰知暖萌卻說：「可是他同意了呀。」

這就有點驚悚了……

「他真的同意了？我們四個？」

暖萌：「對啊。」

週五的時候，池渺渺還真的收到了李牧遙傳來的訊息，通知她吃飯的時間和地點，沒有多一句的解釋，還好池渺渺提前從暖萌那得到消息，不然她怕是要以為李牧遙在約她了。

暖萌他們訂的地方正好在她家附近，是北城有名的日本料理店，網路評論說人均要幾千塊，是以她天天從那家店門前經過，但還從來沒有進去過。

所以池渺渺只需要步行過去就可以了。

她和秦亮、暖萌他們差不多時間到，李牧遙稍微晚到一些，但是時間抓得剛剛好，他就是那種在某些方面很有原則的人，即便面對的是和他地位並不相等的人。

他今天穿了件很寬鬆的白色棉布襯衫，搭配著簡單的牛仔褲和休閒皮鞋，頭髮像是剛理過，兩邊短短的，露出好看的鬢角和耳廓，整個人看起來更年輕、更有精神。

離開了辦公室，也不是在談判桌上，他的氣勢明顯收斂很多，雖然依舊是不苟言笑，但目光是柔和的，連帶著那鋒利的輪廓都朦朧了很多。可是依舊是挑剔的，甭管這裡人均多少錢一位，他永遠只忠於自己的判斷。所以無論是號稱今早剛空運來的和歌山藍鰭鮪魚也好，還是北海道空運來的海膽，他也只是很斯文地嚐了那麼一口就不再動筷子了。

好在秦亮和暖萌有了上一次殺青宴的經驗，對今天李牧遙的表現也不覺得有什麼不對。

今天的秦亮和暖萌明顯心情不錯，再加上池渺渺一直努力幫忙暖場，這樣心思各異的幾個人湊在一起的氣氛竟然還不錯。

氣氛好了，大家就忍不住多喝幾杯，到後來除了以開車為由以茶代酒的李牧遙外，另外三人都喝多了，尤其是酒量不好的暖萌和池渺渺。

因為喝了太多酒的緣故，原本只是顯得異常開心亢奮的暖萌到後來竟然哭了起來。

有李牧遙在場，秦亮明顯有點尷尬，他連忙安撫女朋友：「我們跟著李總日子越來越好了，妳哭什麼？別哭了，別讓李總和渺渺笑話了。」

「是嗎？」暖萌淚眼婆娑地問他，「日子真的越來越好了嗎？」

秦亮哭笑不得：「妳到底是怎麼了？」

在座幾人裡，確實只有他不清楚暖萌到底怎麼了。

池渺渺看著閨密，心裡亦有萬千感慨。她瞭解自己的朋友，知道暖萌看起來剛毅果敢，但是面對戀人的背叛，想到三年的感情、打算共度餘生的決心都只是個笑話，再堅強的女生也會難受、會委屈、會不平。

而暖萌的眼淚就像開了閘的洪水一樣，一時間也沒有要停下來的意思。

秦亮一邊手忙腳亂地安撫女友，一邊朝李牧遙道歉：「早知道不讓她喝那麼多了，讓李總見笑了。」

李牧遙卻沒表現出絲毫不悅。

他抬手看了一眼時間，適時結束了今晚這頓詭異的飯局，「既然你女友喝多了，那今天就這樣吧。」

秦亮有點抱歉，但同時又很明顯地鬆了口氣。

四人在餐廳外的停車場分道揚鑣。秦亮叫了代駕，帶著暖萌先離開。

池渺渺喝得比任何一次都多，所幸她家離這裡不算遠，開車過去用不了十分鐘，走路大約二十分鐘。

此時天已經很晚了，她的頭暈得厲害，等秦亮和暖萌離開後，她也和李牧遙擺了擺手，算作道別。

卻聽到李牧遙難得關懷她一句：「妳怎麼回去？」

她大著舌頭指了指一個方向：「走回去唄。」

李牧遙看了她片刻說：「我送妳吧。」

池渺渺再次覺得自己真的醉了，不然她怎麼會聽到李牧遙說要送她？

她湊近了一點，迷迷糊糊地問：「你說什麼？」

李牧遙沒有回答她，而是朝著她剛才指的方向走去。

「不用太感激，我只是不想明早看到什麼『醉酒女子露宿街頭』的新聞。」

夜色中身姿依舊頎長挺拔的男人，雙手插在褲子口袋裡，難得一派閒適地走在前面。

池渺渺看了片刻，忽然有點高興地跟了上去。

「我像是喝醉了的樣子嗎？那點酒能把我灌醉嗎？」她問話時看向身旁的男人，本以為他會再說些奚落她的話，誰知他只是勾了勾嘴角。

池渺渺以為自己看錯了，他這是在笑嗎？

她隱約發覺今天的李牧遙真的有點不太一樣，他沒有再把襯衫穿得一板一眼，領口的釦子沒有扣，但做工考究的白色襯衫領子依然直挺挺地立著，遮擋住半截的脖頸曲線和喉結，結實有力的小臂從挽起的襯衫袖管中一直延伸到褲子口袋裡。

這樣的李牧遙，少了白天辦公室裡的精英模樣，卻多了一絲讓人想要親近的煙火氣息。

似乎是終於意識到了她有些灼熱的目光，他回頭掃她一眼：「看什麼？」

池渺渺眨著雙眼看著對方：「你今天怪怪的。」

李牧遙微微挑眉：「哪裡怪？」

池渺渺：「怪好看的。」

土味情話張口就來，池渺渺發現李牧遙的耳根處漫起一道可疑的緋紅，要不是因為他的皮膚太白，這點緋紅可能根本無法察覺。

醉了酒的池渺渺要說有什麼不同，那最大的不同就是膽子比清醒時大多了。

眼見著一招得逞，她立刻來了興致，大著舌頭建議道：「我們玩一個遊戲吧？」

李牧遙明顯不願配合，但又有點好奇：「什麼遊戲？」

「土味情話你聽過嗎？」

「無聊。」

「一點也不無聊，特別有意思！」

或許是因為夜路還長，兩個人相對無言有點無趣，李牧遙雖然沒答應，但他的沉默不語在池渺渺看來顯然就是默認。

她直接出招，一把將他拉住，雙眼直勾勾地看著他：「你的臉上有點東西。」

李牧遙沒反應過來遊戲已經開始了，目光不由自主地掃到她抓著自己的那隻手上，嘴上依舊順著她的話問：「有什麼？」

池渺渺卻只是嘻嘻一笑：「有點漂亮。」

一瞬的錯愕過後，李牧遙的臉色立刻沉了下來。

池渺渺見狀哈哈大笑，不怕死道：「看你平時挺聰明的，怎麼今天晚上這麼笨？」

李牧遙的臉色更難看了。不會這種無聊的東西就是笨嗎？

他陰森森道：「妳還是第一個說我笨的人。」

她得意忘形，完全沒察覺自己正在被開除的邊緣瘋狂試探，拉著他的手臂，湊近了他，打量他的神色：「生氣了？這麼玩不起啊？」

李牧遙又掃了一眼被她拉著的手臂，意外又不意外地，他發覺自己並沒有什麼不適的感覺。

他冷哼一聲，不動聲色抽出手臂：「沒有。」

「沒有就好，我們來玩一二三木頭人吧？」

李牧遙還沒搞清楚她剛才還說要玩什麼土味情話，怎麼突然又要玩木頭人了，就見池渺渺特別沮喪地說：「我輸了？」

李牧遙一臉的莫名其妙：「什麼輸了？」

她立刻又笑了起來：「因為我心動了。」

李牧遙思索了片刻，終於想明白了這還是那個土味情話的遊戲，而且好像也沒那麼無聊。

他不由得又勾了勾嘴角：「下一個。」

池渺渺：「我想在你那裡買一塊地。」

李牧遙：「什麼地？」

「買你的死心塌地。」

李牧遙輕嗤：「毫無邏輯。」

說話間兩人已經走進一個社區，池渺渺習慣性地往自己家的方向走去，一路搖搖晃晃步履不穩，時不時還要靠扶一下旁邊的李牧遙借個力。

一次、兩次、三次後，李牧遙發覺自己並不抗拒這種接觸，這大概是他接受治療以來最大的進展了，想到這些他的心情不由的好了不少。或許就是因為這個原因，他想跟她多待一會兒，所以眼見池渺渺走向一個大門，他也毫不猶豫地跟了上去。

可是一進到樓梯間中，那種老房子陳年累月沉澱下來的腐朽味道，還是讓他有點不舒服。相比較之下，池渺渺的身上雖然有酒氣，但味道似乎更能讓人接受。

老房子沒有電梯，池渺渺走在前面，李牧遙跟在後面，夜風從樓梯間敞開的窗戶吹進來，將獨屬於她的味道更真實地帶向他。

他不自覺離她更近了一點。

因為醉了，對環境的改變有些遲緩，所以池渺渺並沒有因為此時是深夜，又是在聲音會被放大的樓梯間中就降低自己的音量，想到一個土味情話，就興奮地說了出來：「我有一個超能力。」

李牧遙有點心神不寧，但這一次的土味情話的套路好像有點簡單。

他隨口回了句：「超級聒噪嗎？」

池渺渺卻沒因為這句話不高興，反而因為李牧遙又沒猜到她的套路而有點沾沾自喜，她得意洋洋地轉過頭揭曉正確答案：「是超級喜歡你。」

樓梯間裡的燈光並不算多明亮，讓此時那張明豔的笑臉帶上了點朦朧的美感，和夢裡那個人漸漸重合。

有些事情不能想。明知道場景不合時宜，她也並非有心，但越是告誡自己不可以，有一隻不安分的手就越是要掀開那層遮羞的布。

這是一種什麼樣的心理沒人比他更清楚，她就像那個可愛的「小白熊」，越是不想想起她，她的輪廓就越是清晰。

心跳不由自主地開始加快，四肢卻變得有些僵硬。

他錯開目光，換了個話題：「妳家到底在幾樓？」

「再上一層樓就是了……欸我又想到兩句。」

「我不想聽。」

「別氣餒啊，你剛才差一點就猜對了。」池渺渺並沒有察覺到李牧遙的迴避，繼續道，「遊樂場那個旋轉的、有音樂會轉的是什麼？叫旋轉什麼？」

這個和之前的好像不太一樣，李牧遙努力讓自己的注意力轉到遊樂場上，「旋轉木馬？」

池渺渺穿著高跟鞋爬樓梯，本來就搖搖晃晃的，她還時不時地回頭看他，再轉過頭時沒留意腳下，眼見著就要朝後倒去，還好她身後是李牧遙，輕而易舉就將她接住。

她倒在他懷裡，抬頭看著他，渾然不覺有什麼不對，還在繼續剛才的話題，「你說的沒錯，就是MUA……」

發出後面那個「MUA」時，她擔心李牧遙不明白什麼意思，還特地放慢速度極其響亮地「MUA」了一下演示給他看。

雖然她的唇跟他的臉隔著一點距離，但此時的她還躺在他的懷裡，她的氣息近在咫尺。李牧遙的目光不由得就移到那小巧的唇上，有一瞬間他腦中竟然冒出了想要靠近的念頭。

頭頂上的聲控燈忽然又滅了，只有窗外射入的點點星光。

星光下，她一雙眼睛水光瀲灩，在他的注視下緩緩闔了起來。

「妳是故意的嗎？」他的聲音很低，但依舊無波無瀾，但只有他自己知道，這副無動於衷的皮囊下，血液都已經沸騰了。

他想問她，她是故意勾引他的嗎？

明知道答案是什麼，但他還是想說，如果真是那樣，那她成功了。

池渺渺好像沒聽到他的問話，閉著雙眼靠在他的懷裡，像是睡著了。

他覺得他的手腳彷彿生了根一般，一動也不能動，而能動的似乎只有他的心。他感受著自己的心跳，感受著她的體溫正隔著薄薄的衣料傳遞給他，感受著身體每一個細胞因為她的緣故而產生的變化。

同樣是四肢僵硬，同樣是心跳失速，但是卻和以往的任何一次都不相同，他清楚的感受到與她肌膚相接的皮膚開始灼燒起來，胸口處除了傳來心跳的聲音還有某種酥酥麻麻的感覺彷彿正在順著血管流向他的四肢百骸。

這感覺並不是很討厭，反而讓他有點期待和喜歡。

這時候，懷裡的人卻突然動了動，幾乎將整個人的重量都壓在了他的身上。

她忽然重新繼續起她自己的遊戲：「你好像我家的一個親戚。」

他唯獨還能做的就是輕聲問她：「什麼？」

池渺渺還沒察覺到自己身處什麼樣的境地，哈哈一笑說：「我媽的女婿。」

話音剛落，幾個臺階之上一扇防盜門被人從內打開了。

站在門裡的人也不知道偷聽了多久了，像是早有準備，就那麼站在那涼涼地看著他們。

這一層樓只有兩戶人家，也就是說，此時打開門的那一戶有五成的可能就是池渺渺的家。再看那扇門一直開著，裡面的人一動也不動地站著，怎麼都像是在等他們上去，所以另外那五成的可能也被坐實了。

池渺渺絲毫沒察覺到氛圍的詭異，自顧自地哈哈大笑著，聲控燈因為她的笑聲再度亮起。

李牧遙看清楚門裡的人，是個大約四、五十歲的女人，身材微微發福，頭上的羊毛卷有點顯老氣，但那張臉和那副眉眼依稀可以窺見年輕時應該是個漂亮的美人。巧的是那五官和他懷裡的醉漢有近乎八成相像。

李牧遙立刻就猜到對方的身分，一向處事不驚的他在此時也顯得有點無措。

他推了推懷裡的人。

池渺渺順著李牧遙的目光回頭看去，這麼多年的心理陰影讓她稍微清醒了一點。

「是我眼花了嗎？不會這麼不經說吧？」她小聲嘀咕了一句。

門裡的人終於有了反應，丟下一句「還不給我進來」便轉身回了房間。

池渺渺揉了揉眼睛再看過去時，發現她家門口並沒有人。看來確實是她眼花了，不然是麻將打膩了、電視劇不好看，還是她老爸不好欺負，她老媽怎麼可能突然一聲不響地跑她這？

但她還是不敢確定，她回頭問李牧遙：「你剛才看到人了嗎？」

李牧遙只是生無可戀地嘆了口氣說：「走吧。」

池渺渺：「可是我好睏，不想走了。」

說完她就閉上眼，毫無心理負擔地又靠回了他的懷裡。

一滴酒也沒沾的李牧遙覺得自己也開始頭疼了，他看看懷裡的人，又看向那扇敞開的防盜門有點犯難。

他原本以為，這個世界上，除了他的病再也沒有什麼事情能難住他了，沒想到，還有今天這一遭。

所幸這已經不是第一次了，他也就沒怎麼猶豫，彎腰橫抱起懷裡的人，步履沉穩地朝那扇門走去。

——未完待續——

高寶書版集團
gobooks.com.tw

YH 078
失戀博物館 -上-
作　　者　烏雲冉冉
責任編輯　吳培禎
封面設計　茵萊登曼特
內頁排版　賴姵均
企　　劃　何嘉雯

發 行 人　朱凱蕾
出　　版　英屬維京群島商高寶國際有限公司台灣分公司
Global Group Holdings, Ltd.
地　　址　台北市內湖區洲子街88號3樓
網　　址　gobooks.com.tw
電　　話　(02) 27992788
電　　郵　readers@gobooks.com.tw（讀者服務部）
傳　　真　出版部(02) 27990909 行銷部 (02) 27993088
郵政劃撥　19394552
戶　　名　英屬維京群島商高寶國際有限公司台灣分公司
發　　行　英屬維京群島商高寶國際有限公司台灣分公司
初　　版　2022年3月

國家圖書館出版品預行編目(CIP)資料

失戀博物館 / 烏雲冉冉著. -- 初版. -- 臺北市：英屬維京群島商高寶國際有限公司臺灣分公司, 2022.04
冊；　公分. --

ISBN 978-986-506-382-5 (上冊：平裝)
ISBN 978-986-506-383-2 (下冊：平裝)
ISBN 978-986-506-384-9 (全套：平裝)

857.7　　111003767

GOBOOKS
& SITAK
GROUP©